THE SPECTATOR BIRD
旁观鸟

〔美〕华莱士·斯特格纳 著
薄振杰 等 译

著作权合同登记号　图字 01-2020-3577

Wallace Stegner
The Spectator Bird

Copyright © 1976 by Wallace Stegner
Simplified Chinese edition copyright © 2020 by Shanghai 99 Readers' Culture Co., Ltd.
All rights reserved.

图书在版编目(CIP)数据

旁观鸟/(美)华莱士·斯特格纳著;薄振杰等译.—北京:人民文学出版社,2020
(20世纪现代经典文库)
ISBN 978-7-02-016520-9

Ⅰ.①旁… Ⅱ.①华…②薄… Ⅲ.①长篇小说-美国-现代 Ⅳ.①I712.45

中国版本图书馆 CIP 数据核字(2020)第 145790 号

责任编辑　朱卫净　周　展
封面设计　钱　珺

出版发行　人民文学出版社
社　　址　北京市朝内大街 166 号
邮政编码　100705
网　　址　http://www.rw-cn.com

印　　制　山东新华印务有限公司
经　　销　全国新华书店等

开　　本　890 毫米×1240 毫米　1/32
印　　张　8.75
字　　数　128 千字
版　　次　2020 年 12 月北京第 1 版
印　　次　2020 年 12 月第 1 次印刷

书　　号　978-7-02-016520-9
定　　价　59.00 元

如有印装质量问题,请与本社图书销售中心调换。电话:010-65233595

第一章

1

冷锋正在从太平洋上向沿岸地区逼近,风向突变。二月的一天清晨,天空阴沉,冷风阵阵,蒙蒙细雨忽落忽收,阳台的砖墙愈加灰暗。广告上说,加利福尼亚气温适宜,风和日丽,是个养老的好地方。然而,我们居住的这个地方并非如此。总的来说,天空阴沉,早晨不凉爽,下午不暖和,晚上非常冷。据说,北海的天气也是这个样子:天空阴云密布,太阳忽隐忽现,好似病人忽睁忽合的眼睛,时而冲破云层,照亮山川大地。借此良机,人们甚至能够由此看到远处的托莱多城。

我坐在书桌旁,放眼望去,田野里,胖嘟嘟的红眼雀在同伴间穿梭,呆头呆脑的鸽子在草丛中觅食。突然间,飞来一大群知更鸟,落在邻近的田野中,恰似片片棕黄的树叶从天而落。啄食片刻,似乎是听到了要求撤离的命令,轰的一声,全都飞走了。槲树上的鹪鹩蹙着两道白眉,正忙着搭窝。这已是第五个年头了。它们在树洞中进进出出。进去时翘着长长的大尾巴,出来时抬着尖尖的小脑袋。它们脾气暴躁,好胜心强,这一点倒是和我很像。我更喜欢脾气温和的丛山雀。具体缘由我说不清楚。也许是因为丛山雀所过的生活正是我想要的吧:每天嘴巴里衔着树叶,沿着橡树树干蹿上蹿下,与同伴玩玩捉迷藏,优哉游哉,怡然自得。

随着年龄的增大，我每天脑子里想得最多的就是如何养好身体，如何再多活几年。我年已古稀，已经无其他非分之想。尽管如此，我也会有发脾气、情绪低落的时候。所以，露丝劝我多花些精力在写作上。八年前，就像官僚卸任时会带走自己长期使用的文件夹一样，我带着一大摞手稿离开了工作岗位。我打算将这些手稿编纂成册捐给图书馆（这样可以少交点税），或者做成一本《我和文学》之类的书籍，挣点儿稿费贴补家用。露丝一直对此抱有很大希望。说实话，到底能否做成，何时做成，我心里真的没有底。

受经济大萧条的影响，为了生计，许多作家已经不再舞文弄墨了。作为一名文化经纪人，我基本处于失业状态。我选择这个职业就像苍蝇落在捕蝇纸上。我的精神寄托不在图书馆，不在人们的脑海里，也不在废纸回收机里，而是在那些手稿中。不可否认，与其说整日闲坐，消磨时光，还不如把这些手稿好好整理一下。这些手稿是我一生的心血，是我来过这个世界最有力的证据。之所以至今尚未整理出来，一方面是因为我懒惰，另一方面，一旦整理完毕，我就真的无事可做了，活着也就没有借口了。借用海森堡[①]的不确定性原理来说就是：一旦顺序确定，运动也就停止了。

现在，我天天坐在书桌旁，一边观察窗外的小鸟，一边翻阅

[①] 海森堡（Werner Karl Heisenberg，1901—1976），德国物理学家。

过去的信件，或者把照片粘到相册上。我必须让露丝明白一件事：思考问题和把它写出来完全是两回事。在我看来，把自己的生活写出来，要么是认为自己的所作所为已经得到了众人的认可，值得记载保存；要么是认为自己的所作所为遭到了众人的误解，需要解释辩护。前者是一种自大，后者是一种自信。这两种理由，我一个都没有。再说，许多大名鼎鼎的人物，比如，苏格拉底、莎士比亚、华盛顿、林肯以及杰斐逊，都没写过这种东西。尼克松总统写了。也许副总统阿格纽①现在正在写着呢。

我，乔②·奥尔斯顿，总是关心别人的生活，对自己的生活却漠然置之。他这个人，喜欢随遇而安，就像一根顺流而下的小木棍。遇到旋涡，先是随着水面升高，然后被无情地抛弃在水面的某个角落。对于人情世故，他向来不是很懂。岁数越大，反而更加严重了。他丝毫没有想把自己的故事留给后人谈论的欲望。他最关心的事情是如何哄妻子开心。妻子为他操碎了心。医生建议他退休后经常翻阅一下报纸，以便让思维保持敏捷。现在，我终于下定决心开始写作了。不过，所拟题目不是《我和文学》，而是《我的生活》。

露丝见我开始写作了，就赶紧忙活她自己的事情去了。环境恶化、镇议会中的偏执狂与势利眼、妇女联盟议程存在的弊端等问题让她心烦意乱。每周，她都要开车到山下一家养老院（或者

---

① 阿格纽（Spiro Theodore Agnew, 1918—1996），1969 年—1973 年任美国副总统。1973 年因被指控受贿和逃避所得税而引咎辞职。
② 乔（Joe），是约瑟夫（Joseph）的昵称。

说是死亡集中营），为老人们读书读报。我开车去接过她几次。每次回来都感到恐惧万分。养老院的老人们个个目光呆滞，身体虚弱，可以说是步履蹒跚的行尸走肉。她居然在那里一待就是一个上午。尽管我心里很清楚，再过几年，我和露丝也和他们一样，但是我仍然搞不明白，她是怎么做到这一点的。

露丝经常对我说："这些人友好、善良，富有同情心，懂得感恩，但是非常孤独。有些人几乎一贫如洗。"的确如此。为了感谢露丝，一位老人用绿色粗呢布为我的打字机做了一块盖布，但我不喜欢上面的图案——橙色花和红色花。他们非常希望我能够抽时间去给他们讲一讲如何写作，但我没有答应。我自认为跟他们没有共同语言，也没什么可说的。虽然我和他们一样，都年事已高，都在苟延残喘，都是战争的受害者，在遭遇空袭时，会一样地慌不择路，饥不择食。

露丝担心我患上抑郁症。当然，我自己也不希望如此。于是，我决定听她的，每周写点儿东西，就像一个在大山深处玩耍的孩子，对着山峦大喊。喊叫的目的只是为了能够听到自己的回音，既不是为了被别人听到，更不是奢望搜救队突然从灌木丛中冒出来，只是为了好玩而已。

上午十一点钟，和往常一样，我下山去取邮件。阳光暖融融的，我感觉有点儿热，索性把上衣袖子挽了起来，但很快就后悔了：走到背阴的北面，立马就觉得好像是来到了湖边，阴冷潮湿，空气中弥漫着一股鱼腥味儿。我急忙把上衣袖子撸下。因为上一周刚刚下过一场大雨，路边水沟的水位上升了很多，水流咕咕作响。我的大脚趾和膝盖似乎更疼了。去年这个时候，就在这段路上，我竟敢在开着车时，完全让车自由滑行。现在回想起来，自己都觉得难以置信。

路边水沟杂草丛生，非常茂盛。不远处还有几棵参天大树，有橡树，也有桉树。橡树下卧着两头母鹿，犹如奶牛一样高大。我停下脚步，仔细观察它们。这两头温顺的母鹿正在吃草，下颚时而晃动，时而停止，两只耳朵支棱着，尾巴不停地左右摆动着。在这大山深处，由于担心有猛兽出没，想必这两头母鹿此时和我一样恐惧。事实上，猎人早已帮我们把这个问题解决了。然而，由此所导致的生态失衡问题，和黄石国家公园的灰狼问题没有什么两样，而且很有可能有过之而无不及。① 她们是和鹿群一起来的，大约二十几头，睡在我们的灌木丛里，吃我们的火棘浆果、玫瑰、番茄、山楂，只要是当季的东西都吃。我把装满血粉的旧袜子挂在树上和我非常喜欢的灌木上，因为鹿应该会被这种气味所冒犯。我甚至还考虑过从洛杉矶卖狮子粪的地方买些狮子粪来，但考虑到购买狮子粪有失体面，我就没有付诸行动。

这两头鹿像牛一样温顺地躺在大橡树下。它们嘴里咀嚼着食物，时而停下来歇一会儿，望着我，耳朵向前竖起，尾巴不停地摆动。"两位邻居，上午好！"我冲它们打招呼道，"如果不想被鸟儿啄得满地跑，就请快快离开这里。"

---

① 美国黄石国家公园的灰狼威胁游客安全，于是遭到大量猎杀。由此引发麋鹿数量大增，橡树幼苗几乎全被吃光，生态平衡遭到严重破坏，引发生态危机，只好又从别处引进灰狼。

道路两旁，树木茂密成荫，形成了一条天然的绿色通道，直达山脚。等来到山下，我胳膊上的鸡皮疙瘩才渐渐退去，心情也轻松了许多。二月的加利福尼亚就像一只刚刚在水中浸泡过的蕨叶做的小篮子，全身呈新绿色。贺拉斯①曾经说过："此乃我所愿。"②我常常梦想：有朝一日，我也能够拥有一块属于自己的土地。我要在上面建造一座美丽的花园，终日细水长流，常年绿树环绕。

心之所愿，就在眼前。我应该像刚刚在山上看到的正在反刍食物的那两头鹿学习，做到心平气和。说实话，有时我可以做到，有时我做不到。此时此刻，和煦的阳光照在身上，我感觉很惬意。

啊！二月（用克朗凯特③及其追随者的话来说就是"呃月"④）如此美丽，这个世界如此美好！

前面就是哈蒙德家。还是老样子，只是现已空无一人。四年前，玛丽安去世，约翰和黛比就从这里搬走了。即便如此，我也不会把哈蒙德家的房子错认成卡特林一家住的地方。他们都是我喜欢的人。看着这一切，我的心情又变得沉重起来。

该死！老是爱管闲事儿。我给出版社写了一封信，希望他们能够告诫那些发表公开讲话的人，单词"二月"不要读作"呃

---

① 贺拉斯（Horace，前65—前8），古罗马帝国恺撒至奥古斯都统治时期的诗人、批评家、翻译家。
② 原文为拉丁语：Hoc erat in votis。
③ 克朗凯特（Walter Cronkite, 1916—2009），美国主持人、记者。
④ 呃月，即2月。此处原文为"Febuaries"，比正确的拼写少了一个字母r。

月",",布"不是"补",",会"也不是"回"。"白宫今日宣补①于呃月初召开商界领袖大回②。"我自言自语道,越来越像个傻老头。血压急剧上升,高压二百五十,低压二百。打开邮箱一看,发现里面空空如也。邮递员又迟到了。我怒火中烧,不由得大骂了一句,然而一屁股坐在一堆用来建桥的木材上,恰似一台长期使用劣质柴油、冒着黑烟、发出咳咳声响的发动机。

我知道,这可不是什么好兆头。人年纪越大,就会越来越疏远外界,越来越专注自己的内心,就会越来越固执、苛刻。无论听到还是看到不顺心的事情,我都会破口大骂。"你这是何苦呢?"露丝经常埋怨我道,"人家又听不到,无非是惹你自己不开心而已。"我回答说:"发泄发泄,我就不生气了。""你现在不是还在生气吗?"她反驳道。

是的,的确如此。说实话,我也不喜欢这样,但就是控制不住自己。这也许是我已经变老的迹象之一吧。例如,我对高温和低温的耐受力越来越差了。这也许跟毛细血管的收缩扩张有关。细胞分裂进程减缓,功能也随之退化。血管壁内的血小板慢慢积聚,钙沉积刺激关节,尿酸、糖分以及其他多余的化学物质随之堆积在血液与尿液之中。这是自然规律,不可避免,既令人感到气愤,又让人无可奈何。

上周,我的牙医告诉我说,我那个坏掉的白齿必须拔掉了。

---

① 宣补,即宣布。原文为announceen,正确拼写为announcing。
② 大回,即大会,原文为meeteen,正确拼写应为meeting。

不用占卜①预测，我就知道接下来该怎么做：首先把残留的白齿根清除干净，然后安上假牙并加以固定。整个过程，我在电视上看过。然而，一想到早上起来照镜子时，会看到一个脸颊凹陷的陌生人，长着一张类似海胆模样的老太婆嘴，我的心里便充满了恐惧。

我心里很清楚，尽管我非常不愿意，但这就是现实，必须接受。发火骂娘都于事无补。有一天，我和露丝去一家博物馆参观。售票员看了我一眼，笑着对我说："来张老年人票，对吧？"然后递给我一张半价的老年人票，但我宁愿买一张全价票。露丝也颇为惊讶。

我在那堆木头上坐了大约十分钟，便看到本·亚历山大开着汽车过来了。他开的是一辆敞篷车，副驾驶上坐着伊迪丝·帕特森。她戴着一副圆形好莱坞式墨镜，看上去像一只小浣熊，可爱而且富有朝气，典型的加利福尼亚式风格。我忍不住笑了出来。本是那种将晚年生活变成青年时光的人。他最近正在写一本关于这方面的书。

车子在我面前停了下来。本摇下车窗，但没有下车。他是我的私人医生，但几年前退休了。即便如此，他的出现仍会让我觉得我正躺在治疗床上，等待他用橡胶锤敲打我的膝盖、脚底，戴着橡胶手套触摸我的阴囊等隐私部位，而且边检查，边提问，比

---

① 占卜（read the tea leaves），指西方人用茶叶占卜的习惯，把茶喝下，将杯子反转放在杯碟上，再把杯子正过来，看看杯中的茶叶呈现出何种形状，据此预测未来。

如:"尿液有无问题?""晚上是不是经常起夜?"我信任他,非常钦佩他。他犹如神一般存在,既掌控着自己的生命,也掌控着他人的生命。作为一个大活人,身边站着一个随时有权检查你前列腺的人,难免感觉怪怪的。也许这就是我和他在一起时总感觉不自在的原因吧。关于老年,我们的观点不同。我说他太乐观,他说我太悲观。

本总是从医学视角观察我的口、眼、脾、胃和我站立时的姿态,甚至包括我肺部和肝脏上出现的斑点。"你打算在此做短暂停留,还是筑巢常住?"他问我道。伊迪丝戴着曲面反光墨镜,冲我微微一笑。

"在此孵蛋。"我站起身,拍打拍打裤子上的泥土,"你好,伊迪丝。跟这种刚愎自用的老男人在一起,你可要当心啊!"

这种说法虽然合理,但过于直白。本今年七十九岁,儿子已经年过半百,孙子也已经为两届总统大选投过票。本有一位美貌贤惠的妻子,几年前去世了。他非常爱她。他的右耳戴着助听器,心脏安装了起搏器,左髋关节装上了铝制假肢。尽管如此,他仍然活力十足。每当看见他和一位年轻女性在一起,我就不太放心。不过,我至今没听说他有什么绯闻。

伊迪丝今年六十岁,戴着墨镜,看上去酷酷的,有些桀骜不羁。看到她,你自然会想起黛德丽①。她的丈夫汤姆·帕特森是位有名的建筑师,不仅在家乡,而且在卡拉奇和特拉维夫都赫赫

---

① 黛德丽(Marlene Dietrich,1901—1992),德裔美国演员兼歌手。

有名。他最喜欢的箴言是：一切皆有可能。

"女孩子都会保护自己。"本抢先回答道，"你在干吗，等邮递员？"

"对。"

"露丝在家吗？"

"在。"

"伊迪丝想见见她。伊迪丝，你自己开车过去好了。我和乔在这里聊一会儿。"

伊迪丝正在观望流动的溪水。听到这话，她点了点头，戴上墨镜，把拐杖递给本，等他下车后，自己坐到驾驶位置，挂上挡，微笑着开车走了。本用双手拄着拐杖，低头看着我。他身材高大，即便已经驼背，也有近两米高。

"有个问题，我一直想问你，"我开口说道，"汤姆的病情如何？"汤姆患了舌癌，已经做了两次手术。

"他已经被医生判了死刑。我和伊迪丝刚从医院出来。是阿瑟亲口告诉伊迪丝的。"

"我的天哪！"

"你知道她为什么要见露丝吗？"

"为什么？"

"她要告诉露丝，她不能再为养老院的老人演奏钢琴了。让她另请高明。"

我要是伊迪丝，也没有心思再管这些老家伙们了。

"哦，"我问他道，"汤姆知道吗？"

"他一周前就知道了。是我告诉他的。"他的灰色鬓发站立着,嘴里喘着粗气,气息向下冲我而来,带着一股酸味儿。"我们谁都没有告诉伊迪丝。我们认为,最好让她自己去问汤姆的医生。汤姆实在是说不出口。他们俩的感情很好。"

这时,一阵风吹来,乌云随即飘了过来,天色顿时暗淡了许多。"唉,"我双手搓了搓臂膀上的鸡皮疙瘩,重重地叹了一口气,"该死的乌云,该死的慢吞吞的邮递员,该死的致癌物。人为什么会死呢?"

"死?"本感到非常惊讶,"生死乃自然规律,没什么大不了的。只要想通了,也就不是什么大问题了。我已经因为心脏问题死过两回了。小命眼看就要没了,没想到医生给我装上心脏起搏器,又把我救了过来。"

"这样一来,你写的那本关于老年人的书,就有了一个符合常理的结尾。"我挖苦他道。本的两只眼睛盯着我。

"最近没有看见你。你在忙什么呢?"

"打理打理花园。"

"这种天气你还是穿件毛衣的好。关节还疼吗?"

"你怎么知道的?"

"是你的私人医生吉姆亲口告诉我的。"本回答说,"他给我看了你近期的病历,说你患有风湿性关节炎,心情一定很沮丧。"

"沮丧?我确实不太开心,但谈不上沮丧。"

"他给你开的是什么药?"

"吃别嘌呤醇治尿酸和吲哚美辛肠溶片以缓解疼痛和肿胀,

吃左甲状腺素钠片调节机体新陈代谢，吃链霉蛋白酶调节血糖。还开了一种降胆固醇的药，名字我忘记了。每次都是露丝把药给我准备好，我只管吃。"

"你以前得过心脏病吗？我记不得了。"

"很多年前，我得过心肌炎，还是心包炎、心内膜炎？胸口疼得厉害，心电图紊乱。我瘦了足足二十磅。医生要我卧床休息。时间不长就恢复正常了。"

本拄着拐杖，绷着脸，嘴里喘着粗气。他在办公室里就是这副模样。一股酸味儿再次向我袭来。这个大个子比我整整大十岁，始终表现出一副无坚不摧、永生不朽的样子。他很喜欢窥探我的内心世界，这让我很不舒服。

"让我看看你的手！"

我伸出一只手，他看了看我的指关节，又看了看另一只手的指关节，说道："类风湿就是这种症状。即使病情确实如吉姆所说，你也不会严重到坐轮椅的程度。"

"太好了！"

他呼哧呼哧地喘着粗气，声音竟然盖过了我的说话声。我们俩站在路边的草丛里，好像在吵架。有趣的是，双方谁都不想停下来。

"一般来说，疾病将人击垮的可能性只有五分之一。"他问我道，"你经常锻炼身体吗？"

"散步，打理花园。"

"很好。你身体状况不错，活到八十岁绝对没问题。"

"谢谢你,医生。你有什么根据?"我问道,"我很想听听你的高见。"

本的两只眼睛紧紧盯着我,鼻孔哼了一声。

"人到了六十岁,觉得自己马上进入老年阶段了,就开始焦虑。等到了七十岁就好了。人到了七十岁,就好比一台老爷车,只要每天能正常运转,不出什么大问题,就很好,就是一台好车。如果你通过医学治疗,结合合理饮食、加强身体锻炼,能够将病情控制住,活到八十岁绝对没问题,甚至九十岁也不是不可能。在我看来,人就不应该有老年阶段这一说。"

"你说得似乎挺有道理啊!"我揶揄他道,"不过,我从来没有奢望活这么大年纪。"

"看来你对你的花园已经厌烦了。如果上帝把亚当和夏娃安排在那个完美的地方,而且我碰巧也在那里,那么我会给他们四个月左右的时间,让他们在拉斯维加斯多待些时间。"

"你这话跟露丝说过?"

"没有。"

"除了我,谁还是你的朋友?"

"露丝一直认为,朋友越多越好,但我觉得,朋友不必太多,一两个足矣。而且我见不到他们,也不想他们。我之所以在纽约生活过一段时间,是因为我在那里有工作,而不是因为我在那里有朋友。工作不做了,我跟其中的大多数人也就不来往了。也许我这样说好像很冷血,但我心里确实是这样想的。"

"好吧,"本说,"我不想和你争论。上了年纪的人就是喜欢自寻烦恼。别把自己封闭起来。抽个时间,我们一起聚聚。"

"好的。我什么时间都行。"

"等我电话。记住我的话,你身体不错,多锻炼锻炼,活到八十岁绝对没问题。"他把拐杖抬起来,在我胸膛上重重捅了一下,差点儿把我击倒在地。

"什么木头做的?橡木吗?"

"我没让你看过?"他把拐杖举得高高的。这根拐杖比较特别。顶端造型奇特,棍柄有点儿像樱桃木,绑着一块某种大型动物的骨头。球形把手足足有手球那么大,底部有一道骨质的皱褶以及凸起的两根五厘米的胫骨,用一条宽大的带子绑在木头上。稍微有点儿自尊心的人都会将它掩藏起来。

"这是我的髋关节,"本解释道,"我摔坏了髋部,做了手术。我对医生的唯一要求就是:'医生,一定要保住我的髋关节。我不能失去它。'我靠它走了七十九年的路,今后走路还要继续靠它。"

我笑了笑,把在眼前晃动的拐杖一把推开:"有股怪味道。你就不能把它放在太阳下晒一晒,消消毒吗?"

"这根拐杖结实好用。瞧,这就是我的髋关节。看来,它注定要陪我一生了。感谢上帝!"

正在这时,伊迪丝开着敞篷车过来了。

"伊迪丝回来了,"我向本征求意见道,"我能否表现出我已经知道汤姆的病情了?"

他想了想,回答说:"如果是我,就有什么说什么。我装不来。这方面,你和伊迪丝一样,都很会掩饰。遇事不露声色,咬牙坚持。"

她停下车子,嘴巴紧闭,神色冷漠,给人一种距离感。本拉开车门,伊迪丝把屁股挪到副驾驶位子上。本坐进去,把拐杖扔到后座上。"等我电话,"他大声说道,"这两天我就会约你吃午餐。"他们冲我摆了摆手,开车走了。我又坐到了那堆木头上。

我不喜欢别人对我的人生、生活或者感情指手画脚。本刚才的一席话,让我感觉自己仿佛又回到了十五岁,但十五岁不如六十九岁对我更有吸引力。本的父亲是一位传教士。他刚来加利福尼亚时身无分文,但他聪明自信,能力非凡。他下定决心成为一名医生,后来真的成了一名医生,一位医术精湛的医生。人们不远万里,从四面八方跑来找他看病。他诊治过很多人。海军上将尼米兹、著名批评家安吉拉·戴维斯都找他看过病。他的名片夹里的名人名片比我的多得多,而且关系非常亲密。我呢,仅仅看过他们的签名,为他们准备合同,预付款项,帮助他们摆脱困境。他却亲自检查过他们的前列腺或者子宫。

就这样,曾经不名一文的他成为一名百万富翁,在一座山脚下买下了三千六百多亩土地,盖了一座大房子。即便在盖房子期间,他也没有停止给人看病。似乎全世界的病人都慕名前来找他看病。尽管他的住所像范登堡空军基地[1]一样僻静,但他每周都会找两三个晚上,雇用一对中国夫妇给二十个人准备晚餐。这些

---

[1] 范登堡空军基地(Vandenberg AFB),为美国一处拥有航天发射场的军事基地,位于美国加利福尼亚州的圣巴巴拉。

人来自世界各地，各行各业。本在门多西诺县拥有自己的牧场，在索诺马县有一家葡萄种植园，年产一千瓶赤霞珠葡萄酒。他还担任六家公司的总裁。他喜欢收集的东西很多，比如朋友、书籍、金钱、打油诗①和下流段子等。

我坐在一根满是裂纹、二十乘二十厘米粗的木头上，心里在想：本竟然能够亲自陪着伊迪丝去诊所，询问她身患不治之症的丈夫的病情；抽时间去看我的病历（尽管他现在已经不再是我的私人医生了），并且想方设法安抚我的情绪。说实话，在我认识的所有医生中，除了他之外，真的没有一个人能够做到这些。

咬牙坚持？我吗？怎么会呢？我很生气，心中有些烦躁。跟本·亚历山大在一起仅仅聊了不到十分钟，我就变得不再害怕变老了。

邮递员乘坐的红、白、蓝三色相间的卡车终于开来了。那个邮递员似乎认为他是准时到达的，伸手递给我一小捆信件，都是些普通信件。这也是退休生活的一种体现——信件数量与重要性都在递减。我把信件放在上衣右边口袋里，沿着来时的山路往回走。我边走边读，读完一封就放到左边口袋里。

---

① 打油诗（limericks），一种通俗幽默短诗，由5行组成，韵脚为aabba。

2

面对突发事件，人们往往因为没有心理准备而手足无措。第四封来函是一张明信片，是从纽约转寄过来的（九年前，我们在纽约住过一段时间），上面密密麻麻地写满了字。这时，我已经走到山脚，空气中弥漫着桉树的味道。我停下脚步，开始阅读那张明信片。

亲爱的朋友们，

你们好吗？好久没见，非常想念！我就住在这个村子里，生活还可以。只是我丈夫身患中风，需要我像对待孩子一样悉心照料。我不得不卖掉心爱的埃勒巴肯农庄。除此之外，我们没有其他值钱的东西。我们现在住的房子是艾伊尔送给我们的，很舒适。我喜欢散步和画画，一有空便去找玛侬聊天。城堡还是老样子。上个月，我在哥本哈根举办了一次个人画展。画作全卖了，一幅也没剩。我经常想起你们。你们住的地方安全舒适吗？祝你们快乐幸福！

你们的朋友

阿斯特丽兹·弗雷德-克拉鲁普

明信片背面是一张彩色照片。照片中有个海滨小镇。房屋顶部是红色的，整齐地排列在田野与树林之中。一条砖石铺成的道路延伸至海边。海边有港口。距离海边不远的地方，有座绿色小岛漂浮在海面上。海面风平浪静。

布赖宁厄①。我知道那个地方。那里有村庄、港口，还有仓库。四百多亩的土地上种植着松林、果树和庄稼。那儿的花园和沃里克城堡②中的花园一模一样，里面栽种了好多橡树。孔雀在草坪上昂首阔步。这情景在一百年前的丹麦是不可想象的。我还是比较了解沃里克城堡的，那是一块风水宝地，绝对不仅仅是一座拥有三十间卧室的住宅。

她在明信片中写的内容，都在我的意料之中。坦率地讲，这个结果早在二十年前的那个"仲夏之夜"我就猜到了。她和伊迪丝·帕特森年纪相仿，今年应该也有六十岁了，住在她自认为很安全的地方，照顾着患病的丈夫，过着平静的生活。她也许还能再活十年，活到我这么大年纪，或者再活二十年，活到本·亚历山大那个年纪。当然，也许还能像她奶奶那样，活到一百岁。

我家前阳台的三面都有护栏。快到家时，我看见露丝正站在阳台上晒太阳。

"唉，"她感叹道，"太阳出来暖洋洋，太阳落山冷飕飕。今天是否很有趣？"

"尽耍贫嘴。伊迪丝找你干吗？"

---

① 布赖宁厄（Bregninge），丹麦地名，热门旅游目的地，因其风光旖旎和特色美食而闻名。
② 沃里克城堡（Warwick Castle），位于英格兰中部。

"她告诉我说,她不能再为养老院的老人们弹钢琴了。她和汤姆打算出趟远门。唉,顺其自然吧。午餐想吃什么?"

"现在还不想。下午一点钟再吃吧。我想先工作一小会儿。"

"好的。"她接过我刚刚取来的邮件(里边没有那张明信片),一件一件认真读了起来。其中,有三封邮件分别来自男孩小镇①、美国全国有色人种协进会和美国印第安人协会。

我来到书房,在书桌抽屉里翻了一通,找出一个日记本。这个日记本由三个笔记本用胶带捆绑在一起。我试图打开时,胶带啪的一声断了。我一页页仔细翻看着。其中有些人名,我已经完全没有印象了;有些地方,我也不记得曾经去过;有些事情,如果不是白纸黑字写得明明白白,我可能会坚决否认。这本日记就像是已经过世的乔·奥尔斯顿留给后人的一封信。信中回答了这样几个问题(这也正是我再次翻阅这本日记的原因所在):我是谁?怎么会成为现在这个样子?这一切意义何在?

我从头开始认真阅读,一切都变得清晰起来。记得有人曾经这样说过,有些人的记忆就像一台电脑,只能打印出通过键盘输入的东西。我的记忆则更像一座老式图书馆,没有类别,没有索引,没有查询系统。只有那个穿着毛毡鞋,在人生的道路上跋涉了六十九年的怪老头儿,知道他所要找寻的东西在什么地方。你把问题告诉他,他绝对不会问你这问你那,而是立即进行查找。他查找到一条线索,马上就会联想到另一条。这些线索指引他到

---

① 男孩小镇(Boys' Town),美国一家专门为儿童提供关怀照顾的非营利组织。

达正确的地方。就这样一步一步,他会帮你找到你想要找寻的东西。他办事不急不躁,有条不紊,哪怕面对老板给的巨大工作压力也是如此。

无可否认,他找到的东西也并非总是令人满意。这有点儿像打开坛子盖,观看关在里面的狼蛛,绝对不可能像掘开坟墓那样一目了然。唉,可怜的奥尔斯顿。我了解他,他很像哈姆雷特的好朋友霍拉肖,平常玩笑不断,现在却垂头丧气。

第一本日记还没看完,露丝就开始催促我吃午餐了。下午,还要去镇上办点事儿,还要栽种植物、砍柴。家中这些活儿都是我来干。我喜欢做这些事,锻炼身体,有利于健康。干完后,洗个澡,喝上两盅,然后吃晚餐,洗餐具,最后上床睡觉。卧室才是真正的生活场所。房间温暖明亮。露丝喜欢躺在床上,我喜欢坐在椅子上。电视始终开着,以免错过值得一看的节目。除了老卡塔,没人打扰我们。老卡塔是只暹罗猫,按照人类的年龄来计算,差不多有九十岁了。他怕冷,喜欢趴在我的下巴处睡觉。他最开心的事情就是坐在我的书本上。

露丝正在看书,一副气定神闲的模样。我则恰恰相反。这种情况是最近才开始出现的。准确地说,是从我收到那张明信片,开始读自己前半生写的日记时才出现的。前半生的乔·奥尔斯顿好似斯多葛派哲学家马可·奥勒留[1],或者写作《论老年》[2]的西塞

---

[1] 马可·奥勒留(Marcus Aurelius, 121—180),罗马帝国皇帝、哲学家,著有《沉思录》,是斯多葛派的著名代表。
[2] 《论老年》(De Senectute),西塞罗的著名散文。

罗,他能坦然面对一切、包容一切,即"莫要惊讶"①和"记住你终将逝去"②。他感谢上天给予的快乐,从不怨天尤人。他很清楚,天下人谁都没有向你承诺过什么。很多东西都会破碎,心也会。生活教给我们的东西或许称不上智慧,但足以结痂,长出老茧。

刚才在山下,我和本的谈话让我回到了一九五四年。那个时候想的全都是一九二四年的自己。无论是青年、中年,还是即将步入老年的乔·奥尔斯顿,都对自己要求很严格。他对职业,对生活、对国家、对文明,甚至对他自己,都不满意。他喜欢做常人难做的事情。比如,他常常试图将一根两头都起毛的线绳从针孔中穿过。他渴望所有事情都能永恒、确定无疑。他渴望一种归属感。这个世界上,他这种人几乎没有立足之地。可怜的乔,就像一个孤儿,真是太悲惨了。

乔坐在椅子上。他的不满从未得到解决,渴望也从未得以满足。因此,近年来,他不太像善于忍受的马可·奥勒留,倒更像是波洛尼厄斯③(邻居们自以为很了解他)。他表现出的斯多葛派行为(恬淡寡欲)令人印象深刻。精神就像人类的皮肤,摩擦越多的地方就越厚实。当然,这样又产生了一个新的问题,那就是皮是否足够厚。

自帕西法尔④之后,丹麦便成了最具传奇色彩的旅行目的地,旅行者注定会受尽屈辱。如果你忘记旁人的警告,启程穿过

---

① 原文为拉丁语:Nil admirari。
② 原文为拉丁语:memento mori。
③ 波洛尼厄斯(Polonius),《哈姆雷特》中的御前大臣。
④ 帕西法尔(Parsifal),瓦格纳歌剧《帕西法尔》的主人公。

黑森林前往黑暗之塔的话，你会发现自己暴露在外，脆弱无助，缺乏指引，然后心生悔恨。也许被我刺中的是一只河鼠，但是，它的声音听起来像是婴儿的尖叫。至于那不幸的女仆——阿斯特丽兹就是其中一位——则被恶龙吞噬了。这就是这张明信片上的内容。

如果说在去黑暗之城朝圣的路上能够学到点儿什么的话，也是不幸沉闷、黑暗丑陋的，如同排水沟里的蟾蜍一般。这是一个自从妖魔时期以来在现实中发生的格伦德尔①式的教训。我别无选择，只能像二十年前一样，胡乱抓住枯黄的叶子把它埋了。这似乎是唯一能够让我们安全度过一生的方法。至于是勃格向培尔·金特建议道"绕道，培尔，绕道而行"，还是铸纽扣的人建议的，②这不重要。

我在丹麦时，曾经读过约翰内斯·延森③的《漫长的旅行》。这是一部爱国编年史。书中描写了斯堪的纳维亚人如何创造世间万物，从火到铜、金、铁，再到工具、房子，再到农业，充分展示了斯堪的纳维亚人的智慧。因为它，延森获得了诺贝尔文学奖，同时也获得了一些人（包括斯堪的纳维亚考古学家）的信任。我很喜欢斯堪的纳维亚人。有一次，我还试图证明自己和他们有着血缘关系呢。然而，这些北欧海盗并不是拥有所有美德的

---

① 格伦德尔（Grendel），盎格鲁—撒克逊史诗《贝奥武甫》中的男妖。
② 勃格（Boyg）、培尔·金特（Peer Gynt）、铸纽扣的人（Button Moulder），均为易卜生戏剧《培尔·金特》中的人物。
③ 约翰内斯·威廉·延森（Johannes V. Jensen, 1873—1950），丹麦著名作家，1944年诺贝尔文学奖得主。

圣人。他们只是创造了自己的文明。即便他们不再四处抢劫,变成世界秩序的裁判者与监督者,仍与其他民族一样,将其野蛮行为说成善举。我在丹麦虽然没有找到想要的东西,但我发现,丹麦这个国家跟世界上其他国家一样,有些地方已经腐烂。丹麦人跟世界各地的人们一样,也会被邪恶的事物所吸引,投身其中,甚至还会效忠它们。如果亨利·詹姆斯的鬼魂跑来讨要一本该书的复印本,我会告诉他新世界的无辜和旧世界的过去,至少会像他写的《黛西·米勒》一样具有启发性。

由于没有继承过什么传统的东西,我常常对它抱有一种不切实际的想法:时间会证明一切,包括人们的行为是善是恶。在我看来,时间能分辨善恶。善行继续存在,被后人发扬光大;恶行渐渐枯萎,遭后人唾骂遗弃。在我看来,未来不仅仅指现在,也指过去。太阳神巴尔、火神洛基、光明之神巴尔德与上帝耶和华一样永恒不灭。

我的母亲就是个丹麦人。她自幼父母双亡。十六岁那年,她孤身一人跑到美国打工,后来嫁给一个铁路司闸员,一个酒鬼。生下我后不久,他就在苏城①装货时被杀了。几年后,母亲改嫁,但很快又被抛弃。她从未有过自己的房子。母亲带着我一直在一间黑暗的地下室里生活,冬冷夏热。我刚上大学那年,母亲从地下室的楼梯上滚下来摔死了。她对新世界的梦想、对我的希望都成了过去。成年之前,我一直因为母亲的口音、笨拙、卑微

---

① 苏城(Sioux City),美国地名,位于艾奥瓦州。

感到耻辱。我一直不愿意在"母亲的名字"那一栏写下"英格堡·黑格德"这个名字。直到母亲去世后，我才认识到她的伟大。这些年来，深深的自责令我精神紧张，溃疡频发。不过，我也学会了用枯叶来遮盖不想看到的东西。

柯蒂斯是我唯一的儿子。他从出生那天起就没有享什么福。他在拉荷亚①海滩冲浪时，在冲浪板上没有站稳，不小心跌了下来，从此再也没能回来。跟母亲的死一样，儿子的英年早逝也令我非常自责。他是我唯一的孩子，母亲是我唯一的长辈，但我都没能留住他们。时光飞逝，没有了过去，也没有了未来。年过半百，我的人生出现了如此重大的危机。令人惊讶的是，各种细菌非常灵敏，反应非常快。我们遭受苦难时，它们就会跑来折磨我们。这次反应最快的是导致心肌炎的细菌。我常常担心我的起搏器会停止运转。在我的身体里，准确地说，是在我衰弱的心脏周围，有一种渴望。强烈的空虚感反复出现。即便心脏运转正常，我也有这种感觉。马可·奥勒留等人应该也会有这样的感觉。

我坐在卧室里，在一盏三百瓦白炽灯的照射下，反复阅读一篇日记。日记记录的是，一天下午，阿斯特丽兹的哥哥艾伊尔·罗丁伯爵带领我参观他的私人博物馆。从现代斯堪的纳维亚半岛人野餐用的塑料制品，可以发现其铁器时代、青铜器时代、石器时代或更远古时代的影子。而且，从公元前四世纪开始，这些东西已经完全具有丹麦风格。

---

① 拉荷亚（La Jolla），美国加利福尼亚州的美食城市。

我感到非常吃惊。如果印第安人站在俄亥俄州的土丘上，他们会感觉到，他们的祖先已经融化为脚下的泥土。跟玉米一样，一代又一代的印第安人完全属于这片土地。对于其他美国人而言，即便已经在这片土地上生活了好几代，也不会有这种感受。他们要么像是在美国国家公园闲逛的游客，要么就像我，经常在参观私人墓地时，希望找到自己的名字。

对我来说，那些锈成棕褐色的利剑、盛水用的枯骨和碗，那些角勺、角盔、铜斧、石矛以及利用鹿角制造的剥取动物脂肪或皮毛的工具，都只是古董而已。我想和罗丁一样拥有这些历史。虽然我对阿斯特丽兹的这位哥哥怀有戒心，但还是从心底里羡慕他。除了他有许多我想要的东西外，更重要的是，他有归属感。

屋子中间，桌子上摆放着一个大型钟形玻璃罩，里边摆放着他最得意的收藏品。最初发现这件文物时，它的身体蜷曲，双膝蜷缩，呈侧卧状。由于接触到了空气，开始慢慢氧化。罗丁经常把它送到哥本哈根博物馆进行保养。虽然外形走样得厉害，但仍能看得出是一个人。他身材矮小，鹰钩鼻，高颧骨，两眼紧闭，头戴鲁滨孙式皮帽，手脚被绳子捆绑，脖子也勒着绳子，表情痛苦，又像是诡异狡猾的微笑。

罗丁和我开玩笑说，这就是他的祖先。我看着罗丁，倘若将其身体风干，去掉水分，再加上那副古怪的微笑，也许真的跟那个人有血缘关系呢。

我脑子里突然冒出来一个想法。我站起身子，没有看露丝（以免看到她疑惑不解的表情），走下楼梯，来到书房里，从书桌上拿起一本相册。我找到了一张露丝给凯伦·布利克森拍摄的照片。当时，她坐在朗斯特兰德花园的一棵大树下，头戴一顶老式的宽檐帽子。她身材小巧，手拿一块印有古代北欧文字的石头，眼神如蛇一般露着凶光：一副女巫师模样。这块石头是在我们到来前，她刚刚从地里挖到的。她面露喜色，摆出一副似乎知道什么秘密的样子。好像她每天晚上骑着扫帚前往的那个黑暗世界，通过石头上的神秘文字在白天向她透露了什么重要信息，只有她和她的那些男巫朋友才能看得懂。当然，她跟罗丁长得很像，尤其是那古怪狡猾的笑，甚至比罗丁跟他妈妈的相似度还要高。

凯伦·布利克森是男爵夫人，本来就跟阿斯特丽兹兄妹是亲戚关系。对此我并不感到惊讶。我见过的所有丹麦贵族都是亲戚。由于长期通婚，他们的模样都长得差不多，就跟艾尔谷梗犬①一样。记得当时照相，这位丹麦贵妇回头看了我一眼。她脸上露出的那种笑容可爱而又狡猾，让我毛骨悚然。

我关上书房的门，径直朝卧室走去。突然，有股狂风吹过，吹得院子里的槲树直响，声音就像人在呻吟。绑在树干上的灯泡光线刺眼，树影摇曳，野李子花瓣飘过被照亮的树冠。打开卧室门的一刹那，感觉风似乎要把房门吹走一样。

顶着狂风细雨，沐浴着李子花瓣，夹着日记本，我回到了卧室。露丝把书放在腿上，抬起头，看了看我，突然哈哈大笑起来。她就像《小红帽》里的奶奶，花白头发，戴着眼镜，长着格

---

① 艾尔谷梗犬（Airedale），梗犬中体型最大的一种，头部特征独特，眼睛到鼻尖的距离相对很长。

劳乔·马克斯①式的眉毛,一副门卫般的挑逗的眼神。

"你到哪里去了?"

"书房。"

"干什么?"

"查资料。"

"外面似乎在刮大风,下大雨。"

"风大,雨不大。"

沉默片刻,她咧嘴笑了笑:"你还要看会儿书吗?"

"也许吧,怎么了?"

"那你最好先把落在眼镜上的花瓣擦掉。"

我摘下眼镜,把李子花瓣擦掉,坐在椅子上。露丝还在盯着我看:"你在看什么,这么用功?"

我本来打算把日记本留在书房,以便早上独自浏览。虽说里边没有什么秘密可言,露丝也可以看,但自从收到那张明信片后,我就一直备感不安,希望独自一个人回忆一下过去发生的事情。

"文章。"我回答道。

"什么文章?"

"还能有什么文章?以前的奥尔斯顿。"我举起手中的日记本给她看了看。

"看上去不像是信。"

---

① 格劳乔·马克斯(Groucho Marx,1890—1977),美国著名电影演员,眉毛浓、粗、短。

"一个由三个笔记本组成的大日记本。"

"写的什么?"

"日记。"

"谁的日记,你从哪里找到的?"

"我的。从硬纸箱子里翻出来的。"

"我问的是,谁写的?"

"我写的。"我把身子往后靠了靠,做出一副专心致志的样子。

露丝依然不肯罢休。倘若勾起了她的好奇心,她甚至能用眼睛读出你的基因序列。

"得了吧,你没有保存日记本的习惯。"

"就保存了这一本。"

"什么时候写的?"

"在丹麦时。"

"丹麦?"

"是的,没错。① 怎么,不可以吗?"我被她拷问得有些不耐烦了。

露丝虽然看上去心不在焉,但绝对是意犹未尽。我心里知道她在想什么。我继续看日记,但根本看不进去。过了一会儿,我再次朝她望去,发现她仍旧坐在那里,身子靠在枕头上,书放在肚子上,一只胳膊搂着老卡塔,眼睛盯着我,脸上一副难以捉摸

---

① 原文为丹麦语:Ja, det er ret。

的表情。她在思考,在判断,并且很快就会得出结论。突然,她对我笑了笑,眨巴眨巴眼睛,表情有点儿尴尬,说道:"念给我听听?"

我大吃一惊。她对我读什么书、看什么报,从来都不过问。她的任务就是帮助我克服抑郁情绪。实话说,鉴于之前讲过的原因,我并不想把这本日记读给她听,至少等我看完以后再说。

"没什么值得听的,"我回答说,"都是些琐碎的事情。早上按时起床,然后刮胡子。理发花三十五美分,买报纸花十美分,购买其他物品花二十五美分。"

她用轻柔的布尔茅尔式①嗓音小声说道:"你看日记时,我一直在看你。"

"你说什么?"尽管一字一句我都听得非常清楚,我还是想让她再大声重复一遍。

"你看日记时,我一直在看你。"她的声音还是那么小。

"不要被我的笑声迷惑。"

"问题在你,"她责备我道,"你从来没跟我提起过这件事。"

这件事,我确实没有跟她提起过。我承认,这对她不公平。毕竟柯蒂斯是我的儿子,也是她的儿子。作为一个母亲,失去儿子,她和我一样悲痛,甚至比我还要伤心。而且,我们是为了治疗我的抑郁才去丹麦的。一路上,她对我百般照顾。而我呢,头脑一阵发热,好像又回到了青春期那个时候。我为我的自私而感

---

① 布尔茅尔(Bryn Mawr),即布尔茅尔学院,美国著名的女子学院。此处应该是在暗示露丝毕业于布尔茅尔学院。

到后悔、内疚。

"这是一个错误,"我回答说,"虽然不是我造成的,却让我感到很尴尬。"

从她看我的表情,我知道她现在内心非常不安。更糟糕的是,这种表情一直挂在她的脸上,没有我们玩游戏时的任何伪装。她没有和我争论,神情很严肃。

"乔,"她轻声说道,"你为什么不愿意读给我听呢?"

"真的没什么。就跟我们去国外其他地方旅行,比如,去巴黎北部、丹麦的克伦堡和库纽森堡,没有任何不同。除了后悔做了件蠢事外,其他完全一样。而且,这都已经过去好长时间了。"

"关于阿斯特丽兹?"

"不是全部。我还没看完呢。"

"还有我们。"

"我们?是的,当然有。"

"求你了,让我看看吧。也许对我们俩都有好处。"

"好吧!"我回答说,"之所以今天才把这个日记本翻出来,是因为我今天刚刚收到一张明信片。"

我把明信片拿出来,递给露丝。她反复读了好几遍。读完后,她把明信片翻过去,仔细端详了布赖宁厄一会儿,然后又翻回来又读了一遍。

"啊,亲爱的,"过了五分钟,她对我说道,"我看了特想哭。"

我没有吭声。

"她人不错。"露丝继续说道,"认识她的人,都愿意和她来往。我也是。"

"你说得很对。"

"但我已经把她给忘了。"

"嗯。"

"一收到这张明信片,你为什么不立即拿给我看?"

"我也不知道为什么。"

也许,尽管你和一个人在一起待了很长时间,但敞开心扉的时刻并不多。露丝满脸疑惑,但没有一丝责备。她犹豫了一会儿,轻声问道:"你读这张明信片时,心里会不会……痛苦?"

我该怎么回答?是说"还好吧",还是说"不,一点儿也不痛苦"呢?当然,如果她让我向她坦白,我一定不会拒绝。于是,我打开日记本的第一本。

"这可能会让我们都不开心,"我回答说,"那是一段悲伤的日子。你想看关于斯德哥尔摩号的那些事吗?那是悲伤的开始。"

"你还记录了那段乘船的过程?非常恐怖!"

"每一段都很恐怖。当斯德哥尔摩号撞上安德里亚·多利亚号,安德里亚·多利亚号开始下沉时,我就不再相信上帝是公平的了。"

"那是哪一年?"

"你说的是斯德哥尔摩号和安德里亚·多利亚号相撞的那一年吗?"

"不。我们什么时候到的丹麦?"

"一九五四年。"气氛终于不再紧张了,我们又恢复了往常的状态。

"你想听这一段?"

"嗯,我现在很想听。"

她把身体上的书放在一旁,双手搂着老卡塔,背靠着枕头,一副很期待的样子,就像一个小朋友准备再听一个睡前故事那样。我觉得她有点做作,忍不住大笑起来。

风缓慢有力,一直吹个不停,雨点噼里啪啦地敲打着窗户。没有什么时候比现在更适合读这则日记了。

"准备好了?"我问她道,"我们开始吧。"

3

三月二十六日,乘斯德哥尔摩号邮轮出行

我突然想到,如果不做这次旅行,我们今晚就会和好多知名人士一起庆祝罗伯特·弗罗斯特①的八十大寿了。能够逃离真好!我有很多事情可做,比如,关心自己,找回健康,铸造良知,升华灵魂,等等。阅读、学习、思考、升华。尽管这话听上去似乎有点儿矫揉造作,但事实的确如此。人要学会享受生活,不要再当清教徒。面对困难和挫折,不再自怨自艾,不再捶胸顿足,坦然接受。过去的已经过去,未来与我无关。借用杰斐逊②先生的话说就是:世界只与现在有关。

路途遥远,而且非常颠簸。我幸亏吃了晕船药,不过还是感到难受,一直想吐。告示牌显示,风力等级刷新了历史纪录,达到每小时四十海里。风大到几乎要把人的头发连根拔起。一对上了年纪的瑞典夫妇也坐在餐桌旁边,和我们距离很近。妻子出生于明尼苏达州。他们卖掉了在奥马哈③经营的一家杂货店,打算搬到哥德堡④附近的一个小村庄里安度晚年。丈夫上次去哥德堡

---

① 罗伯特·弗罗斯特(Robert Frost,1874—1963),20世纪最受欢迎的美国诗人之一。
② 杰斐逊(Thomas Jefferson,1743—1826),美国第三任总统,《独立宣言》的起草人之一。
③ 奥马哈(Omaha),美国内布拉斯加州最大的工商业城市。
④ 哥德堡(Gøteborg),瑞典第二大城市,仅次于斯德哥尔摩,也是著名的旅游城市。

竟然是在一九〇五年。哦,我的天哪。

这对老夫妇生性腼腆害羞。只要你对他们的态度足够友好,他们也会和你亲近。他们很敏感。如果镇子上有个女孩子未婚先孕,他们甚至会比这个怀孕的女孩子先知道。他们很挑剔。如果有人呼吸过于用力,他们就会通过发出喷喷声来表示不满。他们不喜欢抽烟、酗酒、打牌、跳舞,也不喜欢看电影、看书、思考。他们强烈支持《福尔斯泰德法案》①。他们甚至希望奥古斯塔娜学院立即把那位讲授《永别了,武器》的英语老师开除。值得一提的是,他们感动时,给人的感觉好像是在发怒。

从不离开家乡太久的人们(这里指的是那些远离故土,到其他地方寻找更好发展机会的人,而不是那些因为政治原因而被流放的人),绝对想象不到家乡对一个人来说是多么重要。"金窝银窝,不如自己的狗窝。"对于这对老夫妇来说,故乡永远是他们的最爱。老贝特尔松把一八九〇年或一九〇〇年时的故乡一直记在心里。即便跑到美国生活了这么多年,他也没有忘记故乡的模样。然而,故乡已经发生了翻天覆地的变化。老贝特尔松发现,瑞典的路德宗②绝对是一个生死登记处。跟现在瑞典年轻人对待性生活的方式相比,奥马哈市的情人小巷里那些让人反感的举止简直就是小儿科。

我心情不错,便点了一条鱼和一瓶普伊芙美产区的葡萄酒。这

---

① 《福尔斯泰德法案》(Volstead Act),即美国于1920年颁布的禁酒令。
② 路德宗(Lutheran Church):亦称路德教,因其教义核心为"因信称义",又称信义宗,由马丁·路德于1529年创立于德国。

对老夫妇猎狗似的眼睛中立刻流露出愤怒的神情。即便露丝不对我使眼色，我也会分一些给他们两位。贝特尔松太太双手在酒杯上方鼓掌，好像如果有人要强奸她，她也会在其私处上方鼓掌一样。

他们对我们怀有戒心，很想知道我们大老远跑到丹麦来干什么。露丝告诉他们说，我们来这里纯粹是想散散心，不是办公事，准备待上几个月。露丝还对他们说，我的母亲就出生在丹麦这个地方。所以，我们还会到我母亲的出生地看看。了解到这些情况后，他们立即和我们亲近了许多。

就像逃离蛾摩拉城①的原住民渴望再回到蛾摩拉城一样，我非常想去母亲的出生地看一看。站在母亲出生的房屋前，思念之情油然而生，而且也有一种完成了使命的感觉。

我今晚上床很早，躺在床上看书。船上衣柜的抽屉老是往外跑。我拿出一位好心人送给我们的橡胶晾衣绳，用它把抽屉绑住。我对《孤独人群》②这本书的感觉，就像听哈克·芬③讲话一样，虽然有点儿晦涩，但很有意思。我读了一会儿，然后把书放在一旁，开始学习丹麦语。我个人认为，丹麦语发音很好听，比如："一位美女"④；"一朵花"⑤。不过丹麦语的语句里经常出现喉塞音，听起来就像人在打嗝或者快死时喉咙发出的咕咕声。练习

---

① 蛾摩拉城（Gomorrah），古巴勒斯坦城镇。据《创世记》19:24 记载，因其居民邪恶，该城和所多玛城一起被神焚毁。
② 《孤独人群》(The Lonely Crowd)，作家理斯曼 1950 年与同事合著的书，论述美国人社会性格的形成及其演变。
③ 哈克·芬（Huck Finn），即哈克贝利·芬，为马克·吐温笔下的文学人物。他的语言常常打破语法常规，动词时态随意转换，思维如同儿童。
④ 原文为丹麦语：en smuk。
⑤ 原文为丹麦语：en blomst。

发音时，我感觉都快吐出来了。

三月二十七日

十级狂风——风速高达每小时五十海里。船身像是刀片一样在大风推动下快速前进，左摇右晃。这艘船就像是一艘驱逐舰，穿梭在汪洋大海之中，左右摇摆、上下起伏。大浪时不时冲上甲板。船首的两侧，一会儿左舷不见，一会儿右舷不见，一会儿两舷都不见了。船员必须把全船的物品捆绑得结结实实。我吓得瑟瑟发抖，视线也随之摇摆起伏。吃早餐时，餐厅里空荡荡的。我们中餐和晚餐都没过去，而是在客舱里胡乱吃了点儿烤面包和酸奶。我虽然吃了晕船药，还吃了腌鲱鱼卷（船员告诉我们说，吃腌鲱鱼卷可以治晕船），但还是不停地跑到舱外呕吐。我现在感觉好多了，但露丝还没有缓过神来。尽管我用晾衣绳把衣柜抽屉绑住了，但它还是不断往外跑。

三月二十八、二十九、三十日

周末。我们迷路了。而且，接下来的一周，我们很可能会在这茫茫大海上打转转。风越来越大，现在风速已经高达每小时五十四海里。露丝躺在床上。我吃下晕船药，一个人来到舱外，跟跟跄跄，东倒西歪，而且感到身子软弱无力。我们跟贝特尔松夫妇达成一致，天天去健身，让血液畅通，把毒素排出体外。斯德哥尔摩号好像一头喝醉酒的大象在跳舞——船舷左右摇摆，船身上下浮沉。上浮时，似乎千钧重量压在身上，下沉时，似乎处于失重状态。我就像弹球机里的弹球，蹦到了甲板 C 区。我蒸了一会儿桑拿，很快就觉得喘不过气来。只听啪的一声，原来是按摩师在拍桌子。倘若被他拍出什么问题该怎么好？越想越害怕，最后决定不做按摩了，还是去游泳的好。

　　游泳池铺的是白色瓷砖。我刚踏进游泳池，便感觉船身开始向左舷倾斜，池水也随之向左倾斜。过了一会儿，我又感觉船身开始向右舷倾斜，池水便随之向右舷倾斜。回流的池水淹没了我的脚面、脚踝、小腿。我急忙蹲下身子，等待时机，准备进行蛙泳。时机来了！池水涌过来时，我蹬腿起身，向深处游去。偌大的游泳池里，只有按摩师和我两个人。距离游泳池不远的地方，有一些供旅客使用的健身器材。

三月三十一日

　　今天，我们要和贝特尔松夫妇一起在哥德堡下船。除了船长可能知道我们会在那里下船，应该没有其他人知道。现在距离哥德堡还有一段路程。贝特尔松夫妇俩本来计划是去那里的，但一件做梦也想不到的事情竟然发生了。具体情况是这样的：

　　今天的风小了一些，好多乘客就像土拨鼠一样，出来吃晚餐。其中一位擅长种植苹果和樱桃。他来自菲英岛[①]。他一直在佛罗里达州帮助兄长打理橘子园。还有一位来自挪威，不太爱说

---

① 菲英岛（Fyn），地名，位于丹麦中南部。

话，无论是腌鲱鱼卷还是薄荷，只要菜单上有，他都要尝一尝。他们两位只喝酒，无论是啤酒还是烧酒[1]，都来者不拒。贝特尔松夫妇虽然非常厌恶，但并没有立即拂袖而去。吃过晚餐，他们和我们一起来到休息室。舞会开始后，他们一直坐在座位上看我们跳舞，似乎我和露丝能够给他们带来安全感。

跳舞既不困难，也不稀奇，但在风浪中航行的邮轮上跳舞的确比较困难，就像在处于地震中的房屋里跳舞一般。船身不停晃动，幅度大小不一。钢琴用螺丝固定在地板上，但琴凳没有。斯德哥尔摩号迎着海浪，在大海中跳上跳下，就像一条大马哈鱼。每逢大幅度跳跃，钢琴演奏者和正在跳舞的男男女女便会东倒西歪。突然，钢琴演奏者大喊一声，倒在地板上。钢琴也重重地歪倒在地板上。我和露丝则跌坐在椅子里。很多人由于没有舞伴，只能坐着看。那个沉默寡言的挪威人也在其中。钢琴倒地时，砸伤了他的腿。

大伙儿一起把钢琴扶起来，重新固定好。两三个乘务员抬着一副担架跑了过来，一步三晃，将那个挪威人抬往邮轮医务室。直到这时，我才发现贝特尔松也摔倒了，吐了一地。幸亏贝特尔松太太死命拉着他，否则他绝对会躺倒在自己的呕吐物上。老贝特尔松也被担架抬走了。半小时后，医务室传来消息：贝特尔松因心脏病去世了。

我把这个不幸的消息告诉了露丝。她听后，重重地叹了一口

---

[1] 烧酒（akvavit），也称作阿夸维特酒，一种烈性酒，产于丹麦、德国、挪威和冰岛等国。

气:"唉,可怜的贝特尔松太太!"

贝特尔松先生一生本本分分,平平淡淡,辛辛苦苦工作了五十年,本来应该像一张到期的国库券,到了收获享福的时候,结果却因为心脏病发作而猝死在这茫茫大海上,留下贝特尔松太太孤苦伶仃一个人。这样一来,不仅他自己不能去哥德堡了,就连贝特尔松太太也不知如何是好了。可怜的贝特尔松先生!可怜的贝特尔松太太!

当我在日记中记录这些事情时,露丝已经睡着了。也许是梦到了什么悲伤的事情,她在睡眠过程中不时地抽泣几声。衣柜抽屉依旧往外跑,绑它的晾衣绳越拉越长。等到船身恢复平稳,抽屉就像弓箭一样跑回原地。我躺在床上,除了听听自己的心跳,无事可做。事情一件接着一件,尽管真的不愿去想,但根本阻挡不住,不停地从脑海中往外涌。至少在我晕船的时候,不会想起那么多事情。有人说,如果此时此刻你正在与敌人交战,就绝对不会晕船。即便如此,有谁会为了不晕船,而一直与敌人交战呢?

四月一日

贝特尔松死在了愚人节的前一天。也许是因为船上的制冷设备出了故障或者是出于其他什么原因,船上的人居然在愚人节那天,就急匆匆地把他的尸体从船上扔进了大海。他们一定是在他的体温尚未完全消失时,就把他装进了存放尸体的口袋。

凌晨三点,我才迷迷糊糊睡着。不一会儿又从睡梦中惊醒过来，感觉这艘船不太对劲，不像往常一样向前行进，而是任其在海上漂荡。发动机的轰鸣声也听不到了。恐惧感油然而生。我下床看了看表，五点十分。时间一分一秒过去。我等待着警报声、人们的叫喊声此起彼伏的那一刻，等待着听到有人高喊"赶快上救生艇！"的那一刻。我本来打算马上把露丝叫醒，让她赶紧穿衣服，可转念一想，决定还是先出去打探一下。

大厅灯火辉煌，空无一人。所有门都是关着的。穿着睡袍和拖鞋，我乘坐电梯来到休息室一看，一样灯火通明，一样空无一人。钢琴已经重新固定在地板上了。四周静悄悄的，只有木制物品在咯吱咯吱地响个不停。

我来到船舱门口，发现天下着雨，雨滴如铜钱般大小。借着船上的灯光，我从右舷栏杆向外望去。灰白色的海浪一浪高过一浪，越过栏杆，四处飞溅。斯德哥尔摩号随之时而升起，时而跌落。突然，我感觉船在上升，似乎从海浪上跳了过去。我紧紧抓住门框，努力往大海深处望去。海浪在黑暗中升起，落下。在微弱的灯光下，一切都是一个大致的轮廓，根本看不到终点，令人恐惧。船身好像突然间也变小了很多。记得康拉德曾经这样说过："若要知地球年岁，就在暴风雨中看海。"[1] 想必他说的就是这个情景。

突然，我看到甲板前部有很多防水雨衣光点在晃动。原来是一群人！他们围着某个东西，有的紧紧抓住彼此，有的紧紧

---

[1] 语出《大海如镜》第22章。

抓住救生艇的吊柱，形成了一个不规则的曲线。半夜三更，冒着风雨，他们在搞什么名堂？莫非在学吉姆老爷①，偷偷弃船逃跑，丢下船上的其他乘客去海里喂鱼？想到这里，我心里害怕极了，急忙用手揉揉眼睛，仔细观看。原来他们正准备把贝特尔松的尸体抛进大海。只见两个人弯下腰身，把可怜的贝特尔松从担架上抬下来，然后直起身子，向后退了一大步，把他扔进了茫茫大海。

就这样，可怜的贝特尔松刹那间——准确地说，是一个人弯下腰身、再直立起来的短短几秒钟——就从这个世界上永远地消失了。亲眼看到这一幕，我的心情很难形容！那些身穿防水雨衣的人还在忙碌。其中两个人搀扶着另外一个人。那个人步态蹒跚，走路缓慢。是贝特尔松太太！为什么要让她亲眼看见这一幕？也许是她自己坚持要亲眼看着丈夫去见上帝。

眼看他们任务完成，准备回船舱，我抢先一步沿原路返回卧室。刚刚回到卧室门口，抓住门把手，我就听到发动机又开始工作了。我躺在床上，斯德哥尔摩号继续在大海上航行。

也许，人们做事都喜欢雷厉风行，贝特尔松死亡的痕迹很快就被清除得干干净净，消失得无影无踪②。当天下午，风平浪静。贝特尔松太太身披毛毯，坐在甲板上，呆呆地望着海面，好像服

---

① 吉姆老爷（Lord Jim），康拉德长篇小说《吉姆爷》的主要人物。故事中，满载一船香客的帕特纳号即将沉没，他对以船长为首的船上官员不顾乘客性命，拼命争夺有限的几只救生艇的行为极为鄙视，不屑和他们为伍，决意和乘客们共患难。但在最后时刻，他还是被恐惧和混乱吓破了胆，加入了他所厌恶的那些人的队伍。
② 原文为德语：Spurlos verloren。

用了镇静剂。在她丈夫去世前,由于她这个人很无趣,人们在路上遇到她时,都会故意避开她走。现在,她失去了丈夫,悲伤而且孤独,人们非但没有表示亲近,反而躲得更远了。我也是如此。只有露丝陪她坐了一个小时,和她聊这聊那,这我绝对做不到。和她有什么好聊的呢?在我眼里,贝特尔松就是个愚蠢无知的老顽固。现在,贝特尔松已经不在了。如果为了安慰她,说她丈夫这好那好,未免也太虚伪了吧。

我希望自己能够坦然接受那些脑子不好使的人。事实上,我讨厌他们脑瓜不灵光,思维跟不上我的节奏。贝特尔松被投入大海的那个夜晚,经常在我的脑海中浮现。

我儿子柯蒂斯也是这样。或许日后每当我想鄙视别人的时候,我就会想起贝特尔松被投入大海的那个夜晚。我认为,即便对待愚蠢至极、冥顽不化的路德宗教徒也不能那样毁尸灭迹。

我经常想起柯蒂斯。同样是在海里,都是海水,只不过柯蒂斯丧生的那片海没有狂风巨浪。当然,柯蒂斯是由于海浪的冲击,从冲浪板上跌落下来,被海水活活呛死的。

就像出版商一样,经纪人可以最先成为读者——他们将伊夫林·伍德[1]的话语传遍全世界。宣传《哈姆雷特》十二分钟就够了,而宣传托尔斯泰则需要二十分钟。眼睛顺着日记本向下看,

---

[1] 伊夫林·伍德(Evelyn Wood, 1909—1995),美国教育家和商人,创造了"速度阅读"。

我看到了不想看的东西——胸口有个地方在不停跳动。这是为什么？为什么？为什么？我有什么错？我本来想好好对待那个人、爱护那个人（在这里，我说的不是露丝），却眼睁睁地看着他走向死亡。如果他需要肾脏，我会立即捐给他，需要心脏也可以。我是他的引路人，是他的监护人。

我想，只将其中的部分内容读给露丝听。剩下的内容，我自己一个人读，也许会读很多遍，也许会流泪。我不想让她和我一样承受这一切。犹豫片刻，我就把那页翻了过去。抬头看看她，她似乎清楚我刚才做了什么。

我继续读日记给她听。然而，接下来的内容没有刚才略过的那些有意思。

记得上大学时，有一次，为了探索光的什么原理，我们在实验室把曲光镜绑在鸡的一只眼睛上，然后给它喂食。米粒就放在距离它几厘米的地方。一开始，鸡抬着小脑袋，像往常一样对准了目标，却怎么也吃不到米粒。一段时间过后，它就学会了如何克服我们给它的眼睛造成的困难。一旦它学会了，无论用哪只眼，都能像以前一样精准啄食了。

露丝睡着了，我还没有睡，晕晕乎乎的。大海浩瀚无边。我觉得自己就像一粒米，死亡、宇宙这只巨鸡正站在我身旁，瞄准目标呢。我不知道它是否在用双眼看我。也许它两只眼睛都不用。我知道，即便宇宙的两只眼睛都看不到，它也一定会啄到我。我一直认为曲光镜不顶用。就连母鸡都能在几个小时内恢复其啄食的能力。贝特尔松也许在想,六十五年来,他对上帝一直保持虔诚之心,却给贝特尔松太太带来了厄运,让她亲眼看见发生在他身上的一切。

启示:宁信食欲,不信光学。

我看了看露丝,她的眼神很复杂:有悲伤,亦有同情。很显然,她想用手拍拍我,但更想用嘴巴亲亲我。"可怜的人啊,"她轻声说道,"你太可怜了,不停地与自己抗争。也许那次出行,我自己也太难过了,所以才没注意到你是那么的悲伤。"

如果是在平时,我会屈服于她的同情。事实上,我的生活确实离不开她的同情心。此时此刻,我却没有当回事儿。我回答说:"我伤痕累累,呼吸急促,翻着白眼。尽管如此,你也没有注意到。"

"你没有让我看这本日记。你把它藏了起来。"

"为什么我不能把它藏起来呢?"我辩解说,"这就是写日记的好处。日记中的文字才是真正拥有同情心的听众。"

虽然露丝也懂得这个道理,但我的话令她很不开心。她把老卡塔从下巴处往下拽了拽,还把它的爪子从睡衣上拉下来。

"你为什么这样说我?"她责问我道,"每次你心情不好,都会把我嘲笑一番,连讽带刺。你就不能好好说话吗?"

我深陷于自己的情绪中不能自拔,回答她道:"强有力的心跳往往来自一颗年轻健康的心脏。"情绪平稳时,我绝对不会这样对她说话。

露丝根本不相信,两只眼睛盯着我:"你应该说到做到,不能口是心非。"她是个容易上火的女人。在我羞于接受别人的安慰或者照顾的时候,尤为如此。

"我说什么了?"

"整天说人家脑子不好使。最好照照镜子,看看自己。"

话一出口,她就意识到自己发火了。她可能也被自己的暴怒吓了一大跳。

我本可以回敬一句更伤她心的话,让她更加难过。但转念一想,我们已经在一起生活了四十五年。如果都由着自己的性子来,即使再过四十五年,我们仍然会像一对疯狗似的冲着对方咆哮。我没有让局势更加恶化。何况我本来就不想伤害她。我耸了耸肩,轻描淡写道:"也许吧。"

露丝显然没有理由继续发火了。然而,作为受害方,她总要说点儿什么,来结束我们刚才的这段争吵:"我们总算能够一起做点什么,缓解一下心情,这对我们来说很重要。我正听得入迷,内心很受触动,你却耍小聪明不继续读了。真希望我能够理解你,但你就是不给我机会。是你毁了这一切。"

这时,电话铃声响了。由于露丝抱着猫,我便走到床头柜旁边去接电话。

"你好,是乔吗?"

是本·亚历山大。电话中他的声音喘得厉害,但与面对面谈话相比,显然要好一点儿,说话声音也要大很多。

"是我。"

"我想了一下，为什么非要吃午餐呢？我周五约了汤姆和伊迪丝一起吃晚餐。你和露丝一起来吧？"

"应该可以。我先问问当家的。"我捂住话筒，问露丝道："周五，本约咱们和帕特森夫妇一起吃晚餐。去不去？"

露丝查看了一下日历，除了约了理发师，没有其他事情。"你想去吗？"

"你呢？"

"好的，我们去。哎，最近你突然愿意出门了，好像不大对头啊。"

"去本家，我什么时候都可以。如果他有新酿制的红葡萄酒，那就更好了。"

"也许会有，"她微微抽动了下鼻子，"好吧，答应他吧。"

"太棒了！"本很高兴，"那我们周五晚七点见。"

电话那头传来砰的一声，就好像他把电话从两米外扔回到听筒架上一样。

"这个老顽童，"我自言自语道，"八十岁的人了，精力竟然比十八岁的小青年还要旺盛。整天开着敞篷车到处乱跑。他的关节为什么不痛？他为什么就没有感到疲惫的时候？"

"你怎么能这样说？"露丝不同意我的说法，"他的髋关节是金属做的，心脏装有起搏器，走路需要拄拐杖，他一个人过，一定非常孤独。我听你说话的语气，似乎他比你幸运？"

"我并没有说他比我幸运，只是觉得他比同龄人拥有更多的东西。传教士的儿子从小就学习传播上帝的福音。"

"好吧,"她两手下垂,肩膀耷拉着,有种挫败感,"好吧,趁我们现在还没吵起来,你再读一段吧。"

"你还想听?"

"当然!"

"海难这部分内容已经读完了,"我回答说,"后面的内容相对比较轻松,涉及很多当地特色。"

四月三日

哥德堡终于到了,比预期晚了两天。船靠岸用了三个小时,没想到瑞典的地面也像北大西洋海面一样起伏不定。我继续吃了一个星期的晕船药。看着眼前的雕像、市政厅以及商店的玻璃橱窗,我感觉它们东倒西歪,左右摇晃。贝特尔松太太也应该是这种感觉。几个亲戚和一个瑞典-美国航线的代表开车来接她。她的婆家人不会说英文,而她又不懂瑞典语,代表瑞典-美国航线的那个人不得不充当翻译。上车前,她回头看了看斯德哥尔摩号,看了看站在栏杆旁的我们。我们向她挥手告别。她嘴角抽动了一下,用嘴型向我们比画着:永别了。这也许并不是对我们说的。很有可能是对奥马哈说的。她和贝特尔松先生曾在那里住过,并经营杂货店。这也许是对明尼苏达州说的,她是在那里出生的。这也许是对帮助过她的人说的。这也许是对她的丈夫贝特尔松先生,那个三十六个小时前被人装进口袋,并从甲板上被扔进汹涌大海里的尸体说的。永别了。

四月四日，安格利特酒店

　　早晨，天下着大雨，我沿着厄勒大桥①一直向南走。左边是瑞典，右边是丹麦。赫尔辛格②的哈姆雷特城堡守卫着海峡，时隐时现。沿着绵长海岸线，一个个村庄和一座座房屋就像大富翁游戏里的纸牌，排列整齐，掩映在树林中。哥本哈根交通十分繁忙。小巧精美的美人鱼被雨水打湿了身体，坐在冷冰冰的岩石上。码头上有一个带围栏的悬空平台。很多人面带微笑，站在上面，手举迎接客人用的信息牌，上面写着："欢迎来到丹麦"③；"欢迎霍尔格·汉森医生"④；"欢迎奥斯卡叔叔"⑤；"我爱你，克里斯廷·默勒拉普"⑥等等。

　　他们当中大约有一半人没有带雨伞。雨水滴落在他们身上，脸上反着光。他们在雨中快乐地挥舞着信息牌。雨水浸湿了他们手中的信息牌，字迹慢慢变得模糊起来。他们是我见过的最健康、最快乐的人群。他们似乎是来迎接我们的。他们手里高举着的信息牌，好像是专门为我们制作的。我们非常幸运，能够从风大浪急的大海中安全上岸。感谢上帝！

　　露丝去找药店，以及能够买到牙膏和明信片的地方。她已经完全恢复到往日的状态了。我的脑袋还是晕乎乎的。我坐在窗

---

① 厄勒大桥（the Øresund），横跨厄勒海峡、连接瑞典和丹麦两国的跨海大桥，一端是瑞典第三大城市马尔默，另一端是丹麦首都哥本哈根。
② 赫尔辛格（Helsingør），丹麦西兰岛东北岸的一个城市和海港，濒临厄勒海峡，是前文提到的克伦堡的旧址，又称"埃尔西诺"，《哈姆雷特》中的埃尔西诺城堡即以此为背景。
③ 原文为丹麦语：Velkommen til Danmark。
④ 原文为丹麦语：Velkommen Doktor Holger Hansen。
⑤ 原文为丹麦语：Velkommen Onkel Oskar。
⑥ 原文为丹麦语：Jeg Elsker Dig, Kristin Møllerup。

前,一边打量新国王广场,远眺哥本哈根,一边喝着烧酒,啃着腌鲱鱼卷。新国王广场中心是一个公园,树木不多。远处是高塔和城堡的塔楼。广场四周的玻璃窗户外面都悬挂着猩红色横幅——也许是在庆祝什么节日吧——一个穿着猩红色外套的邮递员正沿着广场南边挨家挨户送邮件。英国人认为,猩红色能够调节阴郁的氛围,丹麦人似乎也持有同样观点。

阵阵钟声从十二个教堂的尖塔传来。四点了。楼下,人们在沿街叫卖东西的小车那里买香肠。我又倒上一杯烧酒,含在口中感觉凉凉的,还吃了一块黏黏的鲱鱼。我不是特别喜欢鲱鱼,但这次突然觉得味道不错。跟烧酒搭配,就像将希腊的章鱼、羊奶酪和茴香烈酒搭配在一起。感觉挺好。这也算是一种入乡随俗吧。

房门开了。一位女仆以为屋子里没人,就直接进来了。我说了几句英语。一片红晕立即从脖子蹿到她的脸上。她脸红得很厉害,转身跑了出去,差点自己摔倒在地上。也许这是一个新来的乡下姑娘,刚刚学会铺床、刷洗浴盆和早上送咖啡。看到她,我不禁想起我母亲第一次鼓起勇气,花钱买上一张三等舱票,只身一人前往美国的事情。当时的她应该就是这个样子吧。我经常说,要去母亲的家乡布赖宁厄看一看,但至今我连那个村庄究竟在哪个岛上都不知道。不过,我现在可以确定,我一定会去的。在斯德哥尔摩号上,那个种植苹果和樱桃的果农给了我们一个租车代理商的名字。我们明天就去租辆车,买份地图、旅游指南和丹麦常用语手册。露丝发誓不学丹麦语。我现在已经会说

"是的，谢谢"①"请吧"②"一位美女"③，而且喉塞音也发得越来越好了。

酒店二层的一个角落，几个木匠正在干活。一个男孩儿从楼下街道上走了上来，手里拎着啤酒，总共八瓶。他肯定是个学徒。木匠们放下手中的活儿，一人拿起一瓶啤酒。他们首先举瓶互致敬意，然后大口喝了起来，就像小号手们在演奏《致颜色》。我接受了他们的致敬：

"欢迎，乔叔叔。"④

我合上日记本，建议道："今晚就读到这里吧。我已经口干舌燥了。"

露丝没有反对："好吧。明天晚上，我们继续。每天晚上读一点儿，直到读完为止。但愿这不会让你感到困扰。"

"谢谢！"

"由于害怕困扰到你，"她继续说道，"所以，我一直在忍受着。但是，你别以为……我的意思是说，这是我们生活的一部分，一个小插曲而已，并不奇怪。"

"说得对。"我站起身来，皱了皱眉头。我想，她应该是看到了。

"怎么，关节又疼了？"

---

① 原文为丹麦语：Ja tak。
② 原文为丹麦语：Vaer saa god。
③ 原文为丹麦语：en smuk pige。
④ 原文为丹麦语：Velkommen, Onkel Yoe。

"都是老毛病。"

"你今天就不该把那些木头全都锯完。我怎么劝你,你都不听。你的年纪也不小了,身体还不好。我们应该雇个人干。"

"那我干啥?"我听着雨水啪嗒啪嗒地敲打着窗户,"明天明妮来,你又有事做了。"

"啊,天哪!"露丝感叹道,"你不说我都忘了,明天轮到明妮值班了。我要和她一起把那个房间打扫打扫。"

明妮是我们家请的钟点清洁女工,很能干,但不够细心。露丝心地善良,经常给她做帮手。

电话铃又响了。露丝皱了皱眉头:快十点了。这么晚了,会是谁呢?

她拿起电话:"你好,"然后说道,"请稍等。"

她一副什么也别问的表情,把电话递给我。

"你好?"我招呼道。

电话里传来一个年轻女人的声音,语速急促:"是奥尔斯顿先生吗?非常非常抱歉这么晚给你打电话。能够占用你一点儿时间吗?我叫安妮·麦克尔文尼,现住旧金山,为来国务院参观的游客们做向导。我所在的组织是一个青年联盟。我想让你帮个忙,或者说想请教你一个问题。"她语气带有歉意,但并不真诚。

"好的。我尽量回答。"

"我知道给你打电话很唐突。既然他问起你,想知道你在不在海湾地区。我想,也许你会……你认识切萨雷·鲁利吧?"

"认识啊。怎么,他也在这个城市?"

"是的,再待最后两天。他后天晚上走。既然你认识他,我就不用过多介绍了。他是一个精力充沛的人。我把旅游景点给他写了满满一页,他居然全都逛完了。真的没想到……这样很好!这个城市我们已经逛遍了,参观了所有书店,做了大约六个广播和电视采访,跟好几个作家吃过午餐,与意大利总领事共进过晚餐。我现在就是从意大利总领事这里给你打的电话。我在安排他明天的行程。我敢肯定,他很想见你,不知你明天是否在家?"

"在,"我回答道,"稍等一下,我看一下我的日程安排。如果时间允许,我也很想见见他。"

我捂住听筒,压低声音问露丝道:"切萨雷·鲁利也在这里。有人想带他过来拜访我们。可以留他吃顿饭吗?"

人们都说,长时间生活在一起的人会越来越像。对于意外事情的发生,也会有着相同的反应。我能够感觉到,露丝的反应和我一样:首先拒绝打破往日的宁静,也就是,不能不打扰我们吗?然后快速转动眼球,想些理所当然会想到的问题:我们有什么事情要做?要去超市买东西吗?正值雨天,不买也可。还有,明天轮到明妮当班,这也是需要考虑的问题。不过,这种事情对乔的健康有好处。切萨雷这个人还可以,而且很久没见了。

"我们可以带他出去吃。"我建议道。

"不,就让他到家里来吧。我也想见见他,难道你不想?但不能花费整个下午。天若是晴了,我还想出去散散步。你问问这位女士,他能否十二点半之前到。"

"好的,"我立即对着电话说,"你们能和我们一起吃午餐吗？十二点半怎么样？"

"太好了！"麦克尔文尼女士马上回答说，"他一定很高兴的。你确定这不会……"

"不会。要是错过这个见面机会，我们也会感到遗憾的。"

"好的，他回来了，刚刚进门。你要跟他打个招呼吗？"

"当然。你让他接电话吧。"

切萨雷接过电话，扯着嗓门大声喊叫道："乔塞普①，你怎么样啊？②你怎么也来这里了？我去纽约找过你，他们跟我说，你来这里了，当时我还不相信。我以为你会承包下整个纽约。失败了吗？③"

"切萨雷，"我回答说，"你应该订份《出版者周刊》看一看。那你就会知道，我早就退休了。八年前，我和露丝就搬到这里来住了。"

他还是不相信："年轻人④，退休了？那你来这里干什么？像我一样，追漂亮女孩子？"

听切萨雷这样说话，就好像我们经常在一起干下流事似的，比如，在大街上尾随大美女洛洛布里吉达斯、劳伦斯，与刚出道的比较听话的小明星干一些龌龊之事⑤，等等。事实上，切萨雷喜欢乱说，我是他的听众。我们过去常常在唐尼酒吧找个地方坐

---

① 乔塞普（Giuseppe），意大利语对"约瑟夫"的改称。
② 原文为意大利语：Come va?
③ 原文为意大利语：Cos' é succeso?
④ 原文为意大利语：giovane。
⑤ 原文为意大利语：dolce vita。

一坐,要点儿喝的,而且都是我买单。他认为,这是理所当然的。因为我是他的经纪人,他是我的客户。

我把电话听筒放到距离我耳朵大约十厘米远的地方,任凭他信口开河。等他安静下来,我才对他说:"嗯,又听到你的声音了,我非常开心!如果你能过来吃午餐,我就更高兴了。你现在有事,我就不打扰你了。明天中午,我们见面时再好好聊。你让麦克尔文尼女士接电话,我告诉她,来我们这里应该怎么走。"

"好的,完全可以。那就明天见了。再见,再见,乔赛普,再见了!"①他把电话递给麦克尔文尼女士,我跟她说了来我们家的路线。她非常感激。无论如何,这都算作她给切萨雷安排的一个活动。

我放下电话,对露丝说道:"这一周,我们的社交活动可真多啊!"

"还好吧,"露丝回答说,"我还以为你挺喜欢切萨雷呢。"

"我确实挺喜欢他。我只是说,我们本周社交活动有点儿多。"

"没关系,"露丝回答说,"我知道你不喜欢社交,但我一直以为你喜欢切萨雷。他是我们所有认识的人当中最活跃的。我们的生活好比一潭静水。他的到来就像是龙卷风在水面上卷起的水柱,会让我们的生活增添一些波澜和变化。"

"这正是我们需要的。"

---

① 原文为意大利语:D'accordo. Va benissimo. A domain. Ciao, ciao, Giuseppe, arrivederla.

"是你需要的。"

"他来我们家,"我回敬她道,"饭菜你来做,自然我比你更开心。"

"是啊,"她已经开始计划明天的事情了,"他这个人很有趣,所到之处能够给人带来欢乐。希望他明天能够识趣点儿,三点半左右离开我们家,好让明妮有时间打扫卫生。"

仅仅过了几分钟,露丝便起身下了床:"我觉得,我还是现在就去收拾那个房间的好。这样,明妮就有充分的时间……"

她出去了,嘴里嘀嘀咕咕的。

第二章

1

耐心。①

今天一定很忙碌。想到这里，我感到很烦闷。露丝坐在电热毯上，在吃阿司匹林。切萨雷的突然到访打乱了我们原来的计划。我在心里狠狠骂了他一句。当然，这怨不得切萨雷，是我们自己热情好客。他只是做了他想做的事情。如果我连这都想不明白，这么多年真是白活了。

如果用"倾盆"这个词来描述雨水之大，今天真可谓大雨倾盆。而且，雨一般都是竖直落下，今天却几乎是横着泼来的，夹杂着树叶和树枝。房子在雨中摇来晃去，瑟瑟发抖，我们则忧心忡忡，唯恐停电、房屋漏雨。露丝看着窗外，嘴里不停地嘀嘀咕咕。我去厨房煮咖啡，路过卧室时，发现天窗在漏雨，书架顶部全是雨水。我急忙爬上折梯，把上面摆放的东西全都拿下来，有卡奇纳玩偶、纸糊的印度教神像、霍皮人的陶碗，以及其他小摆件，并把明妮打扫卫生时没有打扫干净的蜘蛛网、灰尘和死苍蝇等也一并清理干净；然后用海绵把雨水吸干，足足的一大碗。雨水还在往下滴，我就用盛放面包的盘子接住。我还把乔

---

① 原文为意大利语：Pazienza。

伊斯·卡罗尔·欧茨①、埃德温·奥康纳②、尤金·奥尼尔③和凯瑟琳·安·波特④的作品小心翼翼地从书架上取下来,打开晾晒。

收拾完卧室,我们开始吃早餐。早餐期间,我们一边听《今日秀》⑤,一边看着窗外的天气变化。其实,这种天气不太适合招待客人,尤其是这位伟大的意大利小说家切萨雷。他继承了邓南遮⑥的精髓,还有点像切利尼⑦和卡萨诺瓦⑧。对于他的到来,我们一方面好好准备,不敢怠慢,另一方面期望他最好自己打电话来,推迟或取消来访。

切萨雷写的书压抑、夸张、颓废,并不像人们所说的那么好。他喜欢用文字来探究人类身体上各种孔洞的功能,比如生殖器、肛门以及嘴巴等。(这跟道德无关,道德不是他的主要关注点。)当然,他也不是第一个以此为生的人。读他写的书,我不得不迫使自己重新激起逐渐衰退的性欲。我要是再年轻几岁,荷尔蒙再活跃一些,也许会喜欢他写的东西。在我个人看来,相比写作,他更适合搞研究。如果撇开他写的书不谈,我还是很喜欢切萨雷的。这个人活泼有趣,满嘴意大利俏皮话,很吸引人。虽然我内心对他不是很欢迎,但还是同意他来我们家做客,听他讲

---

① 乔伊斯·卡罗尔·欧茨(Joyce Carol Oates, 1912—),美国小说家、诗人、评论家、剧作家。
② 埃德温·奥康纳(Edwin O'Connor, 1918—1968),美国小说家。
③ 尤金·奥尼尔(Eugene O'Neill, 1888—1953),美国剧作家,1936年诺贝尔文学奖得主。
④ 凯瑟琳·安·波特(Katherine Anne Porter, 1890—1980),美国作家。
⑤ 《今日秀》(Today),美国晨间新闻和脱口秀节目。
⑥ 邓南遮(Gabriele d'Annunzio,原名Gabriele Rapagnetta, 1863—1938),意大利著名剧作家,唯美派文学巨匠。
⑦ 切利尼(Benvenuto Cellini, 1500—1571),意大利金匠、画家、雕塑家、军人、音乐家。
⑧ 卡萨诺瓦(Casanova, 1725—1798),意大利冒险家,18世纪欧洲著名的情圣。

讲里亚尔托①等。这就类似于即便嘴上说喜欢一个人待着,却会感到孤独;即便嘴巴上说不喜欢年老,可老想炫耀一下退休后悠闲自得的生活。

以前我们做过很多类似的事情,比如,我们建造了伊甸园,但并没有让它充分发挥作用。或许,我们自己觉得正在适应人们称之为幻觉的生活方式。我们希望有可以炫耀的东西,但不能太多。只要足以表明我们生活品位较高即可。如果人们纷纷拥入郊区和乡下,那将会是人类社会的进步,绝对不是倒退。我们拥有图书、音乐、花园、虫鸟、乡间小道,有亲朋好友。我们距离世界顶尖大学只有十几分钟的路程,空气中充满了文化与知识的气息,不到一个小时就可抵达一座人人喜爱的城市。当世界各地(尤其是东方国家)的游客来到这里时,听着他们发出羡慕的感叹声,我们非常自豪,甚至希望听到他们亲口说,我们能够在这里生活,真是太幸运了。

是的,我们一直在这里生活。到了我们这个年纪,感觉每隔七八年就会有一个很大的变化。从我们来到这里那天起一直到现在,在这期间,有几个朋友搬家到别的地方去住了,还有一个去世了。有墓地的伊甸园就不再是伊甸园了。我们认识的那些来自东方国家的人,有的去世了,有的进了养老院,有的跑到图森市或萨拉索塔市或圣巴巴拉市安度晚年。原来住在挪得之地②的人

---

① 里亚尔托(Rialto),即里亚尔托桥,位于意大利威尼斯城的贸易中心。
② 挪得之地(Land of Nod),据《创世记》4:16,该隐杀死了其弟亚伯,上帝将他放逐至伊甸东边的挪得之地。

们开始侵占我们的领地。他们似乎很努力,在山上建造房屋,搞得山峦伤痕累累,有时还对神明大不敬。我们来到这里,熟人越来越少,而且不像原来那样与当地人有很多来往。我觉得"来往"有点儿像性器官:"不用即废"。

最后的结果就是,我们更倾向于待在家里看电视或者看书,不愿意外出或与人交往。这些日子,每当有人来访,我们感受到的不是快乐而是焦虑。为了不辜负来访者的羡慕与赞赏,我们决定好好准备一下。露丝把院子和阳台打扫得一尘不染,做的饭菜好似美国著名厨师朱莉娅·查尔德会来品尝一样。当然,为了迎接能够"让沙漠变绿洲"的切萨雷,我们也是这样做的。我们也搞不懂,我们这样做究竟是为了什么。也许就因为他是我们的老朋友吧。也许是出于其他什么原因。比如,我们想让他感受一下加利福尼亚安静、惬意的生活。

七点四十五分,我们吃完早餐。八点钟,露丝就去厨房准备了。她戴上眼镜,仔细翻看着烹饪书籍。我则身披雨衣,头戴贝雷帽,努力把堆积在过道里的树枝、树叶打扫干净。风从阿留申群岛直冲过来。这可不是温暖的夏威夷海风。我把木柴抱进屋来,开始生火。今天中午的主食是鸡胸肉配烤杏仁,喝的是绿匈牙利葡萄酒(冰镇了两瓶),切萨雷一定会对此大加赞赏。明妮应当是九点钟来上班。为了减轻她的工作压力,我把垃圾全都倒掉了。看她九点钟还没来,我就亲自铺床,并把前厅衣柜中堆放的各种物品,比如拐杖、雨伞和散步时穿的鞋好好整理了一下,为客人腾出放衣物的地方。

已经九点半了，明妮还没来。露丝正在用黄油烤制食物。她双唇紧闭，浓黑的眉毛堆成一团。"看来明妮是指望不上了，"她看着我，抱怨道，"她要是再不来，恐怕饭都熟了。"

我开始清洗露丝刚刚用过的锅和盘子，洗完一个又来一个。十点钟，我终于把所有的锅、盘都洗刷干净了，一点儿也没有耽搁她重复使用。厨房里弥漫着浓浓的饭菜香味，但明妮还是没来。

"看来她今天不打算来了，"我对露丝说道，"这种鬼天气，树倒路陷，甚至泥石流之类的事情都有可能发生。我去用吸尘器，不等她了。如果她来了，你就吩咐她干其他活吧。"

"嗯……哎哟！"露丝本想伸手去拿什么东西，不小心把手烫伤了。她疼得龇牙咧嘴。我拿出治疗烫伤的药膏给她涂上。这药膏一直放在抽屉里。我们因为住在郊区，早有准备。

露丝越是信心不足，我就越认为一定有办法解决。这也许是逆反心理在作怪吧。那一刻，我精神焕发，心情很好。虽然我内心跟露丝一样焦虑，但我表现得很镇定，并一直不停地安慰她。

"亲爱的，不要着急上火，"我安慰她道，"遇到今天这种鬼天气，切萨雷不一定能来。即便他真的来了，十有八九不会准时。时间充裕得很。你只管把饭菜做好就行，其他的我来收拾。如果他来不了，那咱们俩，就你和我，一边吃鸡胸肉配烤杏仁，一边喝绿匈牙利葡萄酒。"

"好吧，"露丝看着我大笑起来，"全都是因为他，我才搞成这个样子。今天冲着你的面子，给他一个机会。要不然，他今后别想再来我们家。"

她把家中的灯全部打开，好让那个光线昏暗的上午显得明快一点。我拿出吸尘器，插上电源，刚刚吸了几分钟，只听砰的一声，吸尘器的嗡嗡声停止了，家里的灯都不亮了。

"我早知道会这样。"厨房里传来露丝的抱怨声。

"放宽心，"我安慰她道，"也许是跳闸了。"

我急忙放下手中的吸尘器，跑到厨房，检查墙上的用电控制板。我刚要动手查看，灯忽然全都亮了。吸尘器再次嗡嗡叫起来。我赶紧向回跑，但是为时已晚，吸尘器撞在了钢琴的一条腿上。就在我关闭吸尘器，清理现场时，露丝跑了过来，原来是在切鸡胸肉时切到了手指。就像古希腊神话里的美狄亚，她把手伸进嘴里，想用唾液治愈伤口。突然，灯光再次暗淡下来，越来越红，最后闪了一下，熄灭了。

没有光亮的房间显得更加寒冷。风在吹，雨滴就像曳光弹一样准确地打在阳台下的橡树上。山谷中的小路模糊不清，就连对面的山峦也只能看到一个个湿漉漉的轮廓。

"怎么办？"露丝很焦急。

"还有蜡烛吗？"

"蜡烛！蜡烛管什么用？没有电，我们怎么做饭，怎么取暖，怎么用水？连厕所都不能用了！"

露丝说得没错。日常生活全部电气化确实很好，很方便。然而一旦断电就糟了，吃喝拉撒都无法维持正常。比如，生活用水需要电。在乡村，地面就像我们吃的果冻一样松软。风一吹，树就倒了,顺带把电线砸断了。很多时候,线路就是这样变得不通畅的。用电供应得不到保证。记得去年冬天,有一次停电停了一整天。为了上个厕所,我和露丝分别给三个家庭打了电话。其中有一家,我们平时根本不来往。

遭遇停电这种事情固然让人生气,但我们会想出各种办法加以解决,并因此而觉得自己很能干。总体上讲,在乡村居住,感觉还是很开心、蛮快乐的。

"咱们点燃壁炉,"我安慰露丝道,"先把取暖问题解决。至于冲厕所,我到贮水池打上一桶水,放到马桶边即可。用完了,我再去打。至于做饭嘛,我们不是还有固体酒精吗?"

"你见过谁用固体酒精做玉米条和杏仁蛋奶酥了?"露丝嘴里嘟囔道。

"那我们就不做玉米条和杏仁蛋奶酥了。"

"只用鸡胸肉和沙拉招待客人,是不是太简陋了?"

"我们还有绿匈牙利葡萄酒啊。只要把鸡胸肉煮熟即可。"

翻找东西时,我意外找到了两罐固体酒精,但是没找到酒精炉。我拿起电炉灶的炉头,把一罐固体酒精放在炉灶下面的凹槽里,然后又把电炉灶放回去。好了!我正要祝贺自己把这件事情搞定,同时让闷闷不乐的妻子开心,房门突然被人推开了。明妮走了进来,鞋子是湿的,衣服也是湿的,叼着香烟的嘴巴就像轮船的烟囱一样,呼呼直冒白气。

"早上好!"

每个周二早上,这位钟点工都会带着一些重磅新闻来到我们家。有趣的是，你不能催促她，要听她自己慢慢说。这好像是在炎热的山路上，突然听到汽车引擎发出异样声响，看着仪表盘上的水温指针不断上升，直到超过红点消失不见，然后才停下车子，打开引擎盖，用湿毛巾包住手，快速转动水箱盖，慢慢地、一点一点地打开，不能一下子完全拧开。我和露丝向她打了个招呼，然后等她把这股气慢慢放出来。

明妮踢掉满是泥巴的鞋子，脱掉湿漉漉的外套。她在里边穿了一件白色尼龙护士服，专业范儿十足，也让奥尔斯顿家增加一丝高贵的气质。她的嗓子里好像有痰，笑的时候会发出咕噜咕噜的声音。她穿着袜子，眯着双眼，用大拇指和食指夹着被大雨淋得不成样子的香烟，来到厨房垃圾桶跟前，把它扔进里面。

"你们猜，我来的路上看见啥了？哈哈！这些小人，等着瞧吧！"

明妮口中的"这些小人"，指的就是那些进行乡村开发建设的管理人员和技术人员。他们在山上盖了一栋占地六亩的房子。明妮认为，"这些小人"的到来，破坏了本地安逸舒适的生活。我非常同意明妮的说法。今天早上，在她丈夫阿特擦完湿漉漉的内燃机中的配电器的一小时后，她翻过一个山头，路过这些人开发建设的地段，刚好看到一块巨大的岩石从山上滚落到山下的小溪里。好多居民亲眼看见了这一幕，吓得目瞪口呆。

"栅栏、树木，连带部分草坪，都被砸坏了。"明妮继续说道，"我本想叫我们家阿特过来帮忙修一修。转念一想，管他呢，还是让大伙儿去市政厅告他们的状去吧！奥尔斯顿先生，要是你们家、帕特森家或者其他的好人家摊上这种事，我们家阿特马上就会跑过来帮忙的。天哪，真是世道变了。以前，尽管也有几户人家房子稍稍大一点儿，牧场里的马多上几匹，但大家经常一起参加圣诞聚会和新年聚会。遇到困难时也能互相帮助。可现在呢？他们只管自己。大伙儿遇到困难，他们只是袖手旁观。分区划片，提高税收，在房屋四周安装铁栅栏，都是这些小人搞的鬼！人们只有透过阳台窗户才能看到彼此。唉，现在搭个鸡窝也要申请许可，否则连鸡都不能养了。狗也得拴住，不能四处乱跑。马也不能养，因为它们招苍蝇。总之，这不能做，那也不能做。还有，他们抬高物价。他们每个月都会跑去市政厅一两次，要求制定并通过一些法规，以确保他们的住宅不被鸡、狗、黑人、学生、嬉皮士、奇卡诺人①以及低收入人士等所侵扰。这才是他们真正关心的事情。"

露丝用那只没有受伤的手撩了撩刘海，赞成道："嗯，你说得对。"

明妮把她的鞋子和雨衣放入清洁工具箱，站起身来，继续说道："我还是穿着袜子干活吧。唉，这些小人！你们想知道，有一天他们中有个人跟我说什么了吗？你们认识巴恩斯太太吗？她经常穿一条白色的网球裙，又露腿又露腚的。有一天，我正在路上走。她突然跑过来问我关于帕特森先生的事情。她知道，我也在他家干活。'帕特森先生脸色很不好，而且瘦得很厉害。'她

---

① 奇卡诺人（Chicanos），泛指生活在美国的墨西哥裔，他们曾一度遭到美国白人的排斥和边缘化。

问我道,'他怎么了?得病了?'我回答说:'他刚刚做完手术。'她继续问我道:'他现在好些了吗?听说他得的是不治之症。'我回答说:'你这是听谁这样说的?根本没有的事儿。''啊,原来是这样,太令人高兴了。'她好像刚刚想起来似的,又继续问我道,'对了,明妮,'——谁给她权力直呼我名字的?——'如果有一天你不在帕特森先生家干了,记得告诉我一声。在山上找一个可靠的帮手真是太难了。'天哪!她竟然盼着他快点儿死!"

"简直太过分了,"露丝愤愤地说道,"她这个人怎么这么铁石心肠啊?真不敢想象!明妮,我在想……"

"'你为何不去东帕洛阿尔托找个帮手呢?'我建议巴恩斯太太道。她回答说:'啊,我可不敢雇个黑人当帮手。一想到让他们知道我们住在什么地方,我心里就特别紧张。''嗯,你还可以去芒廷维尤和森尼韦尔找找看啊,'我继续建议她道,'那里有很多人想找工作。'她似乎也不太满意:'你说的是那些拉丁裔吗?就是那群现在正在试图逼着我们接受一项廉租房计划,并且想要重新规划我们的区域划分,并且现在正起诉镇政府的拉丁裔吗?——雇用他们,就像雇用黑人一样让我紧张。''原来是这样啊,那太糟糕了!'我非常生气,'你知道我姓什么吗?加西亚[①]。''啊,但你不一样,'她急忙解释说,'我知道你嫁给了加西亚先生,你本身并不是……而且你就住在这里,和我是邻居。''这里本来住着很多墨西哥裔美国人,是你们这些小人把他

[①] 加西亚(Garcia),是拉丁裔的常见姓氏,此处指明妮和拉丁裔也有亲属关系。

们赶走的。'我依然不依不饶。唉，这些小人！真希望尼克松把白宫的所有工作人员都带到这里来，让他们亲眼看一看那块巨石从山上滚落到山下小溪中的全过程。"

"真希望当时我们也在场，"露丝语气很坚定，"等有时间，我要好好听你讲一讲。现在是没时间了。明妮，我们现在是一团乱麻。今天有客人要来我们家吃午餐。现在停电了。你知道没电意味着什么吗？尽管理论上讲，没有电，我们什么也做不了，但还是必须做。首先，你和乔去贮水池打几桶水来。"

"完全可以，"明妮回答说，"你为什么不早说？哦……对了。"她看着我。

"怎么了？"我问她道。

"我忘记跟你说了。在家招待客人，首先要确保排水沟通畅。前几天，我刚刚清理过。"

明妮话音刚落，灯突然亮了，一闪一闪，然后又灭了——这是被雨水淋湿的山丘上最后一根断掉的电线了，这可太令人绝望了。露丝有些害怕，咕哝道："明妮去打水。你去拿两张纸铺在桌子上。真该死，我们为什么不跟他们说去外面吃呢？"

"现在的情况是，我们出不去，他们也进不来。"我安慰她说，"放松些。这点儿困难我们是可以克服的。"

"你说得容易！"露丝烦躁的时候，我说什么都不能让她平静下来。

马上就要十一点了。四十五分钟过去了，我还在疏通积水。

雨越下越大，模糊了我的视线。雨衣被风吹得都快让我飘起来了，活像在乘坐滑翔机。雨水夹杂着树叶和沙砾流入排水沟。此时此刻，排水沟已被堵塞，雨水已经不再向下淌，全都流到马路上，冲刷着柏油路面，在生长着桉树的低洼处汇成了一个湖。显然，涵洞也被堵住了。

我的两只鞋子早已湿透，裤子湿到了大腿。跟往常一样，我的手指冻得出现了雷诺氏综合征①，手指的第二个关节以上全都变白了。夹杂着树叶等杂物的沙砾实在是太难清除了。我一开始用铁锹铲，后来索性蹲下身子用手挖。终于，我挪动了堵塞物，水流发出咕嘟一声，下去了一大截。被沙砾和树叶等杂物堵塞的地方冲开了，堵塞物顺水流走了。这个突发状况终于解决了。我在冷冰冰的泥水中把冻僵的手指洗干净，然后站起身来，把它们塞进腋窝下取暖。这时，我听到山脚下有汽车引擎声传来。

汽车越来越近，速度时快时慢。虽然我把排水沟疏通了，但还是不断有水往路面上溢。汽车驶过就像汽艇一样溅起水波。我看清楚了，是一辆宝马车，里面坐着两个人，一个金发碧眼的女人和一个黑人。黑人在开车。透过来回摆动的雨刷，两个人眼睛都盯着窗外。原来是切萨雷和他的同伴。他们提前来了整整半个小时。露丝一定会非常开心。

我拄着铁锹，表情僵硬，站在路旁，等待着他们的微笑。当他们从我面前经过时，我要跟他们打声招呼，说些"一会儿见"

---

① 雷诺氏综合征（Raynaud's syndrome），为血管神经功能紊乱所引起的肢端小动脉痉挛性疾病。

之类的话。转念一想,切萨雷是不会在这大雨滂沱的山谷中,因为看到一个身披雨衣、扛着一把铁锹的人而停下车的。于是,当他们从我面前经过时,我便转过身去。万万没想到的是,车轮溅起的泥水不仅打湿了我的雨衣,还溅到我裸露的脖子里。

我沿路往山下走,自言自语道,本以为再过半小时切萨雷才会来呢。我走到山脚下,疏通排水沟,把那里因为雨水堆积而成的小湖里的水排出去,还把铁锹留在那里以备不时之需。然后,我又沿原路往回走。路上散落着树叶、树枝,还有从山上滚落下来的石头。我没有想美国国务院的人员交流项目,也没有想意大利人善变浪漫的性格,我要保持主人该有的情绪。我一边走,一边数着步数。从山脚到我和切萨雷相遇的地方是一百一十二步,从我和切萨雷相遇的地方再到我的家是一百七十一步,总共二百八十三步。

我悄悄走进家中,直奔卧室,在卧室门口脱下满是泥水的衣服,走进浴室。我按了按开关,灯没有亮;打开水龙头,流出来一小股,包括最后几滴在内,也不如一个老男人的一泡尿多。我就在这样简陋的条件下洗了个澡。我一边洗,一边想,如果本·亚历山大医生在的话,我很愿意让他检查一下我的前列腺。

我的手指很僵硬,所以洗澡的速度比平时慢了很多。十二点四十分,比切萨雷预定的时间晚了十分钟——如果按他们实际到达的时间算,则晚了四十分钟——我才到客厅去见切萨雷。刚进客厅,我觉得有些不对劲儿。每次家中来了客人,露丝经常表现出一副复仇女王的模样,有时像残酷的美狄亚,有时像恶毒的克吕泰涅斯特拉[1]或残忍的麦克白夫人[2]。今天，她却表现出一副预言家卡桑德拉[3]或苏格兰女王玛丽[4]的模样。她刚刚递给切萨雷一杯喝的，也可能已经是第二杯或者第三杯了。切萨雷两眼盯着外面被雨水浸透的山峦。此时此刻，他很有可能想起了翁布里亚[5]。

看到我进来，切萨雷冲了过来，一把抱住我，大声叫喊道："我确实看见路边站着一个人，心想，'可怜的人啊！看来一个人为了活命，真是什么事都能干得出来。'说真的，我做梦也没有想到那个人是你！当然，我必须专心开车。而且，车子根本不能停。你知道的，那条路就是一条洪流[6]。"

我跟麦克尔文尼女士握了握手。她就像一只性感的小野猫，睫毛足足有一厘米多长。"我知道当时你在开车。"我对切萨雷说道，"你还记得我们上一次见面吗？你和我从罗马的美国学院出来，沿着螺旋形状的道路，一路开车到特拉斯泰韦雷[7]，我连一口大气都没敢出。只是路过有喷泉的那座小寺庙时，我才回了下头。不料对面驶来一辆大巴士，和我们的车差点儿碰在一起，弯

---

[1] 克吕泰涅斯特拉（Clytemnestra），古希腊神话中阿伽门农的妻子，在情人埃癸斯托斯的帮助下谋杀了从特洛伊战争中返回的阿伽门农，后被自己的儿子俄瑞斯忒斯杀死。
[2] 麦克白夫人（Lady Macbeth），莎士比亚悲剧《麦克白》中的重要人物，形象多被定性为一个残忍、恶毒的女人。
[3] 卡桑德拉（Cassandra），又译卡珊德拉，是古希腊神话中特洛伊国王普里阿摩斯国王最美丽的女儿，有预言人事的能力。
[4] 苏格兰女王（Mary Queen of Scots，1542—1587），即玛丽·斯图亚特，苏格兰的统治者以及法国王后。
[5] 翁布里亚（Umbria），地名，位于意大利中部，有着古老神秘、有着田园诗般的乡村和山野，被誉为"意大利的绿色心脏"。
[6] 原文为西班牙语：torrente。
[7] 特拉斯泰韦雷（Trastevere），罗马市的一个街区。

道上还有一个人在洗车。直到今天，我还心有余悸。"

切萨雷看上去很高兴。性感小野猫麦克尔文尼女士问我道："你能把他开车带你沿着琼斯街一路狂奔的情景详细地描述一下吗？"

"可以，"我回答说，"当然可以。"

露丝眼中露出了不悦的神情。切萨雷急忙转移话题，先是抱怨天气，然后问我身体好吗，为什么跑到这个小地方来定居？我倒了杯酒，本打算也给麦克尔文尼女士倒上一杯，她笑着拒绝道："我还要开车。"突然，灯亮了。谢天谢地，终于来电了！露丝对客人说，她要去厨房看看。快要出门时，她停顿了一下："给我一刻钟就好。"说完，她就出去了，剩下我和两位客人待在客厅。

我仔细看了看麦克尔文尼女士。她就是切萨雷最喜欢招惹的那种性感小野猫。说实话，她让我想起上次在罗马时发生的一件事情：一个美国女孩儿来到我和切萨雷面前，央求我们购买她刚刚出版的新书，还要我们作为推荐人帮她申请古根海姆奖学金，并且三番五次暗示我们，只要能够得到这个机会，她愿意做任何事情。她还说，她非常喜欢罗马。她打算在这里再待一年。我觉得自己帮不了她。三天后，我在威尼托大街① 再次看见了她。切萨雷，我的好朋友，意大利最伟大的小说家正在不停地向她说着什么，应该是在表演他最拿手的邓南遮独白。她则像刚刚吞下一

---

① 威尼托大街（Via Veneto），是罗马城中最著名、最高消费的街道之一。

只黄蜂的性感小野猫,脸上露出迷人的微笑。

我现在看到这一幕与其非常相似。在麦克尔文尼女士面前,切萨雷·鲁利绝对是个话痨。别说我,就连本·亚历山大也相形见绌。切萨雷爱动,一分钟也静不下来。坐着时,他像挤奶工人一样,拖着凳子乱跑,根本不会在一个地方老老实实待着。站立时,他也会拖着一只假肢作单腿跳跃式行走。据他说,这是当年作为游击队员与德国人作战,被敌人的一颗子弹击中而落下的毛病。我对他在哪里打过仗以及是怎么瘸的不做评论。也许他是向拜伦①借来的,因为太喜欢而忘记归还了。他就像一只困在瓶子里的苍蝇,更像一只饥肠辘辘的夏季臭虫。当其他人怒火中烧、摩拳擦掌时,他早已暴跳如雷,拳脚相向了。

切萨雷没有继续谈论糟糕的天气。他开始谈论旧金山。显而易见,他特别喜欢那个国际化的大都市。旧金山虽然地处美国,但欧洲味儿十足,趣意盎然,多姿多彩,是一个"会玩的城市"。他和他的性感小野猫在领事馆的招待会结束后就已经跑遍了它的每一个角落。他们最常去的地方当属北滩②,那里有两三家中等消费的娱乐场所。

"你可真会选地方住!"切萨雷大手一挥,麦克尔文尼女士急忙用双手护住她的高脚杯。"这里实在是太美了!很像翁布里亚。要是再有柏树,就非常像托斯卡纳③了。乔塞普,我还是很

---

① 拜伦(George Gordon Byron, 1788—1824),英国伟大的浪漫主义诗人。他天生跛一足,并对此很敏感。
② 北滩(North Beach),美国旧金山东北部的一个街区,被认为是旧金山的"小意大利"。
③ 托斯卡纳(Tuscany),意大利一个大区,首府为佛罗伦萨,以风景美丽和艺术遗产丰富著称。

好奇,你为什么跑到这里来住,为何不选择旧金山?"

我告诉他说,我们距离旧金山很近,不到一个小时的车程,但不经常去,最多一个月去一次。而且,即便去的话,通常也只是逛逛某个画廊或博物馆,在金门公园散散步。

"金门公园?"切萨雷问麦克尔文尼女士道,"我们去过吗?"

"那个地方没什么可看的。"麦克尔文尼女士回答说。

"你是对的。"① 切萨雷看了她一眼,眼神中满是浓浓的爱意与宠溺,令人心醉。我突然觉得,我待在这里,非常多余。

切萨雷端起酒杯,喝了一口。突然,他的两只眼睛紧紧盯着书架所在的那面墙。书架顶端摆放着一些盛面包用的盘子,下面是欧茨、奥康纳、奥尼尔和波特的作品。其他客人都没有注意到这些。他一瘸一拐地走过去,认真端详了一会儿,然后又一瘸一拐地走回来,脸上一副不屑一顾的样子。

我解释说:"我并不是为了让你吃醋才把它们放进来的。天窗漏雨,把它们给淋湿了。所以,我把它们都翻开,晾一晾。放心,你的大作完好无损。"

切萨雷举起酒杯,透过玻璃杯看着我,揶揄道:"这就是你喜欢住在乡下的原因?你平时除了用铁锹挖挖排水沟、把脸盆放在漏雨的地方接接雨水,还干什么?"

"打理花园,"② 我回答说,"看看书,想想问题,偶尔也会出

---

① 原文为意大利语:Avevi ragione。
② 原文为意大利语:Lavoriamo in giardino。

去散散步。"①

"你是个哲学家。"② 切萨雷一边慢慢品尝葡萄酒，一边上下打量我，"你们这个地方能够称得上文学家的人都有谁啊？我可以和他们聊聊吗？"

他眯缝着眼睛，眉头紧锁，一副马喝冰水时的模样。我觉得，他会用鼻子在酒里吹泡泡。

我告诉他，这个地方虽小，但能够称得上文学家的人还真不少。只不过他们的生活方式和切萨雷不同。这里没有酒馆、酒吧，路边也没有咖啡馆供他们聚集在一起谈论如何购物、诋毁别人的妻子或女朋友的形象等。出版商和经纪人都在纽约。本地作家都通过邮件相互联系，经济实惠。

切萨雷眯缝着眼睛，饶有兴趣地看着我。听我说完，他耸了耸肩膀，对麦克尔文尼女士说道："仔细看看你眼前这个人。他曾经是文学界的大人物，非常幽默，喜欢交流、喜欢刺激、喜欢热闹，也喜欢漂亮女人。现在却住在这里，整日与奶牛为伍，与小草交谈，自以为进了天堂。瞧，他的天堂在漏雨，屋顶几乎湿透了。唉，你这样做，对你妻子太不公平。她就像一个天使，我很喜欢她。她完全应该待在繁华世界里快乐生活。你不能再这样执拗下去啦！你给我听着，我希望你跟我们一起去旧金山。最好今晚就跟我们走！待在这个貌似翁布里亚的地方刨土挖泥，与糟糕的自然环境做斗争，一点儿也不适合你。这绝对是混吃等死的

---

① 原文为意大利语：Leggiamo. Meditiamo. Diquando in quando facciamo una passeggiata。
② 原文为意大利语：Sei filosofo。

老年人过的生活。当然,再待几天,等我逛逛金门公园,看看其他值得参观的地方再走也可以。"

就这样,他的拿手好戏又开始了。一会儿哇啦哇啦,一会儿叽叽喳喳。上达庙堂之上,下通江湖之远。外面的雨越下越大,用"瓢泼"两个字来形容一点也不为过。切萨雷对此全然不顾。也许,他根本就没有看见。露丝担心太平洋燃气与电力公司可能因此而遇上麻烦,无法像往常一样供电,于是,她点亮了桌子上摆放的蜡烛。午餐要开始了。切萨雷还在跟我大讲特讲"城市"与"文明",好像我是一个高中生,而且还是一个头脑不怎么灵光的高中生。他告诉我说,"文明"①是如何从词根"公民"演变过来的,还跟我讲"城市性"②是如何从词根"城市"演变过来的。他还奉承我说,对这个文明世界来说,让我这种人住在乡下,无疑是一个极大的损失。

既然谈到了这个让我一直在思考的话题,我索性又问了他两个词:"田园"和"礼貌"。前者自带一种愉悦的内涵,后者曾经有"文明"的含义,但现在已被人们慢慢遗忘。如果让我选择的话,我宁愿生活在郊区。说到漂亮女郎和爱情③,我跟他提到了阿道司·赫胥黎④。人们迟早会明白,"是的"不能用于回答所有的问题。麦克尔文尼女士小口喝着酒,眼睛在她长长的睫毛下不停地眨啊眨,都快眨破了。

---

① 文明,英文为 civilization,词根为 civic,有"公民"的含义。
② 城市性,英文为 urbanity,词根为 urbs,有"城市"的含义。
③ 原文为意大利语: amore。
④ 阿道司·赫胥黎(Aldous Huxley, 1894—1963),英国作家。

切萨雷始终"女人"不离口。他常常公开谈论女性,还将其分门别类:教化别人的女人、安慰别人的女人、女仆、万人迷、女神、主妇,还有女上司,等等。小野猫听得非常入迷,全神贯注地看着他。明妮也是。她穿着已擦干净但依然湿透的靴子在桌旁走来走去,把盘子和碗推到各位面前,她的白尼龙袜在腿肚上鼓起,她的眼睛依然盯着兴致勃勃的切萨雷,没注意到自己的大拇指已经插进了酱汁里。

切萨雷表演完拿手好戏,顿时安静下来。现在,明妮可以集中精力摆放餐具了。突然,他端起匈牙利葡萄酒一饮而尽。我能感觉得到,他的情绪不太对,有点儿心神不定:我们衣食无忧,邀请他来做客,为何像乡巴佬一样在家中厨房就餐?为何不多安排几个听众?难道我们不明白,一个伟大的小说家必须拥有足够多的听众?我还发现,他有一两次眼神游离,偷偷瞅向麦克尔文尼女士。显而易见,他想走了。

下午两点三十分,麦克尔文尼终于领会了切萨雷的眼神。她从咖啡碟旁站起身来,说他们该走了。尽管天气很糟糕,非常不适合开车,但他们还有应酬。她很开心我们能请她过来参加我们和切萨雷的重聚。临出门时,切萨雷拥抱了露丝,又拥抱了我。他拍了拍我的肩膀,好像他是安东尼[1],我是爱诺巴勃斯[2]。他再三叮嘱道,我们下次到罗马时,一定要提前告诉他到达的时间,

---

[1] 安东尼(Antony),莎士比亚《安东尼与克莉奥佩特拉》中的主人公,古罗马执政官。
[2] 爱诺巴勃斯(Enobarbus),莎士比亚《安东尼与克莉奥佩特拉》中的人物,曾是安东尼的部将,后来叛逃并与安东尼的对手一起打败了安东尼。

一定让他知道我已从隐居生活中走了出来，重新回归到文明社会。今天能够见到我和露丝，尽管时间短暂，天气也不好，但他非常高兴。非常感谢。再见了。来吧，来罗马吧。①

我们一起向他们的汽车走去。我给他俩撑着雨伞，自己全身都淋湿了。雨水顺着车窗流个不停，雨刷左右摇摆，也在忙个不停。他们钻进车里，微笑着向我挥手告别。我则像小男孩布鲁的锡制士兵②，站在那里，一边挥手，一边看着他们开车远去。回来的路上，我心情沮丧，烦躁不安。我从那时开始到现在，就一直这个样子。

我们使出浑身解数，却让切萨雷度过了他来美国后最无聊的两个半小时。与三十七号码头的工人们在一起，在这座城市吃的任何一顿午餐，在垂得维克酒店享用的任何东西，比如，雾中小艇鸡尾酒和印度尼西亚沙茶酱，甚至在易格酒店喝的一杯啤酒、吃的一根波兰香肠都会让他开心无比。他到我家后，一直忙着谈论女人和文明，根本没时间评论露丝精心为他准备的饭菜。绿匈牙利葡萄酒可比他常喝的弗拉斯卡蒂甜白葡萄酒好多了。而且，我们这里能够使他放松，感到平静，但罗马不能。令我们意想不到的是，这一切却让切萨雷和他的女伴备感无聊。在这座空荡荡的大房子里做长篇大论简直是一种浪费。我从他的脸上可以看得

---

① 原文为意大利语：Mille grazie. Arrivederci. Venga, venga a Roma。
② 小男孩布鲁的锡制士兵（Little Boy Blue's tin soldier），出自尤金·菲尔德的诗《小男孩布鲁》。诗中讲述小男孩布鲁踮起脚尖，把崭新的小士兵轻轻放在台上，很认真地对他说："在这里等我，千万别动，也不要出声！"然后，小男孩便进入了甜甜的梦乡。梦里，一个天使般柔柔的声音召唤着他，向他展示了一个全新的世界。小男孩从此杳无音信。小士兵一直在那里傻傻地等着小男孩睡醒，守卫着约定。

出来，他非常不开心。

不过，他也做了一件实实在在的事，那就是给明妮留下了深刻的印象。"他就像一枚火箭，不是吗？"我们一起收拾餐桌时，她显得非常好奇，"他是哪里人？是意大利人吗？"

"他是个很有名的意大利小说家，"露丝眉头紧锁，头痛得厉害，"有人曾提名他为诺贝尔文学奖候选人，他自己也毛遂自荐过。"

"原来是这样！"明妮一副崇拜的口吻，"他出口成章，不是吗？对了，他很喜欢女人！从进门到离开，他眼睛一直盯着他的女朋友。她是哪里人？听口音不像是意大利人。"

"旧金山人。前途无量。现在已经很不错了。"我回答说。

"乔，"露丝有些不耐烦了，"你知道什么呀！别瞎说！"

我当然知道，我了解切萨雷。

黄昏时分，天色更加阴暗。我坐在书桌旁，看着在风雨中摇曳的树木。我的心情像傍晚一样沉重，像房间一样寒冷。和切萨雷相比，我觉得自己至少又老了十岁。不能听他的，我必须立场坚定，心安理得地去过自己选择的生活。去他的一直在喋喋不休的"罗马火箭"，去他的讨人厌的小野猫，去他的狗屁"公民"和"城市"！

我们本来打算晚上再读一部分约瑟夫·奥尔斯顿写的日记，露丝说她头痛得很厉害，就没读。说实话，我既不喜欢露丝让我做的事情，也不喜欢切萨雷让我做的事情。他们都认为，我不思进取，得过且过，需要督促和激励。我讨厌他们的这种看法。如果有人企图查看我的输油管、火花塞以及各个线路，我就会火冒三丈。露丝也许认为，我有着一半丹麦血统，是一个性格忧郁的人，需要她的安慰和母亲般的关怀。也许她还认为，我的生活（也是她的生活）就是一部家庭肥皂剧。大多数时候，露丝想改变我的欲望超过我想改变她的。她应该知道，做什么才能让我再次变成让她开心的老乔。

我和露丝在丹麦的那段经历，不应该被看作一场冒险。然而，无论怎么想，我也想不出该怎么定义它。实际上，它就像今天切萨雷和他的小野猫来我们家吃午餐一样，我们卷进去后又出来了。在我看来，我们的生活并没有发生很大的改变：既没有喜剧性事件发生，也没有悲剧性事件发生。在这种情况下，一个有素养、自律性强的人，即便穿过世界上最好的厨房，从一头走到另一头，最后仍然是饥肠辘辘。

2

四月七日，海港大街十三号

　　面对失去的健康、过去的虚荣、错位的人生，我是要追求简单的生活，还是要惩罚自己——选择自杀这种形式？选择丹麦这个地方？作为一个著名的疗养地，丹麦尽管还有很大的提升空间，但总体来说还是不错的。或许贝特尔松夫妇认可我的选择。也许我自己确实认为，这个历史悠久的国家现在变得更加安静、更加美好了。说实话，来这里之前，我就已经想好了：来到丹麦后，如果感觉很无聊，我就马上回到美国中西部，但是坚决不回纽约。这不是钱的事。可是现在，我们真的到了丹麦，放眼望去的几十米内却和印第安纳州没什么区别。我内心的清教徒情感又总是让我止不住地意识到自己身穿粗毛布衬衣①这样一件无比令我快乐的事情。

　　然而，看看我现在居住的地方就能知道，我既不是要追求简单的生活，也不是要惩罚自己。我伏案工作的桌子是王室风格，客厅是洛可可风格②，墙上钢制版画中头戴假发、身佩刀剑的绅士，不是德国王室男爵，就是法兰西国王秃头查理或者胖子查

---

① 粗毛布衬衣（hair shirt），过去主要是苦修会或禁欲主义者才会穿着的粗毛布织成的衣服。
② 洛可可风格（Rococo），一种艺术风格，具有轻快、精致、细腻、繁复等特点。

理，十有八九是公寓房东的祖先。

简直太戏剧化了！我们一直都是自己单独居住，现在却与一个贫困的女伯爵住在一起，而且大家相安无事。住在这里的最大优点就是，可以在十分钟内到达这座古城的任何一个角落。这里要比我们住过的任何一个地方都要美上百倍，而且是在海边。室外天天都有趣事发生。我们的住宅是幢三层高的小楼房，下面有条街，街上铺满鹅卵石，直通码头。住宅后面是一条通向小岛的小河。狭长的小岛上有个仓库。主河道把自由港口和南海港连接起来。出海远行的轮船汽笛声声，正在穿过科尼佩尔大桥①。众多自行车、汽车都在大桥两侧等候。大桥慢慢打开，轮船鱼贯进出。轮船烟囱冒着浓黑的烟，威风凛凛，很快消失在交易所大楼的后面。交易所大楼的上方有一座龙尾式的尖顶。据说，那是丹麦人在某场已被人们忘记名字的战争中，从瑞典人手里抢夺来的。

湿漉漉的鹅卵石像白镴一样晃眼，行驶的车流也是如此。从后面看身穿雨衣的行人和骑自行车的人也是如此。女孩子穿着雨衣在雨中穿梭。为了避免雨水打在脸上，她们干脆侧着脸骑。男孩子骑着自行车，好似极速前进的皮划艇运动员一样冲进车流。

谢谢晕船药！如果没有它的帮助，我们很难到达这里。女伯爵一个人住前面的卧室，后面的卧室以及画室、客厅归我和露丝使用。厨房和卫生间，我们和女伯爵共用。每次上卫生间总要排

---

① 科尼佩尔大桥（Knippelsbro），丹麦哥本哈根市一座著名的大桥，桥面可以升起，供通航船只穿过。

队。快点啊,女伯爵,我快憋不住了。电话也是共用的,安装在她的卧室里。

她被丈夫抛弃了。就因为这个,我们就该可怜她吗?她曾经拥有一切,现在却要跟两个陌生人共享一套公寓。就因为这个,我们就该为她感到遗憾吗?也许她是在进行一次社会学实验,不料却充分暴露了她蒙受的耻辱。

这套公寓只有画室是精装修的。厨房和卫生间是标准的美式风格。卧室的装饰风格则为古德韦尔①式样。我睡的那张床四边高、中间低,躺在上面很不舒服,累得后背生疼。如果这张床曾经是女伯爵丈夫的卧榻,那他的身材一定与众不同。

我跟露丝抱怨说:"现在只是后背生疼,以后说不定还会出其他问题。"在露丝看来,这只是小事一桩,很快就会适应的。女伯爵和她"一见钟情"。女伯爵告诉我说:"你太太真的很可爱!""我很喜欢她!"她认为,我们两家一定会相处得很融洽。她会对我们友好,而且知道我们一定也会对她友好。"巴基斯愿意。"②实际上,这位女伯爵很难相处。房屋中介早就告诉我们了:女伯爵曾经是丹麦有名的大美女。我估计,她今年差不多应该有四十岁了,不过,看上去仍然很年轻。她的丈夫居然离开这样一位大美女,真应该好好检查一下自己的脑子。她的烦心事很多,而且有点神秘。我不想为她分担,不想干什么事都叫上她,

---

① 古德韦尔(Goodwill),美国慈善二手店。
② 出自狄更斯的《大卫·科波菲尔》,是马车夫巴基斯的一句口头禅。巴基斯看上了大卫的保姆佩格娣,但没胆量向她当面表白,于是让小大卫捎去一句话:"巴基斯愿意。"此处意思是说,女伯爵非常乐意我们住进来。

也不希望她总是在房间里转来转去。她的脚步声让我感觉很不舒服。她走路时,最好安装一个好的消音器。

现在,女伯爵正带着露丝去熟悉我们住处周围的水果店、面包房和肉店。我没去,一方面是因为我身体不太舒服,另一方面是因为我不想和她太亲密。否则的话,我今天上午出去买周五晚上的歌剧票,就得买三张。如果给她买一张,女伯爵会是什么反应呢?想必她先是感到吃惊,然后满心欢喜地接受下来。我得学会控制自己,不能冲动。

她们俩从码头步行回来了,手里打着的雨伞湿漉漉的,身上的背包鼓鼓囊囊的,嘴里叽里呱啦地聊着天。记得美国文学之父华盛顿·欧文曾经这样说过:"唯一越用越锋利的利器就是女人的舌头。"① 她们俩聊得太投入了,即便前面有个大坑也不会注意到。来丹麦之前,我们既没打算去拜访哪位作家或出版商,也没打算与什么人交往。也许与女伯爵交个朋友,会让露丝感到开心。

露丝身材娇小,女伯爵则有一米七五到一米七七那么高。她皮肤白皙,五官精致。如果不是性格活泼,她很有可能会被人们当作一尊雕像。她说起话来,眉飞色舞,激情四射,令人感觉一切都是那么有趣、那么精彩、那么美好。她的英语很流利,但语法错误较多。在过去的十年里,她好像一直独自身处沙漠中的一座荒岛,不断地向外界发送着求救信号。看到我们的到来,她就

---

① 语出欧文(Washington Irving,1783—1859)的短篇小说《瑞普·凡·温克尔》(*Rip Van Winkle*)。

像见到救援人员一样激动。

我站在高处,看她看得很清楚。她满头金发,又厚又顺,虽然包着头巾,但前面有头发露出来,后面还绑了一个发髻。那发髻仿佛有一公斤重。突然,她弯下腰,把躺在路中央的一个什么东西搬到路边。这种行为是天生的,还是后天训练的结果?在美国,所谓有"气质"的女士都在模特学校专门培训过,需要经常照照镜子来检查自己是否还保持着那种"气质"。我面前的这位女伯爵,脚踩一双休闲鞋,身穿粗花呢套装,外罩雨衣。即便是这样一身打扮,仍然让人觉得她很有气质。也许这才是真正的有气质。

她有时自我嘲讽,像个马夫的女儿,很接地气。记得有一次,代理人碰巧说到了"海港快艇"[1]这个词,就是那种定期出航的海港快艇游。她也许是联想到了英语里的"放屁"[2],先是怔了一下,接着便咯咯大笑起来。后来,我们坐下来一起聊天,她注意到露丝的鞋子尺码比较小,于是大声叫喊道,"啊,美国女人的脚这么小啊!"再看看自己接近四十码的大脚,眼里满是羡慕。她的笑容是那么真挚、热诚,仿佛可以融化钢铁。

运河的一端停泊着一艘来自斯卡恩[3]的商船。船上有个男人正在兜售几只去了毛的鸡。她们俩从码头探出身子看了看,然后买了一只,还买了一块奶酪和六个鸡蛋。那个男人用纸把这些东

---

[1] 原文为丹麦语:havnefart。
[2] 此处为谐音,"havnefart"中的"fart"在英语中恰好是"放屁"的意思。
[3] 斯卡恩(Skagen),丹麦日德兰半岛东北部的港口城镇,丹麦主要渔业中心之一,亦为丹麦夏季疗养胜地,有造船厂。

西分别包起来。女伯爵掏出钱包准备付钱,但露丝坚持不让她付。露丝做得很对!

雨水落在平静的运河河面,泛起阵阵涟漪,地面的鹅卵石和那艘来自斯卡恩的商船的甲板都淋湿了。鹅卵石变得更加光亮。船上有只漂亮的贵宾犬,可能是对于一米之外码头上的某个东西产生了兴趣,在船头与船尾间跑来跑去。船身中部的栏杆上挂了块牌子,上面写着:小心狗咬[①]。露丝喜欢小动物,但她不懂丹麦语。她伸手去拍拍那只贵宾犬的小脑袋,不料差点儿被它咬到,吓得赶紧缩回手来。女伯爵赶忙上前安慰了露丝一番。她是一个典型的丹麦美女:脸颊在小雨中泛着亮光,就像一只富有光泽的苹果。她们慢慢淡出我的视线。如果她们立即回家,大约三分钟就能到家。

我敢打赌,她们一到家,不是一起喝下午茶,就是一起品酒,那只鸡也很快会成为我们的盘中餐。室外阴冷潮湿,不宜外出。我们在室内非常愉快:女伯爵在享用推车上的美食,我和露丝在餐厅里继续吃着法式烤鸡,喝着尼尔施泰因自然葡萄酒。虽然我本已打算和女伯爵保持一定距离,但是一点也不坚决。明天,我们将会一同前去王室剧院。女伯爵年轻时是那里的常客。我们将会在二楼包间欣赏表演。届时,女伯爵将会在她的两位美国新朋友陪同下,接受数千人的欢呼。坐在女伯爵右侧的那个美男子是谁?我这样说我,只是为了说明我是一个思想开放的美国

[①] 原文为丹麦语:Hunden Bider。

民主党人，逗乐而已。

又及：

我的预感一向很准，可以说未卜先知。那天，我们晚餐吃得很开心。女伯爵是一个挺不错的室友。她喜欢傻笑，从早到晚一直咯咯地笑个不停。她人长得漂亮，只要不穿那件花呢套装，穿任何衣服都像一个《格林童话》中的公主。她知道的地方很多，不仅熟知丹麦的每一座城堡，就连瑞典乃至德国北部的大部分城堡也能够如数家珍，而且几乎都亲自去过。她家住洛兰岛[①]，父亲是狩猎大师[②]，但她大部分时间都待在措辛厄岛[③]上的瓦尔德玛，或菲英岛上距离欧登塞[④]不远的亲戚的庄园[⑤]里。洛兰岛上有兔子、野鸡、松鸡、石鸡和小鹿等，都是专门为国王秋季来此狩猎而饲养的。凯伦·布利克森[⑥]是她的一个亲戚，一位我仰慕已久，期望能见上一面的丹麦人。女伯爵已经答应，尽快安排我和凯伦·布利克森见面。就这样，我们和这位女伯爵成了好朋友。等我们的路虎车从英格兰运来后，我们就和她一起出发，进行一次探寻城堡的远途旅行。

我们后来才知道，作为贵族，到了女伯爵这一代已经是徒有

[①] 洛兰岛（Lolland），丹麦岛屿，位于波罗的海，同德国的费马恩岛隔费默海峡相望。
[②] 原文为丹麦语：Hofjægermester。这是古代丹麦王室授予部分地主阶级的荣誉头衔，以表彰他们为王室狩猎提供的服务。如今该头衔只是纯粹的荣誉性质，与王室服务无关。
[③] 措辛厄岛（Taasinge），位于丹麦南部，紧邻菲英岛。
[④] 欧登塞（Odense），丹麦菲英岛北部的一座城市。
[⑤] 原文为丹麦语：herregaard。
[⑥] 凯伦·布利克森（Karen Blixen，1885—1962），笔名伊萨克·迪内森（Isak Dinesen），丹麦著名女作家，代表作包括《走出非洲》等。

虚名了。二三十年前，他们就失去了土地。由于门第观念，他们连找对象都很难，只好近亲结婚。在女伯爵看来，男人都是醉汉，女人都是女巫。她自己也拥有魔力：她的预测能力很强。她还能够使桀骜不驯的马儿安静下来。有一次，她在去德国卡塞尔市①走亲戚时，治好了一个小男孩的疣子。

我还从她那里学会了如何使女士安静②下来的一种方法：首先，注视女人的眼睛深处；然后，把酒杯举到她的第三颗纽扣处，举杯喝酒；然后，继续注视她的眼睛；然后，目光下移，停留在第三颗纽扣处。我从来没有这样注视过其他男人的眼睛，更不用说这样注视一个女人的眼睛了。这个方法既好玩又有趣。

露丝告诉女伯爵，我母亲也是丹麦人。"是吗？丹麦什么地方人？"女伯爵问我道。我回答说，是一个叫布赖宁厄的地方。

"是洛兰岛的布赖宁厄吗？我太熟悉了。我就是在那里长大的。"

"太好了！"我回答说。

"除了洛兰岛，我们又多了一个好去处。"

"等你们的路虎车子来了，我们又多了一个地方可去。"女伯爵非常高兴。

女伯爵告诉我们，她有一个哥哥，名字叫艾伊尔。她和艾伊尔关系不好，已经好久不联系了。嫂子玛侬是瑞典人，虽然人很

---

① 卡塞尔（Kassel），德国黑森州北部的文化和经济中心，在第二次世界大战后的重建过程中逐步转型为当代艺术中心之一。
② 原文为丹麦语：skaal。

无趣，但心地善良。她的奶奶已经上百岁了，依然健在。对此，我们的建议是，女伯爵给嫂子玛侬写封信，让她邀请我们过去吃个午餐或者喝个下午茶。这样一来，她既可以带我们参观一下城堡，也可以见到奶奶，同时还可以避免碰到哥哥，一举三得。在这之前，我们先去布赖宁厄，找家小酒馆住下来。

在和女伯爵交谈的过程中，我注意到一件事，她反复提到奶奶、哥哥、嫂子以及其他亲属，但从来没有提过她的丈夫。另外，她出身名门，家大业大，为什么自己一个人跑出来租房子住呢？

别人的私生活跟我没有任何关系，我也没有探索别人私生活的坏习惯。我一直在等待女伯爵自己亲口说出来。然而，直到今天她也没有向我透露一个字。说实在的，我对她的态度已经有了很大的改变，不再对她冷眼相看。难道她不信任我们吗？

四月十日？十一日？

写作这本日记尽管时断时续，但这已经是我当前所做的唯一一件比较有规律的事情了。我一直感觉身体不太好。也许我真的应该像露丝说得那样，拿着我的心电图去找个丹麦大夫看一看：我的心脏病是否真的像纽约的那位医生说的那样已经痊愈。露丝时不时地一脸严肃地看着我，问我是不是不舒服。镜子中的我，脸色惨白，就像一具停放了两个星期的尸体。

尽管如此，我还是很享受现在的这种生活，一种几乎与我之前所过的生活完全不同的模式。每天早晨七点左右起床，忍受着头痛、背痛，从后门楼梯把我们订的牛奶和女伯爵订的酸奶拿进来，然后去浴室洗脸、刷牙、刮胡子，发出的声音很大。女伯爵听到我走了，砰的一声把浴室门给关上了。

院子的铁门是开着的。空气潮湿而且寒冷。天空乌云密布。奇怪的是，竟然没有下雨。码头上，来自博恩霍尔姆岛①的船正在卸货。打着哈欠的人们或骑着自行车，或拉着行李箱。角落里，粉刷匠们正在一块胶合板上搅拌泥浆。其中一个学徒接受指派，出去买乐堡牌或者嘉士伯牌啤酒。一整天下来，他会这样来来回回不低于七八次。在美国，这种行为被称作"在职酗酒"。

面包店里，女仆和家庭主妇们已经排起了长长的队伍。我取了个号，排队等候购买奶油蛋卷和肉桂卷。当我拿着热乎乎、香喷喷的早点往回走时，路上的行人渐渐稀少。太阳也一露脸马上又钻进云层里去了。一艘货船开到运河上，科尼佩尔大桥随之打开。大桥两侧的行人同时后退了十几步远。

对我来说，这里的一切都是新鲜的、陌生的。也许住在美国东河②也是这个样子。当然，东河没有热腾腾烤面包的香味，也没有光怪陆离的鹅卵石。格里斯特德超市③也无法和小巧干净的丹麦单营店相比。丹麦每家小店都带有中世纪印记，比如，公牛头代表肉店，椒盐卷饼代表面包店，等等。

我的王室风格的办公桌靠着窗子。我和露丝就在这里吃早

---

① 博恩霍尔姆岛（Bornholm），波罗的海西南部的一个岛屿，属丹麦管辖，是丹麦阳光最充足的地方，是一个著名的休闲旅游胜地。
② 东河（East River），即曼哈顿东河海滨，位于纽约曼哈顿下城区南部。
③ 格里斯特德超市（Gristedes），纽约小型连锁超市。

餐。今天早上，我放下刚刚买来的奶油蛋卷和肉桂卷，进入厨房煮咖啡时，看到女伯爵正用一把勺子往盛着酸奶的碗中加红糖。时间大约是七点半。她穿着花呢套装，而不是睡袍和拖鞋之类的衣服。她虽然背对着我，但我能感觉到她很忧伤。自从那天晚上看完歌剧后，我就没怎么见到过她。那天晚上是星期五，现在已经是星期一了。

"你还好吗？"① 我用丹麦语问她道。

她扭过头来，机敏但有些惊愕，随后便是那迷人的笑容，照亮了阴沉沉的厨房，"你的丹麦语说得很地道！"

"我只会说这一句，"我回答说，"一句话。"②

"你太谦虚了！"

从我们第一次见面，女伯爵就认为我是一个语言天才，学习丹麦语速度非常快。（丹麦人总是认为，除了丹麦人自己，没有人能学会丹麦语。）但她不知道，我小时候学过一些，而且读大学时我还学过古英语。众所周知，古英语与丹麦语在某些地方很相似。而且，学任何语言，我都非常卖力。她的脸上满是羡慕："你的发音非常标准，一般外国人很难做到。"

女伯爵手里端着加过红糖的酸奶碗，满脸灿烂的笑容，慢慢向我走来。尽管她看我的目光躲躲闪闪，但笑容很有说服力。我认为，这是她为了掩盖内心世界而采取的一种积极的防御措施。我们看着彼此，心里有种说不出的尴尬。

---

① 原文为丹麦语：Har De sovet godt?
② 原文为丹麦语：Et eneste ord。

就在几天前,我还拒绝她卷入我们的生活,现在心里却一直在想,她是否会像艾米莉·狄金森① 对付敲门声一样,永远对我关闭她真实的内心世界?

女伯爵究竟干了些什么?她的家族在这个国家地位显赫,这个国家的人都应该知道她才对。前几天那个晚上,也就是我们在看歌剧时,为什么没有人跟阿斯特丽兹·弗雷德-克拉鲁普打招呼呢?她一定希望有人跟她打招呼,我和露丝也希望有人跟她打招呼。我本以为她会遇到很多老朋友、老熟人。我连自我介绍词都准备好了。正是出于这种考虑,我们那天才会穿成这个样子——露丝身着连衣裙,我则打着黑色领带。那天晚上,不仅我们所在的那一排没有一个人这样穿戴打扮,前排座位也没有。

除了用眼睛看着我们,没有人和我们打招呼,甚至没有人冲着我们微笑。我们在距离剧场灯光关闭还有十分钟时就已经落座。在这十分钟时间里,人们只是在看着我们。中间休息时,他们也只是在看我们。我们都不想站起身来,更不想四处走动。歌剧结束时,我们随着人群缓缓向外走,他们仍然在看着我们。有对夫妇看到我已经注意到他们,便故意放慢脚步,让其他观众插到我和他们中间。

这台歌剧是奥涅格作曲的《火刑柱上的贞德》,女主角既没有说也没有唱一个字,而是紧靠舞台中央的一根大柱子,等待着黎明与火焰的到来。本歌剧从一开始就是一个不祥的预兆:"深

---

① 艾米莉·狄金森(Emily Dikinson, 1830—1886),美国传奇女诗人,从25岁开始弃绝社交,终生隐居于家乡阿默斯特。

夜狗吠。"① 我斜着身子,低声对女伯爵说道:"嗨,这个我懂!"

黑暗中,她的眼睛又大又亮。她没有笑,只是轻轻拍了一下我的手背,压低声音揶揄道:"你什么都懂。"

事实上,我一点也看不懂坐在身旁的这个女人,也不理解当灯光亮起时,那些假装没有看到我们的人。我甚至没有看明白舞台上在演什么,只看到中世纪寓言集里长相奇异的怪物从树林里爬出来,在贞德紧靠的那根柱子周围嬉戏,小声嘀咕。

歌剧散场后,两位女士都不想去英国餐馆吃东西。我们便朝家走去。一路上我们聊得很热烈,比刚刚看过的那部歌剧还精彩。一回到公寓,女伯爵就向我和露丝致谢、道晚安,然后就回自己房间了。我和露丝躺在床上,回想着我们在歌剧院的所见所闻。露丝认为,人们对我们不够友好,主要原因就是我们跟女伯爵在一起。这种敌意远远超出我们的预料。丹麦人的随和是出了名的。令人奇怪的是,几乎每一个哥本哈根人都不愿意理睬这个女人。自从我们搬到这里后,还没有看到有人来拜访过她。

四月十三日

我们的路虎车终于运来了。为了让港口的官老爷们相信,我绝不会把它开到黑市上去卖掉,而且离开丹麦时我一定会把它开回美国,我的嘴皮子都快磨破了。"奥尔斯顿先生,你来丹麦干什么,来旅游?""是的。""你打算待多久?三个月还是四个

---

① 原文为丹麦语:En hund hyler i natten。

月?"……诸如此类的问题,这人问了,那人再问。最后,我实在是忍耐不住了,冲着其中最令我讨厌的一位官员大声吼叫道:"我来这里是为了完成一本关于丹麦民主建设方面的著作。"从此,他们再也没有刁难我。

四月十七日

这两天,我头痛得厉害。我开始想家,想我的办公室,居然还想那座已经废弃的消防站。这个地方天气不是阴就是雨。我一直期待天气晴朗,至少能够感觉好受些。这日子过得比我预想的还要枯燥无味得多。我决定去找当地的医生看一看。医生的医学知识丰富,也很友善。他告诉我,我的心脏已经恢复正常。我头痛得厉害,不能怪心脏,是我得了偏头痛的缘故。

唯一让我感到开心的事情就是遇到了女伯爵。这几天,我很少看到她。听说她找到了一份工作,帮助法国大使馆一对拉·德里埃夫妇进行室内装修设计,并监督家具以及装饰画的购买。她的情绪不再那么低沉,谈起工作时有说有笑,称女雇主为女士,称男雇主为女士的跟屁虫。然而,不外出工作时,她都会把自己关在房间里,可能是在画设计图吧。她活得如此与世隔绝,似乎不太正常,而且也不太友好。究其原因,我们认为,也许是她过于谨慎,害怕打扰到我们,也许是她还在因为那天晚上在歌剧院遭遇的尴尬场面,故意在躲避我们。

今天早上,我和露丝正在吃早餐,突然听到女伯爵走向厨房的脚步声。我看了看露丝,问她要不要叫女伯爵过来一起吃。还没等我把椅子往后推开,就听到她走回房间的脚步声,坚定而且快速,随即就是关上房门的咔嗒一声。这就是人性的复杂。我们感觉受到了冷落。至少我是这样认为的。收音机的声音从她房间传来,播送的是世界新闻。这些日子,广播上几乎天天播送有关麦卡锡①参议员的新闻,仿佛在时刻提醒着我们这些美国人,自己对美国的国际声望的天真幻想有多么不堪一击。

午餐过后,头不痛了,但仍然感觉身体不舒服。露丝开着我们的路虎车,载着我来到丹麦王室鹿园。虽然有太阳,但还是感觉很冷。树木的叶子还没有长出来。鲜花也寥寥无几,只有几簇郁金香而已。记得当初我告诉我的朋友们,说我们打算去丹麦住上几个月时,他们都说丹麦官僚主义盛行。当时我还不信。现在我信了。

我们刚刚回到住所,正要喝杯茶暖暖身子,门铃响了。我很惊讶。露丝的眉毛也竖了起来。我猜测说,应该是女伯爵回来了。打开门一看,是位儒雅的绅士。他一只手拿着灰色的霍姆堡毡帽,另一只手拿着手套。他头发稀疏顺滑,梳理得很整齐(耳朵以上的头发被帽子压弯了)。他的眼睛呈蓝色,兔唇虽然经过精心治疗,但还是很明显。除此之外,他很像一个模特。

我猛然反应过来:他应该是女伯爵的近亲,很有可能是她哥哥。他也不知道我是谁,而且应该没有想到会在这里见到我。他

---

① 麦卡锡(Joseph Raymond McCarthy, 1908—1957),美国共和党人,极端的反共产主义者。20世纪40年代末到50年代初,美国掀起了以"麦卡锡主义"为代表的反共排外运动,涉及政治、教育和文化等领域的各个层面。

眼神冷酷，眼睛有点儿外凸，嘴巴里蹦出来几句丹麦语。

"你好！"我回答说，"你会说英语吗？"

他会说英语，而且说得很好，尽管带点儿腭裂的声音："这是格雷温德·弗雷德-克拉鲁普的公寓吗？"

"是的，"我回答道，"我和我妻子是这里的房客。但我不清楚女伯爵现在在不在。"

她在。她打开房门，站在门口，身体僵直但面带微笑。

那位男士看到女伯爵，笑了笑："阿斯特丽兹，你好①。"

"埃里克，你好②。"她又冲我笑了笑，就像交通指示灯那样转换自如。我怀疑她有没有把我当作一个人来看。看她的反应，好像仅仅把我当作一台应该继续行驶的车辆。我向后退了一步，她把门开大了一点，等那位男士进入房间，就关上了房门。我回到露丝身边，发现茶水已经凉了。

露丝张开嘴，用口型问我道："来人是谁？"

我也用口型回答她："可能是她丈夫。"

尽管女伯爵的房间距离我们的房间相对较远，而且关着房门，但我们还是能够听到他们说话的声音。过了三四分钟，露丝建议道："我们出去走走吧。"

"亲爱的露丝，我太累了，不想出去散步。"我嘴上虽然这样说，但最后还是去了。我们走到新港，回来时穿过国王新广场，并在路边的一个小咖啡馆里喝了杯啤酒，吃了几片雷耶三明治。

---

①② 原文为丹麦语：God dag。

回到住所，衣服还没来得及脱，就听有人在敲我们的房间门。是女伯爵！她站在门口大声叫喊道："你们现在方便吗？我可以进来吗？"

"就是那个晚上。"露丝的手上下抚摸着老卡塔，先从鼻子到尾巴，再从尾巴到鼻子，一遍又一遍。老卡塔闭着眼睛，身子弓得老高，似乎不太乐意让她抚摸。"就是那个晚上，我们才开始知道女伯爵的一些事情。"

"是的，"我表示同意，"既然已经知道了，你不觉得我这样写，有点儿冗长烦琐吗？"

"哦，不不不！这样写，才能把过去全部带到现在。"

"有时候我倒觉得，我似乎没有自己的人生。"

"你之所以会有这种感觉，是因为你喜欢记东西。"露丝说，"我现在很想听听这件事的所有细节。"

"你想让我一字不漏地把这本日记给你读完吗？"

"你说得很对。我就是这样想的。"

雨还在下，雨滴就像沙子一样打在窗户上。门口的排水沟堵住了。积水溢了出来，流到砖铺的地面上。等雨停了，我一定把排水管里边的树叶、树枝、瓦砾等杂物清理干净。

"你只想着听故事，根本不顾及我的感受。我说得对不对？"

"哎，乔！"

"我跟你说过，这本日记是不会给你我带来什么乐趣的。"

"我并不想得到什么乐趣。"

"是吗?"我追问她道,"那你想得到什么?"

我们看着对方,困惑而又倔强。这种表情在老夫老妻想读懂对方心思时很常见。一两秒过后,我又继续读了起来。无论是和女伯爵交往,还是读日记,我都不是一个旁观者。

女伯爵坐下来,什么也不喝。她更加端庄秀美,但比平时紧张了许多,双手不停地颤抖。她只好用一只手握住另一只手,这才不抖动了。她两手就这样一直握着。最后,她耸耸肩膀,笑了笑,低声说道:"你看到我丈夫了。"

"我不知道他是你丈夫,"我回答说,"只是猜测。"

"我们已经好几个月没见面了。自从战争结束后,他就搬走了。现在,他又想搬回来住。"

经过慎重思考,露丝问道:"那你是怎么想的?"

她的反应很强烈,着实让我们吃了一惊:"怎么想的?这种事情我想都不用想。我不想活在睡梦中。我要活在现实里。"她用手拍了一下腰带(或者是腰带下方),"我活得要比人们想象的好。"

我笑了笑,但露丝皱了皱眉头。她显然没有听懂女伯爵的话。

"你不想让他搬回来住。"露丝问道。

女伯爵低下头,陷入了沉思。她的头发又厚又多,而且非常柔顺。过了一会儿,她抬起头来,表示歉意道:"对不起,我现在脑子很乱。我不应该让你们蹚这浑水。这不关你们的事。"

露丝对我使眼色，示意我出去一下。这件事最好让女人们来解决。女伯爵似乎也明白了露丝的意思。她伸手把我按在椅子里，不让我离开："不，请你不要离开！"就这样，我们三个人大半天都没有吭声，都在为她的困扰而发愁。

露丝小声咕哝道："她当然应该来找我们，要不交朋友干吗？"

"也许，也许你们听说过他干的好事。"女伯爵突然开口道。

"你是说他抛弃你这件事吗？"露丝脑子一片空白。

"哦，那是后来的事了。你们一定听别人说过，他是个卖国贼。"

如果有人提前告诉我们这些，我们就不会这样困惑了。但是，谁会跟我们说这些呢？除了女伯爵，我们在哥本哈根谁都不认识。

"去歌剧院看歌剧时，我想，你们一定感觉到了。"女伯爵继续说道，"很抱歉，让你们丢脸了。自从战争结束，我一次也没有去过歌剧院。这次和你们一起去，我是想看看究竟会发生什么。我真的不应该去。"

我在心里默默数了数："九年了。你说的当真？"

"千真万确，"她耸耸肩膀，"我只去过电影院，因为灯黑下来之后没人能看见我的脸。"我看着她的眼睛。她眼神清澈、坚定，表情就像雕塑一样严肃。天哪，九年！九年来，她一直在用微笑保护自己。

她坐在镀金的法式椅子上，腰身笔直，继续说道："在被德国人占领的那段时间,几个德国军官曾经来过这里。他们和我的丈夫是亲戚关系,准确地讲,是表亲。显然,他们是来看望我丈夫的。我明确告诉他们:'我是丹麦人。我热爱丹麦。如果你们不穿这身军服,任何时候我都会因为你们是我丈夫的亲戚而欢迎你们。今天,很抱歉,我是不会让你们进门的。'"

"难道是你丈夫帮他们侵占丹麦的?"

"我一直都不知道他究竟做了什么。人们议论纷纷,说他内外勾结,泄露机密,是个间谍。还发生了一件事,连我自己都认为他被戈林①收买了。"

"戈林?"我很好奇,"什么事?"

"因为他曾想收买我。我们家在卡塞尔有亲戚,与许多政府、军方要员都沾亲带故。有一次,我去德国做膝盖手术。戈林亲自来到病房看望我,我都没有请他坐下。他知道这意味着什么,就一直站在那里。这个讨厌的家伙对我说,他希望有更多的人能像埃里克那样支持德国。我这是第一次知道埃里克确实如丹麦人口中说的那样。我愤怒极了,真想弄把枪来,等这个胖戈林再来病房看我时,一枪把他打死。"

说到这里,她突然停顿了一下。很可能是她看到了我脸上疑惑的表情。

"是的,"她继续说道,"我确实弄到了一把枪,到现在我还保存着呢。遗憾的是,他再也没来病房看过我。只有那一次。他

---

① 戈林(Hermann Wilhelm Göring,1893—1946),纳粹德国的重要领导人。

跟我说，最后的胜利一定属于德国人。要是我们家族支持他们，他们一定会给我们很多好处。他们不想对我们不友好。也许你已经听说了，在他们入侵丹麦的第一天，就在丹麦王宫前面的旗杆上升起了他们的旗子，打算让它一直飘扬在丹麦上空。丹麦的社会党政府压迫搜刮地主家庭，埃里克恨透了他们。再加上他是在德国接受的教育。所以，在德国人希望得到我们的支持时，埃里克支持了他们。他总是愤世嫉俗。他受纳粹毒害太深了。"

她把食指放在嘴唇上，压低声音说道："你也看到了，他……"

"嗯。"

"他妈妈从来就没有亲吻过他，甚至连走路也不和他一起走，让他保持一定的距离，在后面跟着。她讨厌他长成那个样子。"

"呃……"露丝感叹道，"难怪他愤世嫉俗。"

"即便如此，他也不应该追随纳粹啊！"我并不这么认为。

"嗯，我也不敢确定究竟是什么原因！丹麦人没有像挪威人那样进行英勇反击，我们对此感到羞愧。大多数丹麦人都恨德国人。随着战争时间的拉长，他们对德国人的仇恨也在增加。有些人或乘小船或等冬天厄勒海峡①结冰后，逃到瑞典去了。

"当然，有些人被德国人抓住枪毙了。埃里克这种人受到了人们的谴责，我也因此受到牵连。你相信吗？游击队员曾经两次试图射杀埃里克。第二次刺杀行动就发生在战争结束的前一两

---

① 厄勒海峡（Øresund），位于瑞典南部，接通波罗的海和卡特加特海峡。沿岸重要海港有丹麦的哥本哈根和瑞典的马尔摩。

天。他们在安格特瑞酒店门前的台阶上把埃里克打伤。在场的警察救了他。自那天开始,我们就不再是夫妻关系。埃里克先是被送到医院救治,后来被判处两年有期徒刑。"

女伯爵说"两年"时,发音方式和我母亲相同,带着一种尖锐且令人不舒服的嘶声。我试着想象她在那段时间的生活,我脑海中浮现出战争结束后两年,即一九四七年的情景。在德国军队在石勒苏益格-荷尔施泰因边境溃败后的七年又是什么样子呢?女伯爵没有停止。她一直在诉说。

"德国人不仅没收了埃里克在法尔斯特岛①的房子,还把我在霍恩拜克②的房子也给没收了。那可是我的私有财产啊!他们只留给我这套公寓和在埃勒巴肯的农舍。我讨厌别人说我丈夫是个卖国贼。无论怎样,他都是我的丈夫!为了帮他交罚金,我变卖了自己的银器、画作,还有餐具、家具,能卖的全都卖了。他在监狱里写信给我,全是'救救我''救我出去'之类的话。太可怜了。我往政府相关部门跑了一趟又一趟,同时请求几位有权势的亲戚帮忙救我丈夫出来,但他们都不敢那样做。后来,我只好去请求国王,说我们保证会离开丹麦。唉,这些掌权者都不想让埃里克离开这个国家。他们就想让他在这里接受惩罚。甚至有人说,应该把我也关进监狱。过了好长时间,埃里克才被放出来。"

等她讲完,露丝问道:"那他回来过吗?"

---

① 法尔斯特岛(Falster),位于丹麦东南部,在波罗的海边,通过桥梁与西兰岛南端相连。
② 霍恩拜克(Hornbaek),丹麦西兰岛北岸一个海滨度假小镇。

女伯爵瞥了露丝一眼,继续说道:"他在这里找不到工作。所以,我提议通过做设计来维持我俩的生计。他蹲监狱时,我就是靠给伊卢姆·波利古斯[①]画版画和设计墙纸为生。我有个朋友在那里工作。他不会告诉别人,这些都是出自我之手。但是,谁承想,埃里克被释放后,回家来收拾好行李,和他在战争中遇到的一个女人跑了。"

露丝的鼻腔里发出了女性非常愤怒时才有的声音,表示她坚决站在女伯爵一边。我一时不知道该怎么办。

"唉,"女伯爵继续说道,"现在,就是现在,他又要搬回来住。也不知道那个女人怎么了——不是她跟别人跑了,就是他厌倦她了。他对我说,他的妻子永远是我。我不同意他搬回来住,他很不开心。而且,即便我同意他搬回来住,那也不行啊?你们还住在这里。"

"哦,天哪!"露丝说,"你要是想让我们搬走,只要……"

"哦!不不,不是的。我是不会同意他搬回来住的。他就是这样一个人,就像小孩子一样,喜欢大喊大叫。你们也一定听到了。他责怪我没有同情心,不同情他的遭遇。"

"我们什么也没听到,"露丝回答说,"我们出去散步了。"

就在这时,我灵机一动,插话道:"我们一起喝一杯吧?"

这个建议非常机智!女伯爵马上满脸笑容。刚才因为气愤而出现的红晕也渐渐消失。给我们倾诉完这件让她丢脸的事情,她

[①] 伊卢姆·波利古斯(Illums Bolighus),丹麦著名国际设计中心,包括家具、灯具、厨具、卫浴用品、陶瓷制品、瓷器、银器、玻璃制品等商品一应俱全,在斯堪的纳维亚地区首屈一指。

又恢复了往日的欢乐与活泼。她让我想起了金吉尔·吉尔伯特，是我二十岁出头时认识的一个女孩。她是我的初恋，不仅人长得漂亮，而且富有冒险精神。如果我问一句："谁能翻跟头？"我敢肯定，她马上就会在房间里一个接一个地翻个不停。她的性格与她矜持文静的外表完全不符。

"好极了！"她回答说，"给我来杯有劲儿的。"

我端着三杯酒从厨房里出来，发现女伯爵正在和露丝拥抱。她们就像亲姐妹一样。我把酒杯递给她："请吧。"①

"谢谢！"②

她左手拿着杯子，突然整个身体靠在了我的身上，右手紧紧搂着我的腰。她这个举动让我惊出了一身冷汗。

"你们对我真好！"她大声说道，"啊，你们来这里，我真的太高兴了！有你们这样的朋友，真好！"

为了大家都高兴，我采取了一个我个人认为最正确③的做法——注视着她那双美丽的大眼睛，目光下移，把酒杯举到她上衣的第三颗纽扣处，举杯喝酒，然后继续注视她那双美丽的大眼睛。

---

① 原文为丹麦语：Vaer saa god。
② 原文为丹麦语：Tak。
③ 原文为丹麦语：rigtig。

3

我合上日记本，打开衣柜拿出睡衣。露丝没有搭理我。她正躺在床上抚摸老卡塔。老卡塔的毛发由于静电干扰而竖立。我正扣睡衣扣子，她突然开口道："你一直称呼她为'女伯爵'，真有意思！"

我是一个普通的美国人，只记别人的国籍、头衔，从来不记名字。称呼别人时喜欢说，那个意大利人、那个女伯爵，非常不习惯直呼其名。

"我和你不一样。从见她第二天起，我就直呼其名了。"露丝继续说道。

"好吧，我不会那样做。即便再过两三个月，我还是这样称呼她。她叫我奥尔斯顿先生，我称呼她女伯爵。如果说丹麦语，我会称呼她'您'，而不是'你'。"

"好吧，随便你，"她把老卡塔递给我，"接着！还是让他回去睡吧。你把老卡塔抱到花坛上去，免得他的爪子沾上雨水。"

雨还在下，水花飞溅。我把老卡塔抱到房门口，放在地上。它弓着身子向外看了看，突然转过身来，想回屋内。我急忙用脚把它拦住。"赶快回你自己的窝去！"我大声呵斥他道，"你今天就是湿了爪子也得回去，别站在我们卧室门口'喵喵'直叫！"

老卡塔嘴唇微微张开，抬起眼睛，看了看我，好像挺恨我似的。他的眼睛和埃里克·弗雷德-克拉鲁普的眼睛一样蓝。后来，我干脆把他关在了门外面。

回到卧室，露丝已经把床头灯关掉睡下了。我关掉椅子旁边的阅读灯，站在黑夜里，听着连绵不断的雨声。过了一会儿，我爬上床，搂住露丝，感觉和从前一样柔软。露丝没有转身。她把手放在我的手上，用力握了一下："亲爱的，谢谢你！"

"为什么？"[①]我问她道。对于储存在脑海中的记忆，我感到困惑。对于将来尚未经历的事情，我充满好奇。

我们觉得自己不会变老。如果能够剥去手上的老茧，而且愿意这样做，那么我们就会逃出时间的牢笼，永葆青春，当然也会变得脆弱、痛苦、情绪无常、不计后果，就像青春期男孩勃起后无法控制的一阵阵抽搐。露丝一直想让我保持这种状态。这么多年过去了，我并没有变成露丝所希望的样子。如果这次她能够宽恕并怜悯我，那么她就可以安心地做我的妻子，不会为她的决定而后悔。当她发现我的情感痛点会给予她控制我的力量，就好像找到了阿喀琉斯之踵一样兴奋异常。

这公平吗？当然不。为了保护自己不受环境的影响，或是保护自己，我假装保护自己不受她影响。

读完那本日记，我感觉自一九五四年以来，失去了很多，改变了很多。不知什么原因，我无法向露丝诉说，没有勇气和她一

[①] 原文为丹麦语：Hvorfor。

起探讨谈论。

我意识到，我天天在消磨时光。当然，时光也在天天消磨我。这令我感到震惊。这跟关节炎以及其他小病小灾没有多少关系。本显然夸大了这些病症对我的影响。众所周知，任何事物都不会只好不坏。一切都在走下坡路。总有一天，抽水机会罢工，发动机会熄火，水管会破裂，营养不良的脑袋会停止思考。

现在的我，领带脏兮兮，拉链也不拉，总把太平洋燃气公司派来抄表的工作人员误认为几年前死去的儿子，或者误认为已经在棺材里躺了四十年的兄弟。在我看来，让露丝接受我衰老的样子，就跟接受我的死亡没什么两样。我尤其不希望她像有些妻子那样，天天忙于照顾一个步履蹒跚的病人丈夫，天天忙于照顾一个时日不多的植物人丈夫。这正是女伯爵目前必须面对的。

记得当我把露丝和孩子从医院接回来时，她的身体非常虚弱，只好静养，慢慢恢复。如果没有那个小家伙在中间隔着我们，她一定会在床上紧紧搂着我的脖子。我还记得我们的儿子，脸盘大大的，全身胖嘟嘟的，整天咧着小嘴咯咯直笑，可爱极了。我用枕头逗他玩，他会笑着向我伸出小手。如果我不活了，去寻死，露丝就会失去一切。如果我仅仅是把扣子弄丢了，她还能帮我缝上。虽然心里不太高兴，她也会因为亲情、责任和奉献精神为我去做，并因此而感到满足。这是女人的天性。我不嫉妒她们。

我始终把一瓶药带在身上。当然,并不是每个人都会这样做。毫无疑问,没人能够知道,他究竟什么时候才会用到这些药,或者完全忘了把它放在什么地方了。带着心脏起搏器的本·亚历山大老是吹嘘他有优势。的确如此,他只需把电源线切断即可。这是他的原话。也许衰老与遗忘会背叛我,但不会背叛他。若把生命比作电话,那么各种意外都有可能发生,比如,没有拨通和电源线被人切断的结果完全一样,连拨号音都没有。

只要露丝知道这本日记的存在,我就读给她听,至少让她亲自看一看。她是个驱魔师,相信心灵纯洁和净化。在她看来,夫妻两人彼此要百分之百忠诚。记得我们结婚后不到十二个小时,她就对我说,她发誓,绝对不带着争吵入睡,所有问题都必须在睡前解决。事实却是,吵着吵着她就睡着了,而且一觉醒来,好像什么事都没有发生。我每次吵架后,都是强迫自己入睡的。我常常怀疑,她是否能真的相信,一个不听从她摆布、对她并非百分之百忠诚的人真的爱她。但我确信,她渴望被爱。我也确信,她真的爱我,我也爱她。她就是那个与我一起分享这个世界的女人。

露丝非常看重夫妻之间的情感交流。我本来可以把这些日记交给她,让她自己去读。如果我将其烧掉,又担心她误认为我做了错事,没有及时承认;也担心她误认为,那次丹麦之行对我非常重要,给我的心灵留下了创伤。事实并非如此。丹麦之行只是我一生中的诸多经历之一。途中碰到的只是一场马戏表演,其中有个人在一个直径二十五厘米的管子里爬行；插曲是女表演者露了馅；杂技演员在荡秋千表演中退缩了，他害怕会送命。

是的，丹麦之行是我人生的一段历程，一次重大考验。我默默对自己说，你必须像老卡塔处理排泄在花坛上的粪便那样，处理好这件事情。

第三章

1

在很多人眼中，露丝身材娇小，知性聪慧，举止文雅，能说会道，而且擅长与人沟通。然而，好多人并不知道，她是长老会①的传教士、救世军②的"军官"。对于人们的种种不幸和宿命，她都表示理解与同情。当然，除了我，几乎没人见过她撒泼时的样子。即便是她的私人医生本·亚历山大也仅仅知道，她在感到焦虑时，表现会有些疯狂。我心里很清楚，在她的心底一直住着一个六岁的小女孩，就像在我的心底一直住着一个不安分的少年一样。她似乎一直想对我说："老东西，给我讲讲你的过去，讲讲你五十岁那年，为何仍然能够像一个毛头小伙子一样坠入情网。给我讲讲你那段刻骨铭心的丹麦之行。"

我把取暖器的温度调低了一些，然后把灯关了。一进卧室，我发现露丝已经上床了，但没有像往常那样看书。她在等我。暴风雨下午就停了，但排水管还是给堵住了。水从堵住的地方溢出来，大滴的水珠落在倒扣过来的盆盆罐罐上面，发出叮叮咚咚的响声。她要我尽快拿块毛巾出去，把出水口堵住，免得滴水声让人心烦。我从外面回来时，她已经一切准备就绪。

---

① 长老会（Presbyterian missionary），基督教的一派。
② 救世军（Salvation Army），基督教的一个社会活动组织，教徒称"士兵"，教士称"军官"。

"我们上次读到哪里了?"她问我道。

问得好。

我拉过一把椅子坐下,打开第二个笔记本,找到昨天晚上读到的地方。"我早就跟你说过,我的日记写得很烂,"我回答说,"接下来的十多页没什么,只是些名人名言而已。"

"读一下听听。了解了解你以前的想法,不也挺好吗?"

"这几页没什么想法。"

"那我也想听听。"

"好吧。修昔底德[①]说:'尽己所能,听天由命。'"

她有些疑惑不解,"什么?我没有……"

"'活得再长也会死;反抗再久也会被杀。'我们应该把这句话刻在我们的墓碑上。也许你更喜欢下面这一句。古罗马皇帝马可·奥勒留曾经这样说过:'生命是什么?它是一阵风,所以不会一直在吹。每隔一小时吹一次。死也一样。如果一个人不作深入思考,那他就会认为,死是天意。如果一个人认为什么都是天意,那他纯粹就是个孩子……你是什么?除了那美好而神圣的部分,就是爱比克泰德[②]口中的可怜虫,那些注定要做行尸走肉的人。'"

我翻过这一页,抬头看露丝了一眼。她正皱着眉头,盯着我看:"你怎么会写这种病态的东西?"

[①] 修昔底德(Thucydides,约前460—前400),古希腊历史学家,主要作品为《伯罗奔尼撒战争史》。
[②] 爱比克泰德(Epictetus,约55—约135),古罗马斯多葛学派哲学家。

"你怎么说话呢?"我回答说,"也许听起来并不令人感到愉快,但这是大智慧。我不想做行尸走肉。这句话令我印象深刻,感触颇深。"

露丝依旧在盯着我看。时间大概有四五次心跳那么长。她掀开被子,下了床,双臂搂着我的脑袋,胸脯紧紧贴着我的脸。

"你这是干吗,露丝?"等她放开我后,我急忙喘了一大口气。

"没想到原来你那么……我还以为你只是太累了!"

"你刚才差点儿就把我憋死了。"我拉她坐到我的腿上,抱着她,亲了亲她的脸颊。

她满脸泪水。我连忙安慰她道:"嗨,别这样。"

"你平时应该多和我聊聊。"

"我也想啊。只给你一个暗示,可以吗?"

"如果你平时能多跟我聊聊,结果就可能完全不同了!"

"是的,"我继续安慰她道,"这也许会让你为我担心。你可以明天一早就开车带我离开科尼佩尔大桥。但你现在必须赶快钻到被窝里,否则会感冒的。"

事实上,我把她拉过来坐到我腿上时,我就感到肌肉抽筋,膝盖发抖,胯部关节马上就要爆出来似的。她要是再不从我腿上离开,哪怕再过一分钟,我也坚持不住了,马上要被她像对待积木玩具一样大卸八块了。

我时常纠结于一件事,那就是娶了一个自己喜欢的女人,却总是不自觉地对她产生一种抗拒感。具体来说,我会不自觉地躲避她的控制，躲避她的情感，甚至采取防范措施。博弈无处不在。其实婚姻也是一种博弈。我并不是说七十几岁的人还会如此迷恋性博弈，只是用它来代指更为复杂的事情罢了。

她钻进被子。

"嗯，这就对了，"我问她道，"还想继续听我读日记中如此令人悲观的名人名言吗？"

"想。"

"下面是卡赞扎基斯① 说的话：'希腊人游览希腊，就是一次找寻责任的艰苦之旅。'"

"这句肯定是说的你。"

"找寻责任？我？我只找寻快乐，找寻梦想，找寻减轻生活压力的方法。"

"找寻责任应该是一件很有趣的事情。我从来没见过有谁像你这样坚定。你就像一个在找钥匙的人。因为不知道把钥匙放在哪里了，晚上回家时，无法进门。"

"如果你非要这样说的话，那这就算是我的愿望吧。下面这句又是卡赞扎基斯的话：'不要回归到成功，要回归到失败。'还有一句：'欲望得到满足的人是会被诅咒的。'"

"这两句听起来至少比马可·奥勒留说的好多了。"露丝插话道，"从某种角度上说，好像是在说你。"

"不要贬低马可·奥勒留，"我反驳道，"你知道吗？他是环

---

① 卡赞扎基斯（Kazantzakis，1883—1957），希腊政治家、作家、诗人。主要作品有《希腊人左巴》等。

境保护的先驱。你可以对塞拉俱乐部[①]引用几句他说过的话。比如：'有害于蜂窝，必有害于蜜蜂。'还有一句：'粪便不断增多，世界因此备受折磨。'说得通俗一点就是：'这个世界上到处都是粪便'。"

露丝情绪刚刚有所好转，听我这样说，马上又低沉下来。"你是知道的，我不喜欢这类文字，"她表情很严肃，"这样的名人名言还有多少？"

"还有好几页呢。"

"你当时在干什么，在阅读企鹅系列丛书吗？"

"在找家门的钥匙。剩下的名人名言全都不读了？"

"不读了。全都跳过去！"

我向后翻了几页，看到了这段文字，字写得很潦草，勉强能够认得出来（这是五月十三日那天记的，中间空了一段时间）："为了不淋雨，奥尔斯顿夫妇决定自己开车去旅行。本次自驾游，为期十天。他们开着车，穿过汉堡和汉诺威，在策勒的酒窖里度过了一个美好的夜晚。他们沿着民主德国边境行驶，穿过浪漫之路，路过两个小镇，一个名叫丁克尔斯比尔，另一个名叫罗腾堡。小镇教堂的山墙上以及雷姆施耐德圣坛画上刻满了箴言和经文。在去因斯布鲁克的路上，他们看到了许多已经开花的苹果树。因斯布鲁克的所有旅店都已住满客人。一场暴风雨过后，河流就像绿色的玻璃一般。街道上满是紫丁香和七叶果。到过此地

[①] 塞拉俱乐部（Sierra Club），美国的一个环境组织。

的朋友们，你们还记得这一切吗？还记得那个在歌剧院里唱《女人心》[①]的慕尼黑剧团吗？然后，他们冒雨开车往回走，穿过莱茵河-摩泽尔河间的一个小村庄。一九五三年是丰收的一年，杂货店的葡萄酒每升仅仅一美元，美味可口。这是一段令人愉快的旅程。他们在雨中回到哥本哈根，车子后备厢里装满了葡萄酒，成功避开了丹麦高昂的关税。一路上，奥尔斯顿夫人吓得要死，非常担心因为逃税而被关进监狱。我们在海港大街的公寓相聚，还见到了有趣但遭遇不幸的女伯爵阿斯特丽兹·弗雷德-克拉鲁普，一位被臭名昭著的卖国贼丈夫抛弃的可怜女人。"

"亲爱的，"露丝嚷嚷道，"不要停，继续读！"

"欲望得到满足的人是会被诅咒的。"我白了她一眼。

[①] 《女人心》(*Cosi Fan Tutte*)，莫扎特创作的歌剧。

2

五月十三日，海港大街十三号

我们回到租住的房子中，女伯爵和露丝拥抱亲吻，我则被晾在一边。很奇怪，这次回来竟然有回家的感觉。让我感到疑惑的是，对女伯爵来说，我们这对游客竟然如此重要。大概自从我们走后，除了售货员，那个可怜的女伯爵就没有跟其他人说过话。九年来她一直这个样子。她为什么不到别的地方去住呢？

这几天，女伯爵一直在做一件事，那就是和待在古堡里的嫂子取得联系。她说，嫂子已经同意邀请我们五月二十日去古堡做客。那一天，她那差劲的哥哥正好有事不在家。听到这个消息，我感到既高兴又遗憾！遗憾的是，不能亲眼看一看她哥哥究竟有多么差劲。听说我们要在古堡住上一晚，露丝非常激动。我很快就能看到布赖宁厄了。措辛厄岛上也有个村庄叫布赖宁厄。也许别的地方也有。希望这就是我要找寻的那一个，是可以看到我想看的茅草房的那一个。这也许会从此打消我拜访这个民族及其文化渊源的念头。从古堡回来后，我就带露丝去意大利。她一定会喜欢那里。意大利不仅饭菜可口，餐饮也便宜，还可以买几件应季的衣服，换下我现在身上穿的粗毛布衬衣。

五月十六日

今天早上，我们再次邀请女伯爵带上她的酸奶，跟我们一起吃早餐。我们三人坐在餐桌旁，看着远处的海港。今天天气特别好，万里无云。骑自行车的人们正在耐心等待着科尼佩尔大桥放行。他们的脸色被太阳晒得发红，一改下雨天冻成的紫色。

"我们出去走走吧！"露丝建议道。

去哪里才能够饱览丹麦的景色呢？女伯爵建议道："啊，你们愿意去我的埃勒巴肯农庄看一看吗？我们可以在那里野餐。如果天气允许的话，我们还可以去游泳。我的农庄就在海边上。还有，啊……"她今天不知道是怎么了，开口说话总是先来一个"啊"字。"啊，你们想见凯伦·布利克森吧。她就住在郎斯特兰德。我们会碰巧路过那里。我现在就给她打电话。"

露丝阻止她道："她会介意……我是说会介意你的丈夫吗？而且……"

"我俩半斤八两，"女伯爵冷笑了一声，"第一次世界大战时，她的丈夫站在非洲战场上的德国人一边。"

突然，她站起身来，回自己房间了，但没有关死房门。叽叽喳喳的说话声从门缝里传来，就像有人把麦秸秆放在电风扇前所发出的声音一样。我只听到了两个单词：是[1]和再会[2]。仅仅过了几分钟，她就回来了，满面春风，神采奕奕。她一激动就容光焕发。

---

[1] 原文为丹麦语：ja。
[2] 原文为丹麦语：farvel。

"啊，太棒了！她邀请我们去她家花园野餐。她会从冷床①里给我们采摘刚刚成熟的草莓。你们管这样的地方叫什么，是温室吗？她是一个非常优秀的作家。你们人这么好，她会喜欢你们的。啊，能够带你们去见她，真开心！"她在我面前停住脚步，两只眼睛盯着我说："是不是安排的事情太多了？你们能够承受得住吗？"

我回答说："没问题。"当然，这是一个善意的谎言。

差不多十点钟时，天色开始变得阴沉，但没有起风，也挺暖和的。我们把车子从院子里开出来。几朵云彩就像小猫一样乖巧。它们悄悄走了进来，坐在地平线上，一动不动。奥斯特博大街②上汽车和自行车一辆接着一辆。无论是工作日还是双休日，都是这么拥堵。一旦雨神离开了这里，人们便纷纷拥向海滩，一边走一边脱衣服。无论是为这个国家的人民施洗的爱尔兰神父们，还是承接了维修合同的路德宗信徒们，他们根本没有发挥太大的作用。丹麦人是没有固定教派的异教徒。现在，天气好了，他们要去参加一个节日庆典。应该是劳动节。接连的下雨天使得这个庆典被迫向后拖延了好几周。

一路上，我们遇到了好多来自瑞典的年轻人。他们开着瑞典牌照的车子从我们旁边驶过，似乎要跟我们玩"碰碰车"游戏。该死的！我急忙把车开到路边或者树林里，给他们让路。女伯爵抱怨道："只要太阳出来，他们就出来。"瑞典禁止酗酒，于

---

① 原文为丹麦语：mistbænk，是帮助作物幼苗越冬的密闭空间。
② 奥斯特博大街（Østerbrogade），丹麦哥本哈根市的一条商业街。

是，他们就跑到从赫尔辛堡①开往赫尔辛格的渡轮上，喝它个酩酊大醉。只要他们在哥本哈根待上一个小时，就会把整个海港搞得乌烟瘴气。丹麦大妈就会拿着棍棒过来驱赶他们。如果不喝酒，这些瑞典人还挺正确②的。一旦喝多了，就不知道自己姓啥叫啥了。

阳光照在我们身上，阵阵微风吹过，厄勒海峡上天空很蓝。我大声说道："要是再有几天这样的好天气，我就可以扔掉拐杖，和你们一样走了。"

"啊，即便是这样，你也不可能把拐杖扔掉。"女伯爵似乎一点儿都不感到拘谨，甚至朝我抛了个媚眼。

露丝脸上挂着微笑，令人捉摸不透。

"啊，'捉摸不透'？"露丝听到这里不高兴了，"你这是什么意思？"

"我只是照着日记在读嘛，"我回答说，"我觉得你有点儿嫉妒。我当时就是这样想的。"

"好吧，继续往下读。"

走完了最难走的一段路后，我们来到了郊区，看到一座座带花园的房子，还有海边的景象。这里就是丹麦版的里维埃拉③。

---

① 赫尔辛堡（Helsingborg），瑞典西南沿海的港市，与丹麦的赫尔辛格隔厄勒海峡相望。
② 原文为丹麦语：rigtig，也可指"正经"。
③ 里维埃拉（Riviera），地中海沿岸区域，阳光充足，降雪日和阴雨日都很少，区内植物种类很多，四季均可栽种花卉，岸边景象嵯峨壮丽，海上风光吸引着众多的游客来此度假避寒。

女伯爵告诉我们,战争开始前,她经常在这片海域划船。沿着厄勒海峡往南看,有一艘白色的大船,停靠在距离海岸不远的地方。

"这不是⋯⋯"露丝大声喊叫道,"是的,就是它!斯德哥尔摩号!"

阳光下,许多乘客站在船上,靠着栏杆,看着丹麦从他们眼前掠过。他们比我们幸福多了。我们乘坐这艘船时,因为下雨,延误了两天,而且晕船晕得很厉害。想到这里,我冲着船上的人们作了一个意大利人惯用的手势。"该死,"我咒骂道,"美国人诅咒你们!"

我非常讨厌这艘带我和露丝来到丹麦的大船,女伯爵为此感到非常难过。

"该死!"我再次咒骂道,"该死的瑞典佬!"我们几乎被太阳晒傻了。

我们进入一片山毛榉树林。光线变了,一切都变成了灰绿色和淡金色。光滑的灰色树干之间是草地。草地上点缀着白色的银莲花和雪割草。头顶上方的树叶娇小柔软,上面带着一层雾霭,就像灰绿色的花朵。再过几天,这些树叶就会变成绿色。一定会有仙女出现在山毛榉树林里。露丝和女伯爵惊呼了一声,便不再言语。我走到树林另一边,然后掉头往回走。就这样,走过去,走回来,一次又一次。这就是德鲁伊教[①]的魔法。

[①] 德鲁伊(Druid),原意是"熟悉橡树的人"一种具有自然崇拜特征的宗教形式,主张与自然和谐共处。

露丝看上去有些疲惫。她称赞我道:"想不到你这么能走。厉害!"

"奥尔斯顿先生跟我以前接触过的美国人不太一样,"女伯爵也夸我说,"他说话声音轻柔,耐心体贴,而且品位很高,没有掉进钱眼里。人好!"

"人好"应该是女伯爵对我的最高评价。在春天,同时得到两个漂亮女人的赞美,真是件美事。我有点飘飘然了。女士们,这算什么?欢迎光临①,女伯爵,非常乐意为你效劳!

"继续往前开,"女伯爵说,"凯伦在花园里等我们。"

有她指路,我朝着一座爬满常春藤的房子开去。我们绕过一条四周用玻璃围起来的走廊。走廊带有明显的夏季色彩,里面摆放着由柳条编制的家具。外面是高耸的树木,长有新叶,还有郁金香花床。花季快要过去了。紫丁香长出深色的花蕾,但还没有完全绽放。花园后边有一间茅草屋,屋顶上有个矮矮的烟囱,烟囱上则有个鹳巢。

高大而且呈斜坡状的温室旁边站着一个头戴松垮帽子的女人。她一只手拿着泥铲,另一只手拿的不知是石头还是泥块。她瘦弱娇小,但据说她在一次晚宴上,独自一个人跑到院子外面,猎杀了一对潜行的狮子,还曾帮助吉库尤人②分娩,为马塞族③的战士们医治伤口。虽然通过阅读《走出非洲》这本书,我已经

---

① 原文为丹麦语: Velkommen。
② 吉库尤人(Kikuyu),非洲的古老民族之一,居住在肯尼亚中南部高原地区。
③ 马塞族(Masai),东非的一个著名部落,有着强烈的民族自豪感。

知道她还做过许许多多类似的事情，但还是不太相信。她的脸庞和双手都呈棕褐色，似乎肯尼亚之行彻底改变了她的肤色。她一直抿着嘴笑，但看不见牙齿。她的眼睛又黑又亮，眼神锐利。她一动不动地站在那里。她肯定是个女巫，是个变形人。如果在她身后放置一面镜子，映照出来的图像肯定不是一个身材娇小、肤色棕黑的女人，而是一只猴子，是一只她自己亲口讲过的、长得像老太婆似的猴子，抑或是一只长着弯曲鸟喙、一动不动的怪鸟。

我们彼此不够了解，空气中弥漫着神秘感。她张开手，给我们看她刚才种花时挖到的东西——一块扁平的圆柱形石头，足足有十五厘米长，上面刻着一些曲里拐弯的古老文字。就在她给我们看那块石头时，一只归巢的鹳鸟展翅飞过，遮住了阳光。凯伦·布利克森抬头看了它一眼，打招呼道："喂，老伙计！"

凯伦和那只鹳鸟有很多相似之处，比如，目光锐利无比，身子一动不动。毫无疑问，他们相识于非洲，相识于某一个安息日。我所努力寻找的象征女巫身份的扫帚，就在鹳鸟飞进来的时候，被她藏进鸟巢里了。

我们一起在草地上野餐。凯伦·布利克森变魔术般做出了我们在丹麦唯一一次吃到的、没有用温室里种的黄瓜拌的沙拉。她在自己的温室中栽种的草莓，非常珍贵。她的话题总是离不开非洲，以一种非常原始又很有力量的方式，把非洲讲述得活灵活现。我记得，《走出非洲》中有段文字描写的是大象一头接一头从浓雾中走出来的情景，至今历历在目。

"你爱非洲？"我问她道。

她抬起那双乌黑的大眼睛瞥了我一眼，眼中闪过一丝狡黠的光芒。她颧骨不高，眼睛特别大，脸像鸟一样长，而且皱纹密布。第一次见面时，我觉得她应该有七十岁了。

"我喜欢那里的生活。"她轻声回答说。

我向四周张望了望，满眼都是被篱笆围得密不透风的花园，以及被常春藤覆盖的、带有旧烟囱的老房子。在这片世袭领地里，也许还有她书中所提到的那些人、那些事，以及大自然来自过去的喃喃细语。

"这个地方对你来说意味着什么？"我问她道。

"这个地方？这个地方意味着安全。"

我壮着胆子和她争论。"有家可回绝对是一件非常棒的事情。一定要回家吗？"我对她说，"所有美国人，或者说有很多美国人会嫉妒你。他们的父辈、祖父辈都是从欧洲移民过去的。也就是说，他们从父辈、祖父辈开始移居美国。他们在迁徙途中来到这个世界，有的在十五个地方住过，有的换过五十栋房子。而且一旦搬走，就永远不会再回来。就这样，一直搬下去，没有任何积累，也没有什么传统可言，完全是空中楼阁。"

"没有讨厌的瓦砾，没有地牢、鬼魂，也没有刻着北欧古文字的石头。"凯伦·布利克森乌黑的大眼睛盯着我，"你明白我的意思。"

女伯爵的神情很紧张，插嘴道："凯伦，奥尔斯顿先生的母亲也是丹麦人，而且就出生在布赖宁厄。太巧了！我们仨下周就去那里。你算算看,布赖宁厄是不是一个能够让他找到安全感的地方。"

女伯爵边说边把头巾解开,阳光洒落在她厚实且顺滑的头发上。如果凯伦·布利克森是个女巫,那么女伯爵就是罗蕾莱女妖①了,但她没有千里眼。我从来没有跟她提起过,为什么要去亲眼看看母亲曾经生活过的那个农舍?它会让我拥有安全感吗?

"你打算跟艾伊尔和好?"凯伦·布利克森问女伯爵道。

"他不在家。我们能够见到奶奶和玛侬。"

"艾伊尔真是他父亲的好儿子。"

我担心女伯爵会脸上挂不住,但她眨巴眨巴眼睛,两眼一直盯着凯伦·布利克森,直到凯伦脸上露出退让的表情。那个老女人坐在那里,看着那块刻有北欧文字的石头,若有所思,完全一副恶毒的女巫模样。只听咔嚓一声,露丝给她拍了一张照片。我非常希望露丝能够完完整整地捕捉到刚才那一瞬间。

"请您别介意,"露丝解释道,"我真的是情不自禁。"

"没事儿。"那个老女人回答说。然后,她又对我说道:"你这次来,不能见艾伊尔·罗丁一面,真是太遗憾了!如果你喜欢具有厚重感的东西,他就有——一栋带阁楼的房子。"

我不知道她是在挖苦女伯爵,还是在和我聊天,但我觉得应该换个话题:"如果没有带阁楼的房子,也就没有哥特式故

---

① 罗蕾莱女妖(Lorelei),德国文学及传说中的形象,是一位金发美女。她住在莱茵河中央的一座巨石上,歌声甜美。听到她歌声的船夫都会被吸引,忘记自己正身处水流湍急的莱茵河上,往往船毁人亡。

事了。"

"你说的'带阁楼的房子'是故事背景，是作者编造的。我说的却是真实存在的。"

"是的。"

"你想知道真实内幕？你发现有什么不对劲吗？弄清楚你母亲的过去，你就会有安全感吗？"

"按道理说，母亲故居是非去不可的。但对我而言并非如此。我只是有点好奇。"

"你想不想走与你母亲相反的道路，搬回丹麦来住呢？"

"哦，不想。"

"为什么？"

她把我给问住了。我只好如实回答："我觉得丹麦地方太小，生活太枯燥。"

凯伦咧开嘴大笑时，挤出了面部皱纹，棕色皮肤满是褶子，而且由于帽子过于宽松，几乎盖住了眼睛。"但是，这里很安全，"她劝说我道，"很多船长退休后都来到丹麦种植玫瑰花，也有很多像我这样的人。但你看不到像布赖宁厄那样的农舍。整个庄园在用过去创造未来。阿斯特丽兹的父亲很有天赋。她的哥哥继承了很大一部分。"她看了女伯爵一眼，目光中既有关切也有几分恶意，"我劝阿斯特丽兹远离那些天赋。她跟他们不一样。"

"打住打住，凯伦，不要再说了！"女伯爵似乎生气了。

"老伯爵是基因学界的浮士德博士，"凯伦没有理她，继续说道，"他既能培育花草树木，也能培育你们美国的园艺学家伯班克培育的杂交水果，还能培育勇敢的猎狗等。据说，他曾经在很短时间内，把短腿的达克斯猎犬成功改良成腿像长颈鹿那样长、脚像船桨一样大，可以在泥沼中快速奔跑的猎犬。有些物种不能像老鼠或豚鼠那样快速繁殖，需要很长时间。好在艾伊尔继承了他父亲的天赋。当然，给大象做基因实验，可不能像对待果蝇一样。"

女伯爵的脸色阴沉了下来。显而易见，女伯爵不喜欢听到别人这样谈论她的父亲和哥哥。凯伦·布利克森上下打量着她，嘴角露出了一丝笑容，关切中透着几分恶意。

"阿斯特丽兹对这个话题很敏感，但她能够分辨善恶。这是她哥哥所不具备的。渐渐地，我也在思考它的是非对错。不过，我也知道，恶的东西并非像蟾蜍那样浑身上下凹凸不平，那样丑陋。有时候，它的模样比善的东西更具吸引力。她对哥哥艾伊尔很反感，是因为他跟父亲一样，诱奸农家女子。他这样做，肯定是下流无耻的。难道这就是恶吗？除了贞女，还有谁会这样想？我认为，艾伊尔做这种事时，一定知道它是恶还是善。如果有一天，你能亲眼见到他，你一定会觉得他这个人很不错。"

"很遗憾，"我叹了口气，"我们这次去他家拜访，他碰巧有事不在。"

这个老女巫把那块刻有北欧古文字的石头拿在鼻翼上蹭来蹭去，样子就像抽大烟的烟民在擦拭烟锅。她瞥了那些歪歪斜斜的北欧古文字一眼，有点心不在焉。突然，她像老鼠一样，偷偷瞄了一眼闷闷不乐的女伯爵，看着我说道："你母亲是布赖宁厄人。

我们说说她吧。"

"没什么可说的。她是个孤儿，住在一个农民家里，从小天天做农活。比如，种甜菜、打扫牛棚等等。"

"她决定移民美国时，多大年纪？"

"十六岁。"

她扬了一下眉毛："年龄不大啊！为什么要移民美国？"

"不知道。她并不喜欢冒险。就她的性格而言，应该不会做这种事。我问过她，她吞吞吐吐地说，只是想跑出来看看新鲜事物。"

"不是惹了什么麻烦吧？"

"哦，没有吧。我不知道。"

"她是逃走的。"

"我曾经问过她，她就是不说。"

"你觉得，会是因为老伯爵吗？"

我没有回答。

"凯伦，"女伯爵真的生气了，"你太过分了！"

"亲爱的，你就当我是在讲故事好了。"老女巫安慰女伯爵道。然后，她又转向我说："阿斯特丽兹不喜欢听我讲的这个故事。当然，这只是故事的一小部分。任何故事都是一小部分一小部分累积而成的。来源于真相的故事要比真相本身存在的时间更长，影响范围更大。哈姆雷特，一个赫尔辛格上空的幻影，通过莎士比亚获得了永生。我讲的这个故事，显然不如真相本身精彩。一个年仅十六岁的丹麦农家女子绝对不会无缘无故独自一人跑去美国的。她所在农庄的主人因为玩弄农家女子以及其他行为而臭名昭著。她逃离农庄后，这个故事也就结束了。要是让我把这个故事写成一部小说，我会把它倒过来写。也许主人公不像你母亲那么有勇气，有经济能力逃跑。也许她陷进去了，根本无法抵抗老伯爵的诱惑。怎么不可能呢？也许她没有逃跑成功，也许是被诱奸怀孕后才逃跑的。然后再写到你。虽然你出生在美国，但是会回来寻找让你富有安全感的地方。就像阿斯特丽兹所说的那样，发现你和阿斯特丽兹是同父异母的兄妹，跟我是表亲。只要将你回丹麦的这次旅行做一点儿小小的改编，就会变成一个非常精彩的哥特式故事。"

"那你就这样写好了。"

她点了点头，把那块石头放到脸颊上，抿着嘴笑了笑："考虑到阿斯特丽兹的感受，还是算了吧。她不喜欢我写她的家人和家事。"

"不过，"我提醒她道，"母亲移民美国四年后才生下的我。很遗憾，我没有做贵族的命。"

女伯爵站起身来。这时，那只鹳鸟也从巢里钻了出来，拍打拍打翅膀，从树冠下飞过。我们看着它飞走了。

"好了！"女伯爵笑了笑，笑容很僵硬，"若想去埃勒巴肯农庄，我们现在就得动身了。"

凯伦·布利克森丝毫没有挽留我们的意思。她盯着我的眼睛看了一会儿，然后笑着说道，"等你参观完厄尔比城堡，仍然觉得这个故事是真实的，那么欢迎再来我这里。我很想知道：一个移民的儿子返回故乡时会有什么发现?"

我们一路开车来到埃勒巴肯农庄,一边参观庄舍,一边打开窗户让外面的空气涌入霉味弥漫的房间。不知道这海湾里的水是否温暖,可不可以游泳。这是一个让女伯爵魂牵梦绕的地方——大约六十亩的树林和牧场,一块无人打理的草地,一条两旁柏树林立的林荫大道,还有一间漂亮的半木制茅草屋。事实上,我已经在女伯爵的画作中看到过这个地方。这里曾经是她和丈夫一起度过快乐时光的地方。据她说,她丈夫非常喜欢割草、劈木头,就像末日皇帝一样。二战爆发前,他们俩在这里度过了许多个浪漫的周末。即使现在生活已经变得一团糟,她每年也会来这里两三次。我认为,她带我们来这里的真实原因是她自己想来看看。

在海湾中游泳,虽然海水冰凉刺骨,但让我看到了女伯爵的另一面:她身穿泳衣时,比我想象中的她还要诱人。平常的衣服、庄重的打扮都是掩饰。她经常说,她对自己满意的地方不是头脑而是身体,显然不是开玩笑。她像女武神一样在冰冷的海水中嬉戏,常常等到脑袋完全消失在水花中,再慢慢浮出水面。她应该可以游到瑞典。我呢?冻得浑身起满了鸡皮疙瘩,皮肤的颜色变成了青紫色,只好从水中跑上岸来。露丝和女伯爵担心我会受凉,于是,她们点燃壁炉,沏好热茶。在这期间,她们一直说笑个不停,恰似两只健壮的母鸡。

过了很长时间,我才不感觉冷了,满身的鸡皮疙瘩消失了。

我隐约听到哥本哈根的钟声响了两下。露丝已经入睡。她躺在另一张床上,就像一条精疲力竭的母狗。而我坐在黄鹂巢里,虽然昨晚十一点钟就吃上安眠药了,但一点儿睡意也没有。看来要想睡上三四个小时,还要再吃一两片才可以。

今天是我们来到丹麦后,过得最有意思的一天,但还是感觉有点儿漫长。我的鼻子、脑袋、前臂,还有脖子后面都留下了严重的晒斑。夕阳西下,我们开车回家,发现路上行人很多,速度很慢,而且毫无秩序,看上去仿佛有五万五千个丹麦人在撤退,如同二战初期的敦刻尔克大撤退一般。能够看到这些有意思的事情,尽管身上晒斑到处都是,但也觉得很值。

一提到沙滩,我就会想到灾难。在睡梦中,我被一辆肮脏的货车带到靠近拉荷亚的一个尘土飞扬的河谷中。我儿子库尔特①和他的女友就住在这座城市的一个比较差的社区里。这个社区住着好多怪人。他们头发凌乱,穿着半男半女,就像疯子一样。他们究竟怎么了?无聊?冷漠?担忧?恐慌?惧怕?还是叛逆?也许他们针对的是当下这没有意义、没有希望的生活。

我又是为了什么?这让我十分痛苦。库尔特的去世让我彻底失去了活着的价值。我不知道我的工作、原则、选票、信仰、朋友、婚姻还有什么意义。他的去世彻底打乱了我的生活节奏,让我变成了一只无头苍蝇。我先是把露丝,然后又把柯蒂斯作为我前进的动力,克服困难的力量源泉。然而,我始终搞不明白,他

---

① 库尔特(Curt),柯蒂斯的昵称。

为何不懂饥饿、不懂爱情、不懂害怕、不懂冷汗、不懂失眠？他小时候，我看着他睡觉，心中充满了爱怜，充满了责任感。他怎么就是不懂呢？究竟是谁破坏了这一切？是我还是他？

他从冲浪板上掉下来是无法避免，还是人为原因？也许我对他的要求过于严厉，让他感到生活毫无头绪。直到他生命的最后时刻，他都处于这种毫无头绪的状态吗？他选择的冲浪海域是不是风浪太大了？如果真的是这样，他为何要选择那个地方呢？难道他是想告诉我什么吗？

天哪，虽然我对柯蒂斯很失望，但是不能不管他。

无论怎么读这个小故事，你都会觉得很遗憾，觉得很不舒服。这是一个关于移民的故事。庞大的移民队伍中有群孤儿。故事开始于一九〇一年逃离洛兰岛，五十二年后（这期间一直不太平），在拉荷亚的海滩上结束。在新世界西边或是自取灭亡的边缘，诞生了一个又一个的孤儿。在此之间，诞生了既聪明又能干的约瑟夫·奥尔斯顿。他娶了一位美丽的妻子，生了一个可爱的儿子。作为儿子，他是母亲的快乐源泉；作为父亲，他却是让儿子感到陌生的监护人。

"安全感！"凯伦嗤笑道。她曾经立志把自己的一生都用语言表达出来。这种生活方式使她一度成为国际名人。尽管如此，她用语言表达的人生也不是她真实人生的全部。她曾经立志四海为家，但最终还是回到了家乡。乌龟与蜗牛爬行的窸窣声始终在她耳畔回响，她一直把安全感带在身上。内心的安全感是人类合法的欲望。不是吗？罗伯特·弗罗斯特曾经这样说过："家就是那个当你无处可去的时候,仍然愿意接受你的地方。"安全感具有两面性。我讨厌想起库尔特去世这件事。我会因为他没有达到他的目的而更加厌恶这个想法吗?还是会因为他从来没有达到我的目的而更加厌恶这个想法?他要是能够回来,我会立即敞开大门,同时为了避免伤害他的自尊而处处小心翼翼。这一切他都知道吗?我必须脑袋更加聪明、思想更加开放吗?我必须控制脾气,闭上嘴巴吗?一方面是父爱,另一方面则是父亲因为失望而表现出的厌恶。究竟哪一方面会占上风?嘲笑美国人但惧怕德国人,丹麦人在这方面是出了名的,而且乐此不疲。他们把我们美国人生产的加长轿车称为长满牙齿的铬合金护栅,是露着牙齿大笑的美元。之所以这样,也许是出于嫉妒。贬低、攻击比自己强大的事物,显然不能称作幽默。之所以这样,也许是他们身处一个弱势世界,一个对他们要求不高的弱势世界。他们是"失败者联盟"的成员。几年前,库尔特之所以来到哥本哈根度假,就是为了寻找这样的一个世界?还是因为听说丹麦的女孩子非常温顺,他才去的?他为什么非要住在新港一个没有装修过的房间里呢?他居住的社区是欧洲环境最差的海滨地区。他是在寻找安全感吗?这里的流浪儿和孤儿是谁?我真的能够在这个巴掌大的国家里找到让我心安的东西吗?

卡夫卡笔下的动物会怎么做?是躲在洞里听着敌人一步一步向它靠近,还是从洞里跑到同样充满危险的洞外?哥伦布给欧洲人带来了什么好处?也许只是自由的幻想而已。当每个国家和文化制定的规则与危险同时存在,并且规则会根据存在的危险而改变时，如果他们放弃这种不确定的安全感，加入另一个规则与危险并存的国家与文化，却无法摒弃随时存在的危机感，这时他们又会有什么得失呢？如果我们身在遥远的美国太平洋海岸而陷入困惑，变得没有方向，因而想跑回出生地，寻找一种业已遗失且无法名状的东西，又会有什么好处呢？

然而，我不得不承认，促使我母亲和许多人来到新大陆的原因，其实正是希望获得安全感，并不是寻求什么自由。我究竟想要什么？想要在这两个大陆之间架起一座桥梁，好让生活在这两个大陆上的人们自由往来？好让这两个大陆的文化得以交汇，世代相传，得以融合？

事实上，我并不知道自己想要什么，而且也不想知道。我现在最想要的就是练就快速入睡的本领。

3

第二本日记读完了。遇到令人心跳加速的地方，我以前都是跳过去，现在不了。我想让露丝听一听。我有一种不能被她误解的冲动。至于它会给露丝和我的生活带来多大困扰，我并没有想太多。读完后，我们俩都没有说话，只是静静坐着。过了一会儿，露丝转过身来。她看着我，表情很严肃。露丝很幸运。尽管头发已花白，但眉毛依旧浓黑，脸上没有皱纹，身材保持得也很好。结婚四十五年来，她的体重变化从来没超过一公斤。大学同学见了她，一眼就能认得出来。我就没有那么幸运了。我们彼此看着对方。她低下头，漫不经心地撕扯着盖在身上的羊毛被套的线结，问我道："你心里一直没有放下？"

"是的，没有。"

"乔，为什么？事情已经过去二十年了。我也爱他。他死的时候，我本以为自己会承受不住，但还是挺过来了。我们没有其他选择。长期郁郁寡欢，会损害你的健康的。"

"不出六个月，你就会忘记我写的日记。"

"我这只耳朵进，那只耳朵出。"

"是吗？好吧……这当然会让我感到困扰。这是我们经历过的最糟糕的事情了。既然你能够挺过来，足以说明你天生就是个乐观坚强的人。而我不是。"

"你什么意思？"

"没什么意思。众所周知，女人平均寿命比男人长很多。女人天生生存能力比男人强。不管怎么说，这不是他的死，或者不仅仅是他的死。"

"然后呢？你还会因为过去发生的事情而感到内疚吗？"

"过去发生的事情？当然，我的内疚不会停止。不管怎样，我本应该表现得更聪明一点儿。当然，仅仅聪明并不能解决所有问题。"

"还需要做什么？"露丝一向喜欢打破砂锅问到底。

"还需要做什么？"天哪！这个话题是我引起的，都怪我！

这世界就是这样变化的。"我们想要成为什么样子和我们能够成为什么样子，这两者之间存在着很大的距离，"我急忙回答说，"如果已经心生胆怯，思绪混乱，方向迷失，如何能够仍然尊重自己？如果已经认为这个世界不值得留恋，如何能够仍然珍惜这个世界？我现在只是靠着一个连自己都鄙视的脑袋，生活在令人讨厌的环境中，慢慢变老，直至离开这个世界。"

"你不要这样想。"露丝快要哭出来了，"即使真像你说得那样糟糕，你也要坚强地活下去。你不要因为已经过去的事情而责怪自己或者责怪儿子。他跟你一样，你难道不知道？他讨厌这个世界，也讨厌他自己。跟你一样……这都是你教他的。"

"所以，不要再对我说，什么都不要责怪。更糟糕的是，我鄙视他那种鄙视它的方式，甚于我鄙视它。如果他真的与自己讨厌的事以某种方式做斗争，难道我不会和他一起努力吗？但他放弃了。他死了。当然，站在未来的角度想，他也胜利了。二十年后，所有他现在坚持的东西都会被接受。他是个预言家，反主流文化，信奉'快乐至上'。看看现在，世道已经大变。历史被推翻，文明变成了一个不好的词汇。律己不仅害了自己，还成了人们的笑柄。客套被看作虚伪；负责却意味着屈服；年过七旬的老人被认为处于青春期。如果你不喜欢这个金钱社会，你就可以斥责它、抨击它。这个社会就会自己调整，以适应新的时代。在新的环境和态势下，把自己奉献给对自己冷眼相对的人。"

"他会改变想法的。"

"要是我以前也这样想就好了。"

"你到底在抱怨什么？记得你曾经说过，这个世界还是比较眷顾我们的，至少有百分之五十一的部分是对我们有利的。否则的话，我们就无法在这个世界上生存。"

"对你我这样的人来说，得到百分之五十一就已经足够了，剩余的自己去努力。但对库尔特这样的人来说，区区百分之五十一远远不够。他想得到百分之八十五。假装他没有酗酒是没有用的。他根本不懂得'有付出才有收获'。如果我留着狗尾巴似的胡子走出山谷，口中大喊'让灾难降临到这些人头上吧'，我就必须把他看作一个敌人。别无选择。"

"你应该原谅他。"

"我早就原谅他了。"

"是吗？也许我们也有需要他原谅的地方。"

"啊，露丝。"我们隔着四五米，互相对视。也许我们俩最后都会死在床上。或者，她死在床上，我坐在椅子上，直到生命的尽头。

"你是怎么想的？"我对她说道，"如果他现在还活着，你觉得我们会和他成为朋友吗？如果他比我们活得还长，你觉得他死后会跟我们葬在一起吗？"

"依我看，会的，"露丝回答说，"我只能这么想。"

"也许你是对的。"我表示同意。我站起身来，不想再思考这件事了。我突然发现身体非常僵硬，差一点儿就站不起来了。脚趾、脚踝、膝盖和臀部的骨头好像碎了一样。甚至活动活动手指，指关节也一阵灼痛。我一瘸一拐地慢慢走进了浴室。露丝两眼一直在看着我。在她看不到我时，我立刻吃了一片别嘌呤醇和一片消炎痛。然后，我穿过卧室来到厨房，拿了杯牛奶。牛奶能够减轻止痛药的副作用。喝完牛奶，我脱衣上床，心情非常压抑。露丝仍然在默默看着我。

第四章

1

今天，我在众多垃圾邮件中，发现了一家研究机构寄来的调查问卷——针对老年市民进行的取样调查。他们希望获得关于我个人自尊心方面的一些信息。该研究机构假设：自尊心下降会导致很多老龄化症状。不知道他们是怎么知道找到我的。很可能是本·亚历山大告诉他们的。本对这种事情一向很热心。

我瞥了一眼问卷上的问题，就把它扔进了壁炉。五十出头的人都知道，这种社会心理生理研究也就那么回事儿，结论大家都心知肚明，纯粹是在浪费人力物力。实际上，关于老年人自尊心下降这个问题，不用太费力便可找到许多例证：整个社会一点也不尊重老年人，认为老年人是负担，嘲笑他们长期积累的经验，无视他们亟待解决的问题，任凭他们独自一个人待在医院或者养老院，不管不问，装作看不见。只是在投票或者募捐时，才会想起他们。可怜的老人们只有两种选择：要么远离竞争，天气好的时候去玩玩沙狐球；要么放下自尊心，接受社会赋予他们的新角色：一个无关紧要、可有可无的人。

切萨雷·鲁利的突然来访在一定程度上伤了我的自尊心。

每次我们到斯坦福校园周边活动的时候，这种感觉就会愈发强烈。比如昨天下午,我们去看瓜内里四重奏团①的演出。演出是在一个很大的音乐厅里进行的,观众既有青年人,也有中老年人,两者数量几乎一样多。在艺术鉴赏的世界里,每个人都是平等的。有几个老年人和年轻人冲我微笑招手。这显然是一种在生活中拥有共同的品位和兴趣所带来的默契感。通过这种方式,我也算是加入了大学这个社群。

然而,音乐会一结束,你便会觉得开始从安全地带进入了危险地带,从主流文化人变成了反主流文化人。露天平台上都是年轻人,有的懒洋洋地散步,有的坐在草坪上休息。广场有个义卖活动,地上铺着毯子或者被单或者塑料布,上面摆放着皮带、手包、装饰着流苏花边的花盆架,以及其他物品——格特鲁德·斯泰因②称之为"手工丑作"。妻子们、孩子们、宠物狗们坐在这些物品旁边,一边照看这些物品,一边小憩。学生们你来我往,或坐在桌子旁边讨论,或靠着大树读书。他们倒不像几年前那些人一样对老人不屑一顾了,只是装作没有看见。如果你坐在桌子旁边,他们就会离开那张桌子。如果你跌倒在桌子旁边,他们就会把眼睛看向别处。尽管你的存在并不冒犯他们,但会使他们感到不适。千万不要紧紧跟在他们身后,走近一扇不停开合的房门。如果你先到达,主动为他们打开房门,他们会带着警惕的表情,斜着眼睛看你,满腹狐疑,仿佛你的善意举动是将他们置于死地的陷阱。

---

① 瓜内里四重奏团(Guarneri Quartet),世界顶级的弦乐四重奏乐团。
② 格特鲁德·斯泰因(Gertrude Stein,1874—1976),美国作家与诗人。

当你在广场的小路上散步,他们骑着变速自行车,从你身后快速冲过来,时速高达三十多公里。然而即便距离你仅仅半米,也不鸣铃发出警告。结果很可能是你心里一惊,体内肾上腺素迅速分泌,膝盖发软。你已经幻想着自己躺在人行道上,裤子也破了,膝盖流血了,胳膊骨折了,眼镜也碎了。你在想这个时候他们总该注意到你了吧。

"你还奢望什么?"露丝问道。

听到我的抱怨,露丝显得很焦虑:"他们有他们自己关心的事情,为何应该注意咱们呢?看到咱俩散步,你是希望他们小声讨论一下,'刚才过去的那对年老夫妻是谁啊?'还是希望他们站在路边,给你毕恭毕敬地鞠上一躬?"

"哦,天啊!"我真的不知道该如何回答。

"是你自己太爱面子啦。"

"好吧,是我太爱面子。实际上,我每次来到这个广场,都感到很难堪,心里非常不舒服,老是觉得自己是个怪人——无人理会的怪人。我讨厌被一群怪人当作怪人。他们才是真正的怪人,天生的怪人。"

"希望你不要对他们抱有成见,"她建议道,"多和年轻人接触接触,对你有好处。你非常需要年轻人的陪伴。"

"是吗?"我回答说,"怎么和他们接触?我又没有故意找碴,和年轻人闹矛盾。"

"什么?闹矛盾?如果你去学校上课,我敢打赌,你就会明白,老年人和年轻人没有任何矛盾可言。他们只不过是一群孩子,聚集到一个地方,做着他们那个年龄段该做的事儿。他们年轻,头脑简单;咱们老了,想得太多。"

"是啊,他们没有错,是我无理取闹。"我感到很委屈,"走吧,咱们离开这里,去别处逛逛。"

"好啊。这样对你的身体有好处。"露丝表示同意。

这样或许对我的身体有些好处,但我心里还是不舒服。上次在雨中清理道路上的排水沟,把我累坏了。我一瘸一拐地走着。因为露丝陪在我身边,为了强调我是老年人,故意走路动作夸张。从她充满担心的眼神中,我看到了效果——她似乎在问我,能否继续前行。但她始终没有开口问我。

事实上,我确实很享受这次散步,尽管我有风湿病。我们沿着山路走,看到了好多老年公寓。公寓楼旁边的豪华庭院中,有满身淡红色小球的含羞草、有满枝小黄花儿的连翘。这可是春天的颜色。我还闻到了瑞香花的味道,看到园丁们在辛勤劳作。这里明显不是年轻人的乐土,而是让老年人身心愉悦、信心倍增的世界。这里就是自从我上了年纪以来一直想拥有的养老环境。我本想慢慢走,细细品味。然而,嗅着带着花香的清新空气,不知不觉中,我们加快了脚步。

我们绕着小山走了一圈,然后沿着弗莱门小溪向下走。这条小溪雨后水势大涨,溪水比平时迅猛了许多,冲击着拦河坝。我们遇到了布鲁斯和罗西·布利文夫妇。他们裹着大衣,拄着手杖,伴着微风向前走。

布鲁斯曾是《新共和》杂志的一名编辑。退休后,他和妻子把家安在了大学校园里。从退休到现在，他三次心脏病发作，出版了五本著作，今年八十五岁，听人说，仍在构思另外五本书的故事情节。也有人说，另外五本书已完成一半。无论事实如何，写书对他而言完全是小菜一碟。他在去年寄给我的圣诞卡上，写了这样一句话，让我觉得，所有老年人都应该把它刻在自己的房门上。他说，如果别人问他，是否感觉自己老了，他会说，没有，只感觉自己越来越像个年轻人。他和蔼可亲、颇具幽默感，就是一个老顽童。这让我自愧不如。作为优秀老年人代表，他比本·亚历山大做得更好。至于他的夫人罗西，即使和她距离几十米，你也会感到很亲切，而且她一直在尽力帮助六十岁以上的老年女性。

我们四人坐在一棵胡椒树下说了一会儿话，就分开了。他们拄着拐杖，沿着小溪往回走，边走边聊，就像久别重逢，有很多话要说、有很多事要做那样。

"这对老夫妻真可爱！"露丝羡慕道。

我察觉到露丝话里有话，便回答说："只有历经岁月的磨炼，才能进入这种境界。"

"得了吧，"她不再拐弯抹角，"你最好向他们学习学习。别再抱怨年轻人这也不是、那也不行了。"

"瞧，"我急忙叉开这个话题，"来了一对年轻人。"

他们挎着胳膊朝我们走来。女孩儿大摇大摆地走着，长裙随其脚步摆动，就像在跳方块舞。她边走边仰头看着男友的络腮胡子，一脸的崇拜。当我们彼此走近时，他们一起冲着我们微笑，并且轻柔地说了声,"你们好!"

我吃了一惊,立即也问他们好。等他们走过去后,露丝马上重提"自尊"这个话题:"看看这对年轻人,你不是说现在的年轻人都不尊重老年人吗?"

为了平息露丝的不满情绪,我急忙解释道:"他们注意到了我们的存在,而且很有礼貌,非常友善。他们确实表现得很好,但这也是应该的啊!愿上帝保佑他们!"

"看来只有漂亮的女孩儿和彬彬有礼的男士和你说话,你才会变得不那么极端。"

"她漂亮吗?穿成那样谁能看得出来。你说得很对,我的确喜欢漂亮的女孩儿和彬彬有礼的男士,但前提是他们不能伤害我的自尊心。这个话题我们就此打住。现在该回家啦。我身上很冷,而且脚趾疼得要命。"

"好吧,我的先生,我带你走得太远了!"或许是记起了刚才那对年轻情侣互挽胳膊的样子,露丝挽住我的胳膊,嗔怪我道,"难道你不喜欢这样吗?你不喜欢散散步,碰到一些人,遇到一些事,欣赏和砍树枝、扫落叶不一样的风景吗?假如某所大学请你做报告,我全力支持你去,和年轻人好好交流交流。要是需要我陪你去,我非常乐意。"

"你太天真了!"我回答说,"如果你是个黑人,可以去做报告;如果你是个女人,哦,对不起,你的确是个女人,那也没问题;如果你是个眼盲耳聋的残疾人,那就更没问题。然而,如果你只是因为年纪大了去做报告,只会遭到严重的歧视。这种事情,想都别想。"

"哼,得了吧。起码我不像你这么敏感,把薯片放在肩膀上走来走去!"①

"你说什么呢?你见过谁把薯片放在肩膀上?不担心别人把它拿走吗?这老掉牙的谚语出自哪里?出自《汤姆·索亚历险记》②?嗯,好像《汤姆·索亚历险记》有这样的描写,在密西西比贮木场,有个人想用这种方式试试汤姆的勇气。从那以后,我们就没有其他表达方式了,只会用这条愚蠢的谚语。"

"求你了!"露丝提高嗓门,大声说道,"不要再抨击这个世界了。我们能不能暂且不管'谁把薯片放在肩膀上',高高兴兴地散个步,享受一下这里的美丽景色?以后有没有机会再来,还真的说不准呢。"

"当然可以。只要不去那个广场。"

"好的。一言为定。"露丝心情变好了一些。她挽着我的胳膊,没有再和我继续争吵,而是换了一个话题:"今天晚上,你要读什么内容给我听?"

"我也不清楚。可能是那个古老的厄尔比。"

"是一个……悲剧吧?让人不开心的那种?你自己想不想读?如果会让你不开心,咱们可以不读。"

"我没事。可以读。"

---

① 此处为英语俗语:go around with a chip on my shoulder,直译即"把薯片放在肩膀上走来走去",这里指乔对人对事的态度仿佛一直带着刺儿。
② 《汤姆·索亚历险记》(The Adventures of Tom Sawyer),美国作家马克·吐温的代表作之一,发表于 1876 年。

"好的。至少今天晚上我们有事干啦。"

"只要你喜欢就好。"

"我怕你不开心。昨天晚上,你情绪很不好,看什么都不顺眼,甚至连看你自己都不顺眼。可把我吓坏了。你还记得你说的那些话吗?恐怕连你自己也会觉得不妥吧。"

露丝这样说我,我并非十分认同,但我确实没有心情和她争辩。"我们不说这个啦,"我回答说,"一个人老是坐在船尾,是不可能永远不晕船的。"

不管晕不晕船,吃完晚餐,又结束了一天的生活,一辈子也就是无数个这样的一天。

2

五月二十一日，洛兰岛，厄尔比城堡

像往常一样，我忙着与我的精神[1]对话，露丝则在睡觉。床很大，有四根帷柱，我睡的床就和正统法国大双人床一样宽。房子很大，仅仅这个侧厅就有两个大约二十平方的房间。透过窗户，可以看到树在夜风中晃动，还可以嗅到丁香和欧椴树发出的香味。月光从云朵中间洒下来，偷偷溜进房间，爬到露丝的床上，很快又返回到窗户上，似乎担心会吵醒她。四十瓦的灯泡，光线不是太强。为何欧洲人，即便是在教堂，也这么怕光呢？我坐在灯下，看上去一副睡意蒙眬的样子，其实脑子一直在想事情：

吃午餐时到底发生了什么事情？女伯爵答应要给我们一个解释，但过后就再也没有见过她。又是什么使得晚餐被迫中断呢——是因为这个老女人口中所谓的病，还是因为其他什么事儿？韦布尔小姐是谁？值得一提的是，我这个五十多岁的老男人，由于长期疏于锻炼，身材已经严重走样，而且尚未完全从长时间的病痛中恢复过来，竟敢接受年轻男主人的挑战，和他在

---

[1] 原文为德语：Geist。

网球场上决一雌雄。我与年轻男主人不期而遇。他对我说:"尊敬的客人,别来无恙?"而没有说:"滚回你的地盘去!不然的话,我就报警!"鉴于此,我才同意和他进行较量。我的手掌磨出了水泡,脚后跟磨破了皮,浑身酸痛,几乎不能下床。露丝非常生气。甚至在我们吃酒店免费提供的晚餐时,她也没有停止责备我。

我参观了妈妈曾经住过的小屋,就像一次朝圣。我知道,参观本身意义并不大,事实也的确如此。仅仅凭借对老房子的黏土和灰泥所表现出的那一丁点儿兴趣,是不能弥补文化养分的缺失的。这无异于隔靴搔痒。

好吧,暂且不谈这个话题了。

大约上午十一点钟,我们到达罗丁家族居住的城堡。令露丝失望的是,这座城堡不是一带带塔楼的哥特式建筑,而是一座带阶梯山形墙的荷兰文艺复兴时期的建筑。女伯爵的哥哥不在家。他的妻子玛侬接待了我们。玛侬身材高大苗条,眼睛乌黑细小,很像劳伦斯[1]的肖像画。值得一提的是,她满脸皱纹,神色憔悴,似乎经历过很多不幸。

前厅非常宽敞,喷泉随着音乐在舞动。据说托瓦尔德森[2]制作的仙女雕塑会围着喷泉聚会。我看到一位身材健壮的女仆和几个里面可能装着小精灵、小矮人或者四十个小偷的瓷坛子。玛侬和女伯爵挽着胳膊向我们走来。女仆拿着我们的行李,带领我和

---

[1] 劳伦斯(Sir Thomas Lawrence, 1769—1830),英国肖像画家。
[2] 托瓦尔德森(Bertel Thorvaldsen, 1770—1844),丹麦新古典主义雕塑家。

露丝往楼上走。女伯爵告诉我们说："你们洗漱完毕后，就赶快下来。杰尔达会帮你们安置行李。我想带着你们逛一逛这座城堡。这就是我成长的地方。"

看得出来，女伯爵非常开心。这里是她的家，社会关系、人际关系相对简单很多，单凭这一点，就足以让她感到快乐了。露丝简单迅速地巡查了一下我们居住的房间，我们就一起下楼了。现在开始参观城堡：

画室：总共三间，一间比一间大，间间富丽堂皇，一律法式家具，博韦①壁毯。壁毯上绣着野外狩猎的场景以及阿卡迪亚人裸露着上身在野餐的图案。

琴室：方形的贝希斯坦牌钢琴，镶嵌珍珠母的大青石，镶着金边的天鹅绒椅子，还有一只大提琴琴盒静静地躺在长沙发上。

舞厅：装有水晶玻璃枝形吊灯的舞池、拼花地板、为了接受更多阳光而朝向同一方向的法式房门。值得一提的是，从这里可以看到室外的草坪和玫瑰。

温室：水气弥漫、植物种类繁多。墙壁上，一只卢梭②绘制的老虎在丛林中瞪着一双铜铃似的眼睛在看我们——我也瞪着眼睛在看它。

台球室：两张桌子。室内靠墙处摆放着一些狩猎成果——野鸡和松鸡，犀牛头，非洲水牛头；按照狩猎年份和狩猎人名排序的一长列鹿头。其中一些猎物还是国王及其父辈们当年

---

① 博韦（Beauvais），法国北部城市，以刺绣闻名。
② 卢梭（Henri Theodore Rousseau, 1844—1910），法国画家。

狩猎所得。地板上堆放着很多狮子皮和豹子皮，还有一根独角鲸的角。它像火箭一般从条纹玛瑙的发射台上直冲云霄。

最后，我们来到图书室参观。这里的藏书主要是关于园艺和狩猎的，有四个语种。当然，还有一些文学名著、寓言集、当代知名刊物等。玛侬和女伯爵站在一边，很礼貌地给我——这个来访的读书人——充分的空间来翻阅这些藏书。我依稀感觉到，她们恨不得马上离开。其实，我对园艺和狩猎并没有什么兴趣。看到她们不好意思催促我，只是在来回踱步，我便放下那本封皮很吸引我的书，说道："这些书都很棒，但我看不懂。我有一句著名人物的话送给你们。""啊，是什么？"她们异口同声问我道。我从书架上取下歌德的《浮士德》，翻到最后一页，把最后一句读给她们听："永恒的女性，引领我们飞升。"[1] 玛侬误将这句嘲弄她的话视为对她的赞美。女伯爵偷偷冲我笑了笑，仿佛在说："奥尔斯顿先生真是非常绅士。"[2] 露丝的表情和她俩完全不一样，仿佛在质问我："你以为你是谁，小少爷方特罗伊[3]？"

我们刚从图书室出来，便遇到了一个人。他是玛侬的侄子，瑞典小男爵。虽然脸色不好，表情严肃，但五官端正，相貌英俊。他来这里是想找几本司各脱[4]的书读，别的也可以，只要读起来不怎么费劲就行。他下身穿蓝色哔叽短裤，上身穿伊顿领夹

---

[1] 原文为德语：Das Ewig-Weibliche zieht uns hinan。
[2] 原文为德语：sehr kavalier。
[3] 小少爷方特罗伊（Little Lord Fauntleroy），同名世界儿童文学名著《小少爷方特罗伊》的主人公，是个人见人爱的小家伙。
[4] 司各脱（Duns Scotus，1265—1308），英国哲学家、教育家。

克衫。他应该是我见过的最安静、最礼貌、最谨慎的小男孩。我问他会说英语吗？他支支吾吾地回答道："只会一点。"

露丝很享受这次参观。因为有玛侬和女伯爵和她聊天，我就不用时时刻刻陪伴在她的身边了。通过一扇突然打开的房门，我看见一间巨大的食品贮藏室。倘若贮藏室门上的指示灯是亮的，表明里面还有空间放置食品。我还看到了厨房和一排简陋的房间……如果我母亲真的在这里生活过，她应该对这里很熟悉。我们来到餐厅。餐具柜里摆满了各种银色餐具，锃明瓦亮。一张十二米长的桌子上摆放着三只淡紫色的大碗。墙上挂的是戴假发的祖宗头像和著名丹麦画家的风景画。我心里很纳闷：为什么丹麦出了这么多伟大的画家，而它的邻居们，同样的血统，同样的气候，同样的住房，同样的生存环境，却几乎没有一个？

餐厅面积很大，装修豪华。女伯爵兴致很高。她给我们描述了国王到此狩猎时在这个房间用餐时的情景。她说，当时这个房间里摆放了上千支蜡烛，提供四种不同的红酒。她还说，如果我和露丝那个时候来丹麦就好了，可以亲眼看见全体干杯[①]时那个盛大壮观的场面。实话说，我对那个毫无兴趣可言。我发现，仆人们只在餐桌一头安排了七个人的座位。

女伯爵也注意到了座位的数量，便问玛侬道："还有谁来吃饭？"

"奶奶说要来。她想见见你和你的朋友。"

[①] 原文为丹麦语：skaal'ing，是丹麦的传统敬酒习俗。

女伯爵眼睛盯着第七个餐盘看了一会儿，然后抬起头，与玛依四目相对。虽然我不知道她想说什么，但她的确有话想说。她嘴巴紧闭，嘴唇发白。玛依耸耸肩膀。虽然穿着毛衣，但她看起来还是很瘦削。这时，管家走进房间，宣布午宴开始。

男宾不多，只有我和瑞典小男爵。我和露丝等待着仆人给我们指示座位。几分钟后，一个怀孕的女人挺着大肚子从房间里出来了。她脸庞圆润，带着神秘的微笑，看上去已经不年轻了，但十分健康。我觉得，她只是故作镇定，内心一定在掩饰着什么。

玛依噘着嘴唇，圆圆的眼睛一眨一眨，似乎有些紧张。她用丹麦语问那个女人道："你还记得阿斯特丽兹吗？"

这个女人。在那个房间，在那种情境下，她做出这种反应显然非常特别。

"当然了，"[①] 她回答说，"欢迎。"[②] 她和女伯爵对视了一下，脸上掠过一种复杂的表情，但立即转为一种诡秘的笑容。

"你好。"[③] 女伯爵打招呼道。——啊，冷冰冰的。

"这两位是奥尔斯顿先生和他夫人，阿斯特丽兹的朋友。"

"你们好。"[④] 这个女人问候我们道。我们也向她致以问候。

"这位是韦布尔小姐。"玛依向我们介绍说。

玛依话音刚落，我就看到了露丝的手势，仿佛打旗语那样夸张地挥动着胳膊，意思是叫我别多嘴：既不要问她丈夫叫什么名

[①] 原文为丹麦语：Naturligvis。
[②] 原文为丹麦语：Velkommen。
[③][④] 原文为丹麦语：God dag。

字，也不要问他做什么工作！除了日常礼貌用语，其他的话一句也不要说！管住你的嘴！切记切记！

为了确保我及时接收到她发出的信号，露丝踮起脚尖，双臂大幅度摆动，足够吸引一公里以内所有人的注意力。而且，她似乎是觉得，如果我不做出一个同样夸张的手势来回复，那一定是我没有领会。于是，她动作更加夸张，几乎爬到了桌上。

所以，我小心翼翼地不去看露丝。然后，我冲着女伯爵笑了笑。她表情冷漠，眼神既怒亦羞。我又冲着身材瘦削的玛侬笑了笑。她依然神情紧张，表情神秘。最后，我才终于看了看露丝，向她眨巴眨巴眼睛，让她放心。正因为听了她的劝告，我才没有难为这位韦布尔小姐——你已经有了八个月身孕，为何还叫"小姐"？难道丹麦人都这样？哈哈！

露丝生气地躺在床上说道："为了不让你当众出丑，枉费了我多少工夫！更何况还有多少次你真的出了丑！"

"你那叫反应过度。"我回答说，"你总是这样，总以为我反应迟钝，傻乎乎的。这就是人们常说的'众人皆醉你独醒'吧。"

"要不是我提醒你，你会这样做吗？"

"这篇日记就是当天晚上写的，对不对？你怎么到现在还这样说？"

"反正，是我事先提醒你的。"

"这都是我事先提醒你的结果。你应该感谢我才对。"

"你千万不要对我说，你能未卜先知。"

"起码我能猜个八九不离十。"

"其实，咱俩知道的一样多，而且很多时候我比你知道得早。"

"好吧，我们能不能不再为这事争吵了？"

"可以。那你为什么还跟我吵？"

"我跟你吵？明明是你先开始的。"

我数了十下，又数了十下。她看到我这么做，非常生气。最后我妥协道："听着，两个七十岁高龄的老人竟然还这么吵，说出去会被人笑掉大牙……"

"要说，也是说你。"

"两个七十岁高龄的老人为了二十年前发生的一件事而吵得不可开交，这件事本身就已经够荒谬的了。如果再为争论'是谁先挑起的争吵'而争吵，那就更荒谬了。"

"你说的也是，但是……"

"没有'但是'。'安息吧，受难的灵魂。'①"

"我不知道你在说什么！我听不懂！"

"听不懂？"我故意气她道，"你知道这句话是谁说的？是哈姆雷特对他父王的鬼魂说的。"

"好吧，你还是继续读日记吧。比那次午餐重要的事情还多着呢。"

"我在日记中写了什么，就读什么，"我回答说，"我所记录

---

① "安息吧，受难的灵魂"，出自莎士比亚作品《哈姆雷特》的第一幕第五场。

的都是当时觉得非常重要的。如果你不喜欢,最好自己记。"

"我倒希望我也记了。这样就能知道你记的对不对了。"

我们还在站着等待,等待玛侬招呼我们坐下。韦布尔小姐也和我们一样。她虽然穿的是平底鞋,由于站的时间过久,同样很疲惫。值得注意的是,她表情很紧张,只是在假装镇静。难道是位不慎失足的女教师?她是谁的老师?这里除了贝蒂尔,没有其他小孩子。贝蒂尔也是个客人,并非这个家族的成员。难道是艾伊尔伯爵勾引的一个乡村女孩?他应该不会把这些女孩带到城堡来。起码我个人认为他不会。他应该把赤裸着下身的她们带到茅草房里去。

看得出来,对于韦布尔小姐这位不速之客的到来,女伯爵非常不高兴,但和玛侬一样无可奈何。想必韦布尔小姐也知道,自己并不招人喜欢,但就是赖着不走。而且,我越看韦布尔小姐,越觉得她已经不年轻了,应该在四十岁左右,和女伯爵年纪差不多大。

就像一群参加追悼会的人在等待牧师到来一样,我们在等待着有人过来给我们安排座位。我们面带微笑,沉默不语,虽然内心焦虑,但佯装快乐。餐桌上摆放着一大束丁香花,花的香味弥漫着整个屋子。我喜欢丁香。但现场长时间的寂静让我感到焦虑。于是,我和韦布尔小姐搭讪道:"好香啊!"

"我不会说英语。"[①] 韦布尔小姐回答说。

[①] 原文为丹麦语: Jeg taler ikke Engelsk。

我鼓起勇气，鼻子靠近丁香花，用力闻了一下，故意做出一副非常陶醉的表情，然后手放胸前，又闻了一下。我绞尽脑汁也没想出"丁香"这个词用丹麦语该怎么说，只好笼统地称赞道："好美的花儿啊。"① 我觉得，应该让韦布尔小姐感觉自在一点儿。

她看着我，满脸狐疑。当我翻越带有尖刺的铁丝网围栏时，母牛就是用这种眼神看我的。她回答说："哦，是啊。"② 桌子的另一头，女伯爵和玛侬好像是得到了什么信号似的，同时挺直了腰身。露丝又在给我做手势了。我没有做错什么事情啊？我只是称赞了一下丁香花而已。

突然，她们三人几乎同时把视线转向了同一个方向。我也急忙顺着那个方向看去。噢，原来是奶奶在仆人的搀扶下走过来了。

奶奶身材单薄，面部皮肤松弛，皱纹纵横，就像一张瞪着眼睛的蜘蛛网。她的脑袋还没有猴子脑袋大，手背布满黑斑，青筋暴起。她太老了。要想知道她的真实年龄，看来必须用碳-14测一测才行。众所周知，和孩子一样，老年人穿衣服大都喜欢花花绿绿，她也不例外。今天，奶奶穿了一件浅粉红色针织裙，长度直到小腿位置，看上去特别像是在一根细木棍上缠了块花布。再往下看，长筒袜松松垮垮，眼看快要掉下来了。

奶奶的名字叫乔治·阿利斯。她正慢慢向我们走来，步履蹒跚。她的年纪实在是太大了，每挪动一步，都要费好大劲儿才

---

① 原文为丹麦语：Smukke blomster。
② 原文为法语：Ah, oui。

成。如果没有仆人搀扶，她恐怕一步也走不了。尽管如此，奶奶走起路来，目视上方，对脚下的绊脚石不屑一顾，而且好像有军乐伴奏一样，简直就是米勒斯[①]创作的雕塑，一步一步走向不朽。

一个仆人搀扶着她，十分谨慎，真可谓小心翼翼。这时，老夫人拖着地走路的脚碰到了中式地毯的一个边儿。她试探了一下，抬起一只脚跨过去，然后抬起另一只脚与前脚会合。直到这时，她才收回了之前一直向上看的目光，向下瞅了一眼，顺便扫视了一下在场的所有人。也许这就是在给我们打招呼吧。这实在是太突然了，我们都始料未及。

玛侬和女伯爵急忙跑上前去扶住奶奶，仆人则赶忙拉椅子让奶奶坐下。就这样，在三双手的帮助下，奶奶落座在餐桌顶端位置。直到这时，她的出场仪式才算结束。她把脸颊伸向女伯爵，女伯爵探过身子来，接下来就是一阵啄木鸟式的亲吻，非常急促。然后，女伯爵离开老夫人，回到自己的座位上。老夫人的眼睛湿润了。与此同时，韦布尔小姐坐到了我旁边。

玛侬站起身来，搂着老夫人的肩膀，弯下腰，柔声对她说道："奶奶，这两位是阿斯特丽兹的朋友，奥尔斯顿先生和他的夫人。"

老夫人抬起她眼眶红红的眼睛看了一眼露丝，然后又看了看我。令我感到惊讶的是，她的脑袋虽然一直在不停地晃动，但看

---

① 米勒斯（Carl Milles，1875—1955），瑞典雕塑大师。

我的目光很稳定。老夫人把一只手放在胸前,另一只手拍了拍玛侬那只放在她肩膀上的手。我非常喜欢这种情感表达方式,就像喜欢女伯爵的眼泪一样。贵族也是人,也有感情啊!

"热烈欢迎你们来我家做客。"老夫人用英语说道。

桌子对面的瑞典小男爵抓住这个时机,把玛侬的椅子向后拉了拉,方便玛侬就座。等到玛侬走过来坐下时,他又帮她把椅子向前推了推,然后开始帮助露丝。我被安排在女伯爵和韦布尔小姐中间就座。这位怀着宝宝的韦布尔小姐坐在我的右侧。我入座时,女伯爵已经在左侧坐好,韦布尔小姐由于身材臃肿,被我挤得猛推了一下桌子,地毯顺势起了一大堆褶皱。韦布尔小姐冲我笑了笑,有疑惑,有愉快,亦有愤怒。就这样,我坐在了两位女士中间。

午餐就这样开始了。一道水果粥、一盘咸水虾沙拉(虾是他们在河流出海口那里,从海草丛中捕捞上来的)、一盘奶油冻,还有全丹麦人都爱吃的蛋白杏仁饼干,还有——感谢上帝——葡萄酒。老夫人小口品尝着食物,韦布尔小姐则津津有味地大口吃着两个人的量。露丝不停地用英语和小男爵聊天。玛侬和女伯爵很安静,一声不响。我呢,为了活跃一下气氛,一瞅准时机,就与女士们碰杯。我与在场的所有女士一一碰杯。我不知道是不是应该这样做。除了我也没人能够这么做——小男爵面前连酒杯都没有——我觉得大家应该一起喝一杯。我盯着女伯爵的眼睛看了一会儿,有种很特别的感觉,就像是透过废弃屋子中一扇布满蜘蛛网的窗户向里窥探时,恰好看到一双向外张望的眼睛。我也盯着韦布尔小姐的眼睛看了一会儿。她的眼睛就像大理石一样神秘,让人捉摸不透。

露丝说,她不会说丹麦话,非常遗憾。幸好丹麦人几乎个个都会说英文。是谁坚决拒绝学习丹麦语的?玛侬重复了一遍阿斯特丽兹的父亲常说的一句话:一个丹麦人掉进海里,如果被海水冲到南边,他需要会说几句德语;如果被海水冲到西边,他需要会说几句英语或法语;如果被海水冲到北边或东边,他需要会说几句挪威语、瑞典语、芬兰语或者俄语。鉴于此,每个丹麦人都要为他掉进大海那一天做好准备。

听玛侬这么一说,女伯爵好像开心了许多。她接着说道:"如果奥尔斯顿先生掉进海里,就不用担心了。他各种语言都会。"玛侬表示同意:"你说得对。事实上,他就是个丹麦人。"并对老夫人解释道,"奥尔斯顿先生的母亲就出生在布赖宁厄。"

老夫人把小脑袋向后一仰,问我道:"这里?"

"嗯,就是这里,布赖宁厄。"

"她父亲叫什么名字?我们是亲戚吗?"

"不是亲戚,"我回答说,"她在这里的一家农庄里做工。"

"难道是我们家的一个农民?"

我不明白老夫人所说的"我们家"的含义。

"是的。"我回答道。

虽然她们内心深处对于"农民"有很强的歧视感,但出于礼貌,尽量掩饰,装作没有。老夫人饶有兴趣地看着我,用颤抖的声音问道:"她叫什么名字?现在在哪里?你是来探望亲戚的?"

"她去世好几年了，"我告诉她说，"她很小的时候，父母死于天花。我从没听她提起过这里还有亲人。她的名字叫英格堡·黑格德。"

韦布尔小姐转过头来看着我，不再继续吃东西了。为什么？她只会说"不要英语"①，应该听不懂我在说什么。她会说法语。估计她只会掉进大海一次吧。我出于礼貌，冲她笑了笑。我仔细观察着老夫人的表情——她好像在从记忆库里搜索这个名字，但是没有找到。

"嗯，没有这个人，"她说道，"我不记得有这个名字。"

"我妈妈在这里应该是没有其他亲人了，"我继续说道，"听妈妈说，是一个斯维德鲁普人收养了她。"

话音一落地，就像我刚刚放了个响屁。顿时——用丹麦话说就是"一瞬间"②——整个餐厅的气氛凝固了。老夫人和玛侬全都愣住了。虽然我没有看女伯爵，也能感觉到，她也愣住了。韦布尔小姐却对此非常感兴趣。

过了一会儿，好像忘记了我刚才说过的话，好像什么也没发生，所有人开始正常呼吸，餐厅的气氛也恢复正常。"原来是这样啊，"老夫人开始说话了，就好像刚才的尴尬瞬间根本没有存在过，"寻根之旅很有意思。这里与美国是不是很不一样？你爸爸呢？你爸爸是谁？"

我仿佛受到了极大的伤害，既觉得委屈，也感到困惑。我绷

---

① 原文为丹麦语：ikke Engelsk。
② 原文为丹麦语：et øjeblik。

着脸回答说："我爸爸是芝加哥-密尔沃基-圣保罗①火车班列上的制动员。"露丝的面部表情十分僵硬。

玛侬示意仆人端来洗手盆，里面漂着几片丁香叶。老夫人洗了洗手，然后用纸巾擦了擦嘴唇。大家也都照样做了。我看到仆人站在老夫人身后扶住座位，玛侬帮老夫人抬起一只脚，才意识到和老夫人的谈话结束了。很多双手去搀扶老夫人。她行动依然僵硬，看起来死气沉沉。她对我说："再找个机会，我们好好聊一聊。很……开心认识你。请原谅，不知怎么回事儿，最近一点时间我特别容易疲劳。来到我们家，你千万不要拘束，就和在你自己家一样。别客气！你能光临我们家，我感到很荣幸。"

目送老夫人在仆人的搀扶下慢慢离开后，我转过头来，恰好看见女伯爵两眼盯着玛侬，玛侬也在盯着女伯爵看。她们彼此笑了笑。玛侬说道："奥尔斯顿先生和夫人也该休息了，也许想出去散散步。我想，他们一定同意，把你借给我一个小时。"

我们欣然同意："完全可以。你们聊，不用担心我们。"

韦布尔小姐仍然站在她的座位旁边。因为怀有身孕，无法推断她原来的身材究竟如何。尽管如此，我敢说，她曾经一定是个很有魅力的女人。毫无疑问，她对我也很感兴趣。她把食指放在噘起的嘴唇上，低声问我道："英格堡·黑格德……她是？你的？②……"

---

① 圣保罗（St. Paul），美国城市，明尼苏达州首府。
② 原文为法语：De? Elle etait?

"我的妈妈,我的妈妈①。"

韦布尔小姐一听,摇了摇头,手指仍然放在嘴唇上,眼睛瞪得又大又圆。家长批评淘气的孩子时,就是这种表情。她考虑了一小会儿,摇了摇头,似乎感到不可思议。"她是我妈妈的伙伴!"②她说这话语气非常肯定,完全是一副胜利者的口吻,也带有恶意的成分。她似乎还想再对我说点什么,但是斜着眼睛看了看女伯爵,没有继续说。她转过身子,一脸神秘的微笑,挺着大肚子,离开了房间。房间里只剩下露丝、女伯爵、小男爵,还有我。

"刚才到底发生了什么?"我问女伯爵道。

女伯爵好像很不开心:"事情很复杂,令人难以置信。等有机会,我会向你解释的。不过不是现在。"

"她刚说的'伙伴'③这个词是什么意思?朋友?"

"是的。"

"韦布尔小姐是谁?"

"她妈妈是个斯维德鲁普人。"

"这让我想起了一条阿拉伯谚语:若问一头骡子它的爸爸是谁,它总会回答说:'我的妈妈是一匹马。'"

"乔!"露丝阻止我道。

"你就不能等一等?拜托啦。我迟早会向你解释的。"女伯爵

---

① 原文为丹麦语:min moder。
② 原文为丹麦语:Hun var min moders veninde!
③ 原文为丹麦语:veninde。

似乎更加不开心了。

"我不知道是否应该等一等。"我回答说,"我好像说了一些让你感到不太舒服的话,但我真的不想这样。我觉得,我们最好尽快离开这里。"

"别这样。求你了!"她把头放在我的胳膊上,用力晃动着。"你千万不要这样想!千万不要!只是因为……总之,你不要走!否则的话,玛侬和奶奶会非常伤心的。我也会。听着,你不是想看看你妈妈曾经住过的房子吗?如果她在斯维德鲁普的农舍生活过,她住过的房子就应该在车道入口的尽头,在最里面。在通向教堂的路上,下山通道的前面,你就能看到它。你应该也能看见那座教堂。它有一些年头了,不过保存得很好。你们俩是不是一起去?"

"我累了,先休息一会儿,然后再去。"露丝回答说。她看上去还行,没有不开心的迹象。

"好的!"女伯爵在尽其所能安慰我,给她留点儿时间,"露丝,你先去睡一会儿,这样更有精神。奥尔斯顿先生,你可以去散散步,什么也别想。我们回头再聊。我现在就去找玛侬,然后去房间找你们。"

她冲我笑了笑,挽着露丝的胳膊,送露丝上楼了。露丝不太情愿,好似在爬一座建有绞刑架的大山。露丝一边上楼,一边给我打手势,但这次的效果不够好,我没有搞明白暗号的内容。现在,餐厅里只剩下我和小男爵两个人了。他旁观了这一切,仿佛这比他所接受的训练有意思多了。我向他眨巴眨巴眼睛,从口袋里拿出面值一克朗的硬币,先是让他看了看,然后弹了一下手指,把手张开,硬币不见了。

他半信半疑,笑着掰开我的另一只手,寻找硬币。看到我把硬币从他的耳朵后面拿了出来,他便开始从他掌握的英语词汇中努力搜寻。等了大半天,最后终于找到了一个英语单词"再来"。但也有可能,他说的是丹麦语的"再一次"①。

我又接连变了几次,并且告诉他我是如何做的,诀窍是什么。然后,我决定出去散散步。走到餐厅门口,我回头一看,发现他正尝试着把一枚同样的硬币快速转移到他的伊顿夹克衫袖子上。

城堡的车道很长,而且非常直,几乎和山脉的走向平行。大道两旁种满了欧椴树。空气中弥漫着欧椴树香,但不时有树的黏液滴落到石子铺设的路上,其中一滴还落在了我的身上。才走了一百米,天就下起了小雨。从斜坡下面向右看,我看到了一个公园。公园里种植了很多橡树,它们的间距很大。杜鹃花怒放着,草坪一直延伸到海边。朦朦胧胧,很有味道。

我决定以母亲的眼光,或尝试以母亲的眼光来看待这里的一草一木。她就住在这条车道的尽头,肯定沿着这条车道走过。如果碰到城堡里的贵族们经过车道,肯定会毕恭毕敬地躲在大道旁边。妈妈也会向她的朋友倾诉她喜欢做什么事,今后想成为什么人,想看什么风景。让我意想不到的是,韦布尔小姐的妈妈也是

---

① 原文为丹麦语:igen。

斯维德鲁普人。终于有一天,妈妈怀着前途未卜的忐忑心情,沿着这条车道前往港口,登上一艘开往哥本哈根的轮船,又从哥本哈根登上一艘开往美国的移民船。我猜想,一定是城堡中发生了惊天大事,才使得这些女人(包括我母亲在内)下定决心,踏上冒险之旅,移民美国,从而把我带到了这个世界。这就是说,我的出生和康妮小姐①嫁给森林看守人梅勒斯一样,完全是一种巧合。也许女伯爵认为,这令人难以置信,但我觉得,这绝非无稽之谈。

车道斜坡的上面是一个面积很大的松树园,跟蔬菜园一样有条理、整洁。松树成列成排,很像防护林。我的正前方则是一座石头建造的尖顶教堂,高出松树许多。除了教堂,还有一座农舍,位于松树园尽头的一块草坪上。

这是一座标准的丹麦农舍,白灰墙壁、红瓦屋顶,看上去非常规整。篱笆围成的院子非常干净。院子里有花床,门口栽种着两棵雪球状灌木,长势茂盛。农舍后部的牲口棚没有关门。两只山羊在蒲公英丛中闲逛,一群红牛②在草场边缘吃草。由于刚刚下过一阵小雨,草场绿得刺眼。我眼前的景色和明信片上印的风景画差不多美,绝对不是那种让人千方百计想尽快逃离的贫穷困苦之地。

虽然我对这个地方有点儿好奇,但没有历尽千辛万苦来相认的感觉,也没有什么期待可言。我没有走过去敲门的冲动。我能

---

① 康妮小姐(Miss Connie),《查泰莱夫人的情人》中的女主人公。
② 红牛(red cattle),丹麦特有的乳用牛品种之一。

说什么呢？说我是英格堡·黑格德的儿子，她六十年前曾经在这里住过。这未免也太可笑了吧？不过，这里竟然有人知道妈妈的名字。令我疑惑不解的是，她在韦布尔小姐出生前就离开了这个国家，为什么韦布尔小姐能够知道她的名字，还说是她妈妈的朋友呢？

我一边缓慢前行，一边仔细瞅着这个妈妈曾经生活过的农舍。就在我从农舍大门前经过时，大门突然开了，从里面走出来一个女孩儿。不，她体态丰盈，应该是个少妇，很像穿着长筒袜的美丽女神阿佛洛狄忒。她打了个呵欠，好像午睡没有睡够。她一边走，一边把双手背到上衣后面，把文胸系好。她瞧见我，好奇但并不害怕。她让我想起了韦布尔小姐——为什么不呢？这里是斯维德鲁普人居住区。她们很有可能是亲戚呢。

我摘下贝雷帽，问候她道："你好。"①

此时此刻，她刚想打第二个呵欠。听到我的问候声，她急忙用手去捂嘴，试图制止这个呵欠，但是没有成功。她笑了笑，回答说："你好！"② 她在笑什么？笑我身上穿的衣服？笑我为了防止淋雨而特意戴的贝雷帽？还是笑我是一个陌生人？而且，她一直看着我离开那里。这就是我第一次拜访妈妈儿时生活的地方时遇到的第一件事。

车道经过农舍继续向前延伸。我沿着一条在谷地穿行的小路爬上了教堂所在的小山。教堂很古老，木门呈灰白色，上面雕刻

---

①② 原文为丹麦语：God dag。

的图像已经不再清晰。一看就知道，它经历了长时间的风吹日晒。前厅还没有一般房子的客厅大，里面放着一个用橡木做的捐款箱，一米宽，盖子是铁的。每侧各有一个铁环，和我的食指一样粗。每个铁环里面都有一个手工挂锁，尺寸和大龙虾差不多。硬币槽八厘米长、半厘米宽，大号钱币也能放得进去。

这东西看上去是用来对付北欧海盗的——很重，不容易搬动；坚硬，即便战斧也很难将其劈开。就在我站在那里仔细琢磨这件东西时，一个面容清瘦的年轻人来到前厅。原来是位神职人员。他身穿黑色长袍，饰有伊丽莎白一世时期的飞边①。看到我，他停下脚步，脸上满是吃惊的表情。他和我聊了几句，发现我们之间确实没有什么可聊的，迟疑了一下，便和我道别，出去了。

本着科学研究的精神，我从口袋里掏出刚才和小男爵玩耍的那枚硬币，把它投进捐款箱的硬币槽内。我听到了它落在木头上的声音。显然，里面没有其他钱币，什么东西都没有。我很想知道，他们多久打开这个捐款箱一次，收取里面的钱财。我的脑海中浮现出这样一个场景：刚才那位穿着飞边衣服、面容清瘦的神职人员手拿一个铁环进来，上面全是三十厘米长的钥匙。他将巨型挂锁逐个打开，一边祷告，一边掀开笨重的盖子，用手在里面摸索了半天，仅仅找到几个乐堡牌啤酒瓶盖和一枚硬币——我刚刚投进去的那枚。

这个建造得像诺克斯堡②一样坚固的捐款箱表明，这个教堂

---

① 伊丽莎白一世时期的飞边（an Elizabethan ruff），盛行于16世纪和17世纪的白色轮状皱领。
② 诺克斯堡（Fort Knox），美国装甲力量最重要的军事训练基地，美联储的金库所在地。

不是很富裕，但斯维德鲁普农庄不是这样。它的财政状况要比这个教堂好很多。这让我妈妈的远走他乡看起来更为合理。今天的参观让我渐渐明白，妈妈的抗争涉及贫穷和封建的桎梏。教堂在征募捐款时的行为引起了怀疑。这些事情应该发生在她和那个少妇差不多年纪的时候。我估计那个少妇现在正在房间里睡觉呢。

但是，从教堂内部看，情况完全不一样。这座白色教堂面积不大，设计简约，很像美国中西部的小型路德宗教堂，但圣坛具有高教会派①特色。挂在天花板上的船只模型吸引了我，保守估计有十二艘，其中有三桅船，有拖网渔船，还有一艘船身白色、带有几排舷窗的客船。每个模型上面都有一张卡片，上面都记录着一次海难，有的还记录着它的主人在遇到海难时是如何死里逃生的。这些恩赐可不是外面的捐款箱可比的，他们的感人事迹可都是靠真诚的祈祷换来的。凯伦·布利克森曾经这样对我说过："丹麦有很多退休的老船长，他们都跑到这里来种植玫瑰花。"或许可怜的老贝特尔松来到童年时代曾经住过的瑞典村庄时，还能看到类似玫瑰花之类的东西。对我来说，不论看到了什么（其实什么也没看见），这个被陆地包围的安静的岛屿正是这些模型制作人最终的栖身之地。

这座教堂中庸至极，同时诉说着剥削和庇佑。这些对立的声音可能来自不同时期，甚至不同世纪。它显得如此古老。我边走边看悬挂在船模上的卡片，走到前门右侧的一个空荡荡的小隔间

---

① 高教会派（High church），基督教圣公会的派别之一。

时，看到墙上有一条水平狭缝，正对着祭坛，还有一扇小门向外开着。这就是中世纪时期供麻风病患者做祈祷用的小教堂。在这里，那些遭受疾病折磨、生命危在旦夕的信徒可以不让家人和朋友为他们伤心。我想象着自己就是那些人中的一员，住进这样的小房间，和其他没有鼻子、没有指头、浑身化脓的病人待在一起，整天通过那条缝隙，聆听一个穿着立领飞边道服的人宣讲上帝的恩赐。天哪，如果真的是这个样子，我会得到怎样的慰藉？想到这里，我决定到教堂外边去透透气。

我出了教堂，下了山，回到两旁欧椴树林立的车道。在车道尽头，大约一公里半之外，拥有爬满常春藤的前墙和拾级而上的山墙的城堡看上去就像是一道专门设置的屏障——最后的目的地，最后的终点站。毫无争议。

我沿着车道走了几百米，在经过斯维德鲁普农舍时，感觉死气沉沉。突然听到一声关门的声响。回头一看，原来是一个男人出了大门，向我走来。我继续向前行走，速度不紧不慢。刚刚下过一场小雨，形状不规则的云彩在海面上分散开来。草场颜色鲜亮，路面朦朦胧胧。

那个男人紧紧跟在我的身后。我能够听到他走路的脚步声。不一会儿，我便到达了铁门。车道在这个门前形成一个环形（呈项链垂饰状）的草坪。我向后看了一眼。他摆动着胳膊，叫住我："你！"①

---

① 原文为丹麦语：Du!

我停下脚步,他快步走过来——看上去比我年轻,大约四十五岁左右,目光锐利,眉毛浓密,身穿灯芯绒夹克,下身穿马裤,脖子缠着围巾。他上上下下仔细地打量着我。他那句轻蔑的"你!"和傲慢的神情惹怒了我,我也上上下下仔细地打量着他。虽然相似度不太大——眼睛和脑袋形状比较相似——我大致能够猜到他是谁——一定是女伯爵那差劲的哥哥。

"你需要什么?"①

这应该也算是一种方式吧。"我不需要②任何东西,"我回答说,"我在散步。"

他咧嘴笑了笑,改用英语说道:"很好。你就是和阿斯特丽兹一起来的那个人吧。"

既不是"很抱歉,我们必须时刻小心不法入侵者",也不是"哦。是的。很高兴认识你。我是艾伊尔·罗丁",而是这么一句——"很好。你就是和阿斯特丽兹一起来的那个人吧。"

他这种打招呼的方式再加上刚才吃的那顿令人心烦意乱的午餐,让我产生了立即回房间收拾行李、尽快离开这里、不再继续给富人当笑料的想法。我怒气冲冲地告诉他,我不是和任何人一起来的"那个人"。我正想回房间打点行李,离开这里。出乎我意料的是,我的愤怒却把给他逗乐了。瞧,他的表情充分说明了这一点:你说什么?想把我吃了?你敢吗?他戴的围巾、穿的马

---

① 原文为丹麦语:Hvad behøver Du?
② 原文为丹麦语:behøver。

裤全都印有"爱斯科特"①的字样,显得脖子、大腿和小腿更加粗壮。他的眼睛是黄色的,基因和女伯爵不完全相同。

"你是美国人吧,"他双手插在口袋里,"喜欢丹麦吗?"

"这是个美丽的国度。"我回答说。

"之前来过吗?"

"没有。"

"你和夫人与阿斯特丽兹住在一起?"

"是的。"

"相处得还好吧?"

"我们是好朋友。"

他耸耸肩膀,欲言又止。他的双手仍然插在口袋里,眼睛看着墙头上打斗的椋鸟。过了一会儿,他又转过头来继续看着我。听他的口音,好像是在英国留过学,看他的举止又不太像学习过上层社会的礼仪。突然,他把脑袋扭向城堡方向,问我道:"她们招待得怎么样?"

"嗯,她们都很热情。"

他像狼一样咧开大嘴笑了笑:"很遗憾,我没能亲自接待你们。"

"不客气,"我回答说,"是你碰巧有事不在家。"

他大声笑了起来:"是有人坚决不让我露面。"

很明显,他是在发泄不满,但我不知道该怎么安慰他。他来

---

① 爱斯科特(Ascot),地名,位于英国伯克郡温莎城堡附近,每年6月都会在此举行赛马会,迄今已有300多年历史,是"世界最奢侈、最豪华"的赛马盛事。

回走了几步，肩膀抖动，双拳紧握，好像在为什么事情而焦虑。他又上下打量了我一眼。这次眼睛里没有了敌意。

"你是做什么工作的？"

我告诉他，我是个文字工作者。

"是吗？很有意思。"我能够听得出他的真实想法——这个工作很无聊。"在哪里上班？"

我本想问问他，他觉得一个文字工作者应该在哪里上班，但转念一想，还是算了吧。我告诉他，在曼哈顿市中心。

突然，他断言道："你不会打网球。"

先生，你说什么？你太自以为是了。我感到很好笑，问他道："你为什么会这样想？"

他回答得很直白："你看起来根本不像个网球运动员。我说得对吗？"这十有八九是因为他看到我四肢瘦弱和脸色苍白吧！

"请原谅，我真的不知道一个网球运动员应该长什么样，"我回答说，"但我以前玩过，而且水平还可以。"

"咱俩比试比试？"

"现在？"

"对啊。趁着这会儿天不下雨。再说，这座岛上会玩网球的人没有几个。很少能有机会过把瘾。"

很可惜，他没有想到，他这次碰到的对手根本就没有陪他玩儿的准备。"我没带球拍，也没带衣服。"我回答说。

看来，我找错了理由。"这个好办。你脚多大？"他把脚放在我的脚边比了比，"哈，咱俩的脚一样大。跟我来。"

"非常感谢！"我委婉拒绝他道，"我已经好长时间没有打了……你看看我这体型，还能跑得动？"

他本来已经开始拽我了，听我这么说，便松开了手，说道："好吧，随你的便。你究竟会打还是不会打，你肯定比我更清楚。"

确实如此。如果我的身体像以前一样，如果我没有生病……天啊，干吗这么小心谨慎呢？大不了输给他！即便被他打死，也不能被他吓死！想到这里，我的犹豫立刻变成了斗志，于是故作谦虚，笑着对他说道："我是真的跑不动了。不过，如果你真想……"

"速度慢一点也可以，总比不玩强。"艾伊尔·罗丁回答说。

自从去年夏天至今，我就没有碰过球拍。最近一次参加比赛已经是六七年前的事儿了。尽管运动水平已经大不如从前，但对付他这种业余球手，应该不成问题。一刻钟后，我们换好衣服，便开始在马厩旁边还有点儿潮湿的红土网球场进行热身了。刚刚打了几个球，我就开始后悔了：不应该这么冲动。我感觉自己就像一个上战场不带枪的战士，心里没底。对面的底线看起来好远，仿佛离我有五十米。手里的球也好像变重了，球拍手柄也好像变大了，用起来很不习惯。看来只有被打得满地找牙的分了。

艾伊尔打球没有节奏，但正手击球非常有力，球沾着有点儿潮湿的红土嗖嗖地飞过来，像子弹一样。我向他的反手位发飘球，他也能把球接起并成功地破发。这种技术十分先进，运用老式的西式握拍法。他站在正手位，握着球拍，指向侧下方，然后前臂内旋，手腕发力，抡起球拍击球。据我所知，这种技术只有威尔默·阿利森和约翰尼·凡·赖恩使用过。可以说，他俩就是靠它赢得全国双打冠军的。在我看来，全丹麦都没有几个人是他的对手。不知道他和托本·乌尔里克①切磋过没有。他反手发球后，球像子弹一般嗖嗖地朝边线飞过去，咚的一声撞在球场的栅栏上。

我左奔右跑，手忙脚乱地接球、击球，回球经常下网，有时根本接不着。艾伊取胜欲望很强烈。即便在热身时，他都会把球打到球场的边沿，非常刁钻。不过慢慢地，我感觉越来越顺手了，不仅能回好正手球，打反手短切球也能控制好。趁热打铁，我打了一个网前截击球，看到艾伊尔给我回了一个挑高球，我便采用大陆式握拍法，食指根部压在与拍面水平的那个平面上，拍面的角度几乎与地面垂直，引拍幅度恰到好处，击球干脆有力，球应声落到我预想的位置——对角。

我已经开始大口喘粗气，不能再浪费体力了。于是，我对着艾伊尔大声叫喊道："咱们正式开始吧。"

艾伊尔站在球场中央，开始转动球拍②。

"我猜，粗面朝上。"我说道。

他弯下腰，仔细瞅了瞅："顺面朝上。所以，我先发球。"

"好的。我们开始。"

---

① 托本·乌尔里克（Torben Ulrik），此处应指丹麦网球运动员、作家、音乐家、画家托本·乌尔里希（Torben Ulrich, 1928— ），曾经在各项国际正式网球比赛中征战40余年。
② 西方人打网球的一种习俗，随机转动球拍再突然停下，观察球拍是粗面（rough）在上还是顺面（smooth）在上，从而确定谁先发球。

艾伊尔试着发了几个球,我就站在边上看着。他一个转身,用力反手将球击出。我站在偏左且稍微靠后一点的位置,尽可能给自己留出足够大的空间,严阵以待。这一盘,他一个正手发球,将球打到了我这半场的角落,发球直接得分。我在这个陌生的球场上跑来跑去,本想打个飘球,却被他一个反手,回给我一个过顶球。我没接住。

第一局我没有得分。第二局为我的发球局,仅有一次得分。第三局又是艾伊尔的发球局。我再次得了零分。现在是第四局,是时候使出浑身解数了。

我发现,他的反手球和正手球一样,速度快、力量大。他习惯把球打得很深;我回球时,似乎必须让球落在距离他身体很近的地方才行。我击出上旋球,他大多接不住。因为他接这种球时打得偏高,但力量不够,所以我能够轻松截击,接连得分。我就故意多发上旋球给他,果然效果不错。可我付出的代价是需要不停地在球场里奔跑。我突然想到,如果一直这样跑来跑去,耗费体能太大,不能保证一直占上风。可如果一往后退,他就会立刻击出落点很深的回球,那我就没机会了。的确,他一直在尝试把球打得很深。而且我必须说,当他击出一个弹起来刚好到我肩膀高度、让我能够舒服地反击的时候,或者当他没有把球打向预想的方向时,他那副紧张又懊恼的表情,实在让我看得忍俊不禁。无论如何,我输掉了第一盘,他六比三胜出。

第二盘第一局我先发球。我汗流浃背,脚穿艾伊尔借给我的球鞋,来到发球线跟前,感觉脚火辣辣地疼。这双鞋太大,根本不合脚。事实上，第一盘刚刚打完，我就感觉大脚趾疼得厉害，脱下鞋子一看，原来是起了一个大水疱。尽管如此，我下定决心，必须打败他，而且我做到了。我们不停地交换场地，一直打到第十局，我一个反手击球，球擦网而过，我赢了——最后比分为六比四。感谢上帝！我非常佩服自己。

可以了。我已经穿着不合脚的球鞋打了十局。如果现在停止比赛，还能保持颜面。我径直走到球场旁边的草地上坐下来，脱掉一只鞋子和一只袜子。我的脚后跟磨掉了一大块皮，露出了带血丝的肉。

"怎么了？"艾伊尔用球拍拍打了一下球网，"现在比分是一比一。还没决出胜负呢。"

"打不动了。"我朝他抬起那只受伤的脚。他很失望！活像一个四分卫①，在比赛结束前的最后两分钟，被教练按在了板凳席上。平局，我很喜欢这个结果。当然，因为我不能继续比赛了，也可以说他赢了。我躺在草地上，一副筋疲力尽的样子。天哪！嘴里发苦，肺在燃烧，心脏狂跳，两脚生疼。多亏我那只磨破皮的脚，我才有借口结束比赛，保住面子。

艾伊尔拿着两条毛巾走了过来，随手把一条搭在自己脖子，把另一条扔给我。奇怪的是，他满脸的失望全然不见了。此时此刻，他满面红光，兴高采烈，又彬彬有礼，颇具团结友爱的体育精神。他喘着粗气，夸赞我道："你太谦虚了。你打得不错，绝

---

① 四分卫（Quarterback），美式橄榄球中的一个战术位置。

对专业运动员水平。"

"以前还可以。"我回答得有气无力。我真的累坏了。

"你到这个岁数，还能打到这个水准，已经很不错了。你获得过的最好成绩是什么？"

"最好也就全国十强赛第三名。很久之前的事了。"

"这已经很棒啦。美国是网球强国，好手如林。我时常关注《斯伯丁网球年鉴》的排名。在你那个年代，高手都有谁？"

"蒂尔登，"我想了想，回答说，"约翰尼·德格、埃尔斯沃思·瓦因斯，里格斯，还有唐巴奇。"

"你和他们交过手吗？"

我用毛巾擦了擦脸上和脖子上的汗水，扭过头来看着他。他坐在草地上，毛巾围在脖子里，期待着我的回答，看起来像是我的粉丝。或许他马上就会向我索要亲笔签名。对我刚才不征求他的意见就宣布停止比赛这件事，他并没有耿耿于怀。此时此刻，他正沉浸在和一位美国大牌球员相识相知的快乐中。

"和其中几个打过比赛，"我回答说，"不过，我从来没有获胜过。"我不想让他完全失望，又补充道："在我上大学四年级那年，和我的搭档获得过全国大学生双打冠军。这也是我获得的最好成绩。"

"太棒了！从你发球、上网截击的姿势，我就能看出来你是一个特别棒的双打球员，"艾伊尔深信不疑，"我非常乐意和你这样高水平的人打球，学学发球和截击。你在这里再待上一个月，我们天天一块儿打球。你看怎么样？"

我并不否认他说的是真心话。但我必须告诉他，我们明天早上就离开。即便不离开，我的脚弄成这个样子，估计至少要休息一周才能继续打。我们俩坐在草地上，浑身大汗，讨论着刚才打的几个好球和臭球，还聊起了狂热的运动迷这个话题。说实话，和我的知识分子朋友们相比，我更喜欢和运动迷们在一起。后者能够带给我更多的快乐。而且，自从两个月前，我和夫人来到丹麦，陪伴我们的都是女人。我发现，自己有点儿喜欢这个家伙了。毫无疑问，他也乐意和我相处。

洗完澡，艾伊尔给我找来了几片创可贴，简单处理了一下我脚上的伤口。我想去他的农庄看一看。我提醒他说，我和露丝是两点钟分开的。她现在肯定在为我担心。听我这样说，他立刻拿起电话打给城堡中的一个仆人，告诉他说，奥尔斯顿先生大约七点钟回去，并让他转告我的夫人露丝，说我很好，不要为我担心。

我有些心不在焉，脑子一直在想我行李箱里的那瓶苏格兰威士忌——露丝希望在晚饭前能够喝着这酒和女伯爵聊会儿天，我却在和一个陌生男子胡聊。既然我们占了他的家，他去哪里吃饭呢？是独自一个人在图书室，或在厨房，甚至在马厩，身穿便服，边抽雪茄，边喝白兰地？还是跑到布赖宁厄农庄，吃着自助冷碟①，喝点儿啤酒？又或者是跑到墓地来一场老派的德拉库拉②

---

① 原文为丹麦语：Koldt bord，指丹麦的一种传统餐饮形式，在桌上摆放各种冷碟和热菜，由宾客自取。
② 德拉库拉（Dracula），原为中世纪欧洲瓦拉几亚公国大公弗拉德三世，后来成为文学和传说中的吸血鬼形象。

式野餐？

在我看来，尽管女伯爵不喜欢他，艾伊尔还是一个挺不错的人。我喜欢和他交谈。他在英国留过学，经常去法国和德国，意大利也去过几次，还跟着农业出访团到过一次美国。他对艾奥瓦州的迪科拉市印象深刻。他认识很多人，读过不少书，了解当今世界大势。最重要的是，他没有因一时冲动，而把我看作非法入侵者赶出去。

艾伊尔邀请我去他家的农庄看一看。好啊，为什么不去呢？我非常想去。艾伊尔告诉我，他家的农庄是全丹麦，甚至是全世界最好的。他的这番吹嘘让我很好奇。我猜，他就是让韦布尔小姐肚子大的那个男人。韦布尔小姐是什么人？她在城堡做什么？女伯爵对这个男人怀有这么大的敌意，肯定不是因为他道德有问题——这一切，我非常想弄明白。

说走就走——这句话用丹麦语怎么说？我非常后悔：来丹麦之前，没有好好学习丹麦语。我们爬进停在马厩外面的一辆大众牌汽车，开始游览艾伊尔家的农庄。

准确地说，这家农庄就是一个独立的经济体。我们开着车，用了一个半小时兜了一圈。在艾伊尔的带领下，我参观了小麦地、甜菜地、商品菜园、三个不同类型的杂交麦子试验田、一个大温室，参观了松树园、樱桃园、苹果园、狩猎用的丛林、饲养牲畜的牧场、鸡蛋和鹅蛋孵化场，参观了猪圈、牛棚、满是德国短毛猎犬和英国塞特猎狗的狗舍，参观了一家锯木厂、（熏制食品的）烟熏室、乳制品厂、奶酪厂、储藏水果的冷库。农庄还有两个村子，有港口及相关设施，应该还有私人船队。艾伊尔告诉我，他家农庄还是一个农产品加工基地。除了樱桃要运到阿玛岛①做成喜龄樱桃酒②，甜菜要运到基尔③，在此种植的其余农作物全部就地加工。

艾伊尔还把政府征税的事儿讲给我听。政府高高在上，坐享其成。农庄主人去世后，就来坑害继承人。他的父亲是二十世纪三十年代去世的，家产当时就被政府征收了一大半。我们在农庄逛了这么久，并没有看到很多农民。听艾伊尔说，他家农庄的工作已经实现机械化，甚至是自动化了。之前在这里挣饭吃的农民，大部分只好去哥本哈根靠领取政府救济金过日子了。从这一点来说，我母亲跑去美国是明智之举。

在这里，不仅农作物种植实现了机械化，就连牛奶生产也实现了机械化。奶牛吃的谷物量和其他饲料量以及牛奶的产量、乳脂的含量都能在电子屏幕上看得一清二楚。在这里，奶牛必须具有斯达汉诺夫精神④，否则就会成为牛排原料。猪在传送带上称重，重量误差在半公斤以内。

在这里，到处都干干净净，没有异味，也不存在浪费现象。在丹麦，农民们大都把秸秆丢在田野里，艾伊尔则把它们收集起来用作燃料，为温室供热，足足能够烧一年。现在，我算是知道

---

① 阿玛岛（Amager），丹麦人口密度最大的岛屿，哥本哈根机场位于该岛。
② 喜龄樱桃酒（Cherry Heering），一种丹麦樱桃酒。
③ 基尔（Kiel），德国北部港口城市，位于波罗的海沿岸，基尔运河东端。
④ 比喻特别勤奋、能干。该典故来自苏联工人斯达汉诺夫（Stakhanov），他曾在一班工作时间内采煤102吨，超过普通采煤定额13倍。

西红柿和黄瓜能够四季不断出产的原因了。他还亲自设计了焚烧秸秆用的炉子。对此,他感到很骄傲。

"你值得骄傲的事情还有很多,"我的赞叹发自肺腑,"还有你的父亲。我听说他被称为基因领域的浮士德博士。"

汽车的座位很窄,他扭过身子,用肩膀碰了我一下:"你听谁说的?"

"凯伦·布利克森。"

"哦,你认识她?"

"上周刚刚认识。"

"幸好告诉你这件事的人是她,"他情绪有些低落,"至少,她很有主见,很少人云亦云。"

"我听她说,你父亲很有才华。"

"是的,"艾伊尔看着前面的车道,"但他遭到了很多人的恶毒攻击,好像他是人类的死敌。他是丹麦最伟大的人之一,领先他的时代一百年。我这样说,你相信吗?"

他眉头紧皱,脸色铁青,但并没有试图克制自己。我轻声说道,虽然我对他父亲知之甚少,但愿意相信他刚才所说的那些话。如果有人质疑我的为人,柯蒂斯也会站出来,像艾伊尔这样为我辩护吗?这我可真的不敢保证。当然,我也不是文字领域的浮士德博士。而且,作为一名不太合格的父亲,我也没有资格要求柯蒂斯这样那样。

"你在公园看到的那些杜鹃花都是杂交而成的,"艾伊尔继续说道,"一半是玫瑰——有人带你去过舞厅露台外面的玫瑰花园吗？狗舍里面的猎犬是世界各地的抢手货——它们是目前最好的品种。我们种植并对外出售我父亲精心培育出来的两种苹果。整个农庄都是我父亲创造力的结晶。他不仅创造新的动植物品种，而且不断改良现有的品种。现在，人们都在大谈特谈孟德尔[①]。其实，在我父亲打开窗子向外看的时候，孟德尔还不知道窗子在哪里呢。"

我们沿着一条小路慢慢行驶，一边是灌木丛，一边是铁栅栏围绕的牧场。灌木丛里有野鸡、松鸡，还有石鸡。它们看见我们，不仅没有飞走，而且还气定神闲地望着我们。牧场上有很多野兔，长得跟狗一般大。就像艾伊尔所说，这里的一切动植物都是由他的父亲创造或改良，并精心培育的。就连灌木丛也是精心种植的，层层叠叠，这可是玩捉迷藏的绝佳地点。我们继续慢慢向前行驶。艾伊尔抬起下巴，眼睛直视前方。他一边开车，一边向我讲述他的父亲。突然，他一个急刹车把车子停住。我定睛一看，在前面一百米的地方，一头驯鹿，或者我猜当地人可能会叫它雄鹿，刚好从沟里爬到路面上。

"当心！"他低声说道，"这家伙的犄角非常坚硬。"车身抖动了两下，然后快速驶离了这个地方。

我们开到树林后面时，艾伊尔就放松下来，他的脚松开了油门，搭在地上。车子穿过马厩，最后，在一片沙砾上停了下来，旁边就是我们几个小时前洗澡的那栋房子。艾伊尔跳下车跑

[①] 孟德尔（Gregor Johann Mendel，1822—1884），奥地利遗传学家，被誉为"现代遗传学之父"。

开，没有熄火，也没有关车门。仅仅一分钟，他又跑回来了，手拿一支曼立夏牌小猎枪。他把猎枪塞到我怀里："拿着！"我们又朝着刚才来的方向驶去。车子开得飞快，就像卡斯特①胯下的骏马。

我们到达时，那头驯鹿已经不知去向了。我们花费了五分钟去搜寻它，但是没有找到。我心里暗暗高兴。我不愿意杀害生灵，也不想学习"如何培育新的品种"。

一回到车上，我就告诉艾伊尔："我必须回去了。"可能是因为坐车时间太长，我感到屁股、膝盖、肩膀都很僵硬酸痛。道路两边的树木已经长出了嫩芽，清晰可见，就像小鸡的细腿。年复一年，农民都是靠它们取暖、做饭。然而，"春风吹又生"，它们的生命力非常顽强，真的是取之不尽，用之不竭。

艾伊尔抬头看了看天上的太阳。太阳正在波罗的海上空的云海中寻找栖身之处呢。"现在还不到六点半，我带你去我们家的博物馆看一看吧。你对考古学感兴趣吗？"

我想尽快结束这次闲逛，赶紧回到露丝身边，便对他说道："我对考古学一无所知。不过，如果你有时间，我倒是很愿意去博物馆看看。这一次，咱们走马观花，大体看看就行。我想赶紧回房间换换衣服。"

我们沿着海岸线行驶，穿过村庄，爬上小坡，来到欧椴树车道。经过斯维德鲁普农舍时，我又碰到了那个好像午睡没有睡够

---

① 卡斯特（George Armstrong Custer, 1839—1876），人名，美国南北战争和美国印第安战争期间的一位骑兵军官，以骁勇善战著称。

的女孩。她正在院子里采摘花朵。艾伊尔松开方向盘，举手冲她打了个招呼。看起来他们很熟悉。那女孩一直目送着我们驶向城堡。突然，我心里产生了一股冲动：告诉艾伊尔，我妈妈曾经在那个房子里生活过，但转念一想，我第一眼看见他时，他就是从这个房子里出来的。当然，也没有什么大惊小怪的：房子是他的，他想过来看一看，也顺理成章。韦布尔小姐应该也在这里住过，至少住过一个晚上。我怀疑，他不过是行使了初夜权①。我决定，暂且不谈我的家史，而去赞扬这些欧椴树。毫无疑问，它们也是艾伊尔的父亲栽种的。

博物馆坐落在马厩北面，是一栋狭长的半木制农舍，三间屋子里面堆满了文物：工具、武器、器皿、骷髅，还有骨头，可谓一部丹麦从鹿角和鹿骨到铁器的发展史。我发现，似乎以"宁厄"结尾的丹麦地名都十分古老。这些地方的文物特别丰富。据艾伊尔讲，从公元前四千年开始，就有人在布赖宁厄居住了。"他们都是丹麦人，"他咧开大嘴笑了笑，"至今没有充分证据表明，这里有过移民或者入侵者。也就是说，我们的族群征服过其他族群，但族群从未曾征服过我们的族群。六千年来，除了偶尔有女人远走他乡外，我们的族群非常稳定。你可以想象一下，这对我父亲意味着什么？"

我尽可能装作我很想知道，这对他父亲意味着什么。他面带微笑，斜着眼睛看了看我，右手抓住一大块布。这块布下面仿佛

---

① 原文为法语：droits de seigneur，字面意思是"领主的权利"，指一种中世纪欧洲领主合法拥有的权利，可以与其侍女发生性关系，特别是在她们的新婚之夜。

是一个大鸟笼。"好吧,我给你介绍一下我们族群公认的第一位祖先。"他边说边把布扯开。哦,原来是个木乃伊。他的手脚被一条皮带捆绑着。哥本哈根博物馆的相关专家认为,他是一名被处决的战俘。艾伊尔觉得,他是为了祈求丰收而被供奉的祭品。"依你看,哪种说法更加符合逻辑?"我还没有来得及回答,他便继续说道,"几百年后,人类才发明了肥料。无论怎么说,他绝对不是一名战俘。否则的话,他就不会是我的祖先了。你不觉得我和他长得很像?"

艾伊尔站在木乃伊旁边摆了一个姿势。上帝啊,他俩的确长得有点像。我很想知道,我是不是也和这木乃伊长得有点像?但我没有开口。据我观察,那东西长得更像我。和他的族群相比,我的族群应该是受欺负的一方。

"你比他帅气多了,"我恭维他道,"由此看来,你的族群自青铜器时代以来一直在改良。"

今天下午,我刻意观察了一下他看待我的方式。有好几次,他好像都在怀疑我话里有话。我觉得,虽然他的直觉很敏锐,但听不懂哪里是玩笑。毫无疑问,自从赛完网球,他就不再对我怀有敌意了。我们现在是朋友。他好像急于向我解释什么,非常渴望我能皈依什么门派。难道他想说服我成为他所在的六千岁高龄的智人①俱乐部中的一员?也许他还不知道,我早就是这个俱乐部的贵宾了。

---

① 智人(Homo sapien),生物学分类中现代人类的学名。

"谢谢！但变化不大，尤其像我们族群。"他对我的恭维很满意，"前几个世纪，我们族群先后接纳了一些汉诺威王室[1]和普鲁士人的血统，幸运的是，他们并没能冲淡我们血统的纯正。长期以来，我们家族一直坚持选择育种[2]，慢慢发展成为优等人种。一般而言，贵族大都是同族甚至近亲结婚。如果我们像改良牛羊或猎犬的现有物种或培育其全新的物种那样，用心来培育自己的后代，一定会出现超人种族。毫不客气地说，即使有索布人[3]、波兰人、日耳曼人、瑞典人等血统的混入，我们族群的血统也能比其他人更加纯正。这让我父亲特别着迷。"

我记得女伯爵曾经说过这样一句话：在她的家族中，男人都是酒鬼，女人都是巫婆。我还记得大学二年级上生物课时，老师曾经说过这样一句话：近亲结婚会造成隐性遗传病发病率增高、多基因遗传病发病率增高等不良后果。"在这方面，你知道的肯定比我多，"我回答说，"但作为一名美国人，我自然是'杂种优势'论的支持者。"

他挑起一边的眉毛，质疑道："'杂种优势'？这是事实，也的确存在，不过非常偶然。杂交这种物种培育方式，既能产生'杂种优势'这种好的结果，也会产生其他不良后果。美国若想通过杂交这种方式实现其血统纯正，至少得需要一万年。""只

---

[1] 汉诺威王室（Hanoverian），指 1692 年—1866 年间统治德国汉诺威地区，1714 年—1901 年间统治英国的家族。
[2] 选择育种（selective breeding）：从现有的种质资源群体中，选出优良的自然变异个体，使其繁殖后代来培育新品种。
[3] 索布人（Wendish），一个分布范围极小的西斯拉夫人族群。

要它是通过科学的方式做出来就好。'这是我父亲生前经常所说的一句话。他并不喜欢希特勒玩的那种育种游戏。他对惨无人道的优生学或者'美丽新世界'①一点都不感兴趣。在他看来，如果想证明'杂种优势'并非偶然，可以通过对很多代人进行实验，根据实验结果得出结论。达尔文说：'人类是一个野蛮物种'。他的意思是：至今无人驯化人类并科学地繁殖人类，以得到更高质量的物种。"

"你是如何看待埃及皇家族谱或者血脉的？"

"我认为，那是姐弟乱伦，延续了好多年。哪位法老赢得了'最优物种'的绶带？还有人在做这样的实验？现在还允许做这样的实验？如果有人做，一定会招致道德谴责、但那路德派的恐惧。事实上，这样的实验不会伤害任何人，只会优化人种。然而，总会有人跳出来进行阻止，'不，不，②你们不能这样做。'自从希特勒赋予'人种优化实验'以种族主义和法西斯主义的内涵后，世人对其谈虎色变，横加指责。连我在霍斯坦乳牛③身上实验，也有人反对。"

"嗯，的确如此。"我表示同意。

"我们长期被蒙蔽，许多真相需要探寻，"艾伊尔指着骨壳向我解释说，"需要好几代人的共同努力，才能去除基因中隐含的缺陷，得到想要的结果。为了得到能拉车的狗，得到特定的结

---

① 美丽新世界（Brave New Worlds），指阿道司·赫胥黎的同名小说。
② 原文为丹麦语：hej hej。
③ 霍斯坦乳牛（Holsteins），荷兰的著名奶牛品种，毛色黑白相间。

果，比如皮毛、温顺或凶残的性格、智慧程度、鼻子的形状，或者其他任何想要的东西，你得花费几十年心血饲养狗。一旦得到一个纯种基因，你就可以让它不停地近亲繁殖。然而，没有一条血脉是完全纯粹的。如果经过一段时间，你饲养的狗显露出精神病或过度紧张等症状，那你必须在一代狗或两代狗中引入其他基因。这显然不是杂交——你让母狗在丛林中奔跑，公狗刚巧碰上，占了母狗的便宜。你可以挑选另一支好的血脉，来弥补基因中的不足；在新一代混血儿身上，你要继续同系交配实验。如果有必要，为了达到实验目的，你还要在适当时间安排狗的家族一次又一次进行异系交配。倘若能够通过实施一项毫无争议的实验，弄清楚人类某些特质的传播特点，那该有多大意义啊！这种实验甚至可以帮助人类消除身体缺陷、遗传疾病、甚至是丑陋的基因。孟德尔的看法是：任何事物都可以通过豌豆实验得以验证。一些人至今仍然坚信，果蝇可以提供所有答案。事实上，这些方法都行不通。必须在具体的动物身上做实验才能揭露真相。"

我想换个话题，便故意抬起那只起了水疱的脚，左边看了右边看。他好像站在讲经台上布道的牧师，说得正起劲，根本停不下来。"我不知道，"我只好打断他说，"至少我现在还不能确定，是否要把我的基因库交给别人来管理。在你这豪华的住宅里，我觉得似乎缺少点儿东西，你要不要猜猜是什么？"

"什么？"他咧嘴笑了笑，看上去已经筋疲力尽。

"本性，"我回答说，"小棉尾兔、囊鼠、蛇、鼹鼠、小浣熊，还有林鼬，根本不需要用篱笆围起来饲养。短毛猎犬和霍斯坦乳牛，也不需要。"

他眼睛看着我，一脸好奇，好像在努力理解我的意思。或许他把我说的这句话想得太复杂了。"为何要散养它们？"他问道，"它们都是我用来做实验的。怎么能让它们和我养的奶牛、野兔、鸟儿和小鹿分食呢？"

"通过这种方式，你随时都可以射杀一只犄角坚硬的驯鹿，"我进一步解释说，"然而，你怎么能够知道，它并没有一只驯鹿该有的其他东西——体格、力量、速度、好胃口、刚毅，等等？除了犄角坚硬之外，别的东西它是否都有？你怎么能够确信，射杀它不会弱化这个物种呢？"

他似乎明白了什么，笑了笑："当然，我之所以饲养它们，绝对不是仅仅作为一种战利品。"

我们来到城堡前，看到车道上停着一辆迷你莫里斯牌小轿车。艾伊尔瞅了一眼，说道："我们家的医生来了。可能是我奶奶的消化系统又出问题了。"他下身穿灯芯绒裤子，脚蹬马靴，一副乡绅地主的派头。他笑了笑，摇了摇头，有些难为情的样子，然后伸出一只手，用力握了一下我的手："我得去给阿斯特丽兹写封感谢信了。之前我不知道她究竟要带什么客人来我们家。如果早知道是你这种客人来，无论如何我都会待在家里，坚决不会躲出来的。"

"很高兴，你没有避而不见，"我回答说，"尤其是今天下午，我真的很高兴。"

"我也非常高兴。只是没有见到你的夫人，有点儿遗憾！如果你们俩一起过来，我们就不会打那场愚蠢的网球比赛了。"

我有点儿尴尬："我不太明白你在说什么。不过，我希望你能理解，在那种情况下，我们……"

"当然。找机会我们再打一次。希望你的脚很快好起来。今天下午，我有点儿乘人之危了。说实话，我很久没这么尽兴地打过网球了。"

我们相互恭维了几句才分手。我不知道他去什么地方了。我按了按城堡的门铃，一位体格健壮的女仆给我开了门。她好像有点儿不耐烦。我听不懂她的丹麦话。看她一直向上瞅楼梯，我就上了楼。半路上碰到了露丝。她一见我，便大声叫嚷起来，"啊，你究竟去哪里了？我找你找得快要发疯了。你怎么会出去这么长时间？你干吗去啦？"诸如此类。我听她说，老夫人一回到房间就中风了，或者是心脏病发作了。没人知道她究竟怎么了。此时此刻，也不知道是死是活。玛侬和女伯爵都在陪她。晚宴取消了。稍后，仆人会给我们送晚餐到楼上来的。

听到这种情况，我就不想按铃麻烦仆人了。于是，我一边喝威士忌，一边向露丝讲述下午的经历。她看了看我的手，还有破了皮的脚，责备我说，你有心脏病，竟然和一个年轻人比赛网球。过了一会儿，仆人敲门进来送晚餐。饭菜很可口，还有一瓶摩泽尔产区的葡萄酒。吃饭期间，我和露丝对女伯爵和她哥哥之间的恩怨、韦布尔小姐的尴尬境地做了种种猜测，还说起了我沿着车道、在田野和林间以及在球场所经历的一切。

我们一直盼着女伯爵能够过来给我们说说今天发生的事儿。

等到十点半都没有人来。等到十一点，还是没有来。露丝轻轻吻了我一下，便爬上她的大床去睡觉了。不一会儿，就听到了她发出的酣睡声。

我坐在椅子上，感到浑身酸疼，仍然坚持拿出日记本，记录下今天所发生的事情。为什么非要把它们记录下来呢？害怕会忘记吗？窗户敞开着，丁香花香和月光一起飘了进来，就像两个调皮的孩子，轻轻触摸一下法国的欧巴松挂毯，然后蹑手蹑脚地来到露丝床前，偷偷看她睡梦中的容颜。现在北极已进入极昼时期，受此影响，这个地方的夜晚并不是特别暗，应该和其他地区的黄昏时刻差不多。再过几个小时，黎明就来了。从这个角度讲，现在可谓黎明前的黑暗期吧。

这时，月光又跑了进来，赖在床上不走，一会儿摸摸露丝的头发，一会儿捏捏露丝的脸蛋。希望她在做一个好梦。毕竟这是她人生第一次躺在一座货真价实的城堡里睡觉啊！

第五章

1

露丝没有找到能够替代伊迪丝·帕特森去养老院弹琴的人。一天早晨，我们刚刚吃过早餐，她走过来抱住我，哄我下楼，要我去养老院给老人们讲一讲当代的某位作家。她还警告我说，老人们知识面很广，远远超出我的预期。

我感到很为难，真的不知道该给他们讲哪位当代作家。

"哦，天哪，你别这样。你喜欢讲哪位就讲哪位。"

我只好说出了一个作家的名字，但他不是当代作家。

露丝看着我，满脸的不高兴。在她眼里，我对当代小说家，包括批评家、神话故事作家家、幻想小说家、黑色幽默作家、荒诞派、怪诞派和性幻想作家等，存在严重偏见，程度不亚于对待青年人。若从定义来看，偏见是持有人的一种品质——只发表个人对某人某事的看法，但不去证明对错。也就是说，这并非一种错误行为。从这个意义上来说，她是对的。更重要的是，我不想和她争论。

"我怎能和老人们讨论性爱描写呢？"我解释说，"然而，许多当代作家都认为，如果一部小说缺乏性爱描写，就不能算作小说。"

"这就是你不喜欢当代作家的原因？"

"可不是嘛。实话说,这就是我不愿意去养老院讲当代作家的根本原因。"

"当代作家并非个个都是这样啊。"

我只好又说了一个名字。

"好吧,如果没有一个美国当代作家能够入你的法眼,那你就去给他们讲讲切萨雷吧。"

我觉得,切萨雷也好不到哪里去。和他们相比,一个半斤,一个八两。

"那你就给老人们讲讲切萨雷外出旅行时所经历的事情,逗老人们一乐。老人们一定很喜欢听的。"

"切萨雷外出旅行经历的事情有什么好笑的?"

听我这样回答,露丝气得差点儿跳了起来,手里端的咖啡洒出来许多。她大声叫喊道:"天啊,你今天是怎么了?这样说不行,那样说也不行,老是鸡蛋里挑骨头。好吧,你讲什么都可以,只要让他们感兴趣、高兴就行。"

"我真的不知道讲什么才能让他们高兴。你这样逼我,迟早有一天,我会疯掉的。"

"乔,"露丝快要哭了,"你原来不是这样的。一旦别人遇到麻烦事儿,你总是会尽力帮忙的。你现在不是在和我开玩笑吧?"

看到她急成这个样子,我自己也觉得挺心疼的。尽管我非常不乐意去见她的病人们,但至少应该给她一个说得过去的理由。想到这里,我告诉露丝说:"我的腿关节疼得厉害。如果不好好休息,恐怕会卧床不起的。到那个时候,你除了需要照顾那些老人,还得照顾我。"

"你吃过因多美沙信①了吗?"

"吃过了,就像吃花生一样。哦,对了,这药对胃不好。我年轻时得过胃溃疡。再吃上两天,恐怕胃溃疡会复发的。"

就在这时,《今日秀》中间插播了一条高校女教师讲述如何治疗头痛病的节目。她介绍经验说,她是吃安乃近片②治好头痛病的。至于为什么安乃近片具有这种疗效,她也说不清楚。露丝向来对各种建议(无论是直接的还是间接的建议)很敏感,还没有看完节目,便对我说:"既然因多美沙信对胃不好,你就别吃了,换成安乃近片或者阿司匹林。我听说,吃阿司匹林也可以治疗关节炎。"

"露丝,"我回答说,"你开的方子或许能够减轻关节炎给我带来的痛苦,但是不能治愈它。这好比你建了一道高高的城墙,虽然可以暂时阻挡敌人入侵,但不能将他们彻底消灭。在寻石楠下面,在峡谷中,他坐在炭火旁,穿着苏格兰短裙,裸露着脏兮兮的膝盖,牙齿透过胡须闪着亮光,自言自语道:你的军团可以给他一定程度的打击,但绝对不会轻易获胜。过上一段时间,你的军团就会感到疲惫。每逢这个时候,赫尔维蒂人③或

---

① 因多美沙信(indocin),一种治疗风湿性关节炎、骨关节炎等的消炎片。
② 安乃近片(Metamizole Sodium Tablets),一种解热去痛片,亦有较强的抗风湿作用,可用于急性风湿性关节炎,但有可能引起严重的不良反应。
③ 赫尔维蒂人(Helvetians),古凯尔特人的一支。

者皮克特人①穿着长筒袜,手拿刀剑,再次悄悄爬上你高高的城墙。你听说过老伏提庚的故事吗?他是罗马籍大不列颠人的一个首领。军团保护他对付赫尔维蒂人或者皮克特人的同时,也给他添加了很多麻烦。等到军团离开后,老伏提庚又急忙叫来亨吉斯特和他的弟弟霍萨,还有朱特人②,帮助他解决困难。他们和军团一样专业,但同样也给可怜的老伏提庚带来了一些麻烦事。"

她两只眼睛盯着我:"你在胡说些什么啊!我建议你换种药吃,还不是为了让你的胃更舒服一点儿?"

"我只是想让你明白,所有药都一样,都不会让我的胃舒服。任何治疗关节炎的药物都会刺激胃。如果你不相信我说的,你可以去问问本。"

"天哪!你让我去问问本?他和你一样神经过敏。有时候,我觉得他根本就不是什么医生,而是一个巫师。"

"如果他也去电视台说几句,你就会相信他了。"

这句话正中她的要害。她非常生气。电视上正在重播新闻:水门事件的被告人正在接受采访。他说,他会原谅迫害他的那些人,并对美国司法的公正性充满信心。露丝一边看电视,一边嘴里咕哝道:"好吧。既然你身体不舒服,那就在家里老实待着吧。但愿你刚才说的那一大堆话,只是为了气气我,而不是真的不想关心那些可怜的老人。如果有一天,你也进了养老院,难道你不

---

① 皮克特人(Picts),古代苏格兰东部的一个民族。
② 朱特人(Jutes),古代北欧民族,原住日德兰半岛的日耳曼人的一个部落集团。

想找个人陪你说说话、谈谈心？"

我回答说，无论怎样，我都不会去养老院。

"你再说一遍？"她质问我道，"你不去养老院，去哪里？"她可能突然明白了我这句话的含义，马上闭口不谈了，但神情有点儿焦急，"那我现在该怎么办，乔？两个小时，我不能一直给他们读书听吧？我不敢告诉他们说伊迪丝不来了。他们太喜欢伊迪丝了！每次都是她先演奏半个小时的肖邦、莫扎特，然后再演奏《古老的橡木桶》这些歌谣或者《越战毛发》等电影的原声曲。有伊迪丝在，老人们过得很开心。"

她手里端着一杯咖啡，两只眼睛看着我。突然，她有主意了："哎，你知道吗？帕特森夫妇俩还没走呢。也许他们明天不会去本家。你看，我要不要现在给她打个电话，让她再来最后一次……"

"不。"我阻止她道。

"什么？"

"你不能给她打电话。"

"为什么不能？"

"汤姆得了舌癌，已经做了两次手术，马上就要不行了。所以，伊迪丝不能再为你的那些老家伙演奏钢琴了。她需要待在家里，陪陪汤姆，但她不想告诉你实情。我也是前几天刚刚听本说的。"

我的话听上去很粗鲁，但事实如此。汤姆·帕特森的死刑一天一天逼近。我将再次失去一个朋友。我的脑海里时不时地会莫名想起这件事。我的话动摇了露丝之前的想法。她这个人富有爱心，为人热情，能够推己及人。她的目光越过咖啡杯看着我，轻声说道："天哪，你为什么不早一点告诉我！"

"我不告诉你，主要是因为，就算你知道了也无能为力。我估计，伊迪丝也是这样想的。"

露丝擦去眼中的一大颗泪珠，考虑了一小会儿，轻声说道："是啊，你们有权这么做。要是我的话，也会这么做的。但是，我觉得，作为他们的朋友，我们或许……难道我们不应该吗？或许……"

"虽然刚才我说，汤姆马上就要不行了，但他还能够活上几周，或许一两个月。本表示，他非常支持伊迪丝好好照顾汤姆，帮助汤姆过好剩下的日子，就好像什么都没发生。"

"本真是个不错的朋友。"

"的确如此。"

突然，露丝神情变了。她眼睛向上看，眉毛向上挑，都快碰到刘海了，一副疑惑不解的样子："这就是你刚才发脾气的原因？只考虑汤姆的死活，而不想帮我？"

"如果真的是你说的这样，"我回答说，"我就会和颜悦色，不急不躁的。不过，你说得也有一定道理。自从上次切萨雷冒雨来到咱们家做客，我心里就一直压着一块石头。切萨雷就是我们的镜子——我们都老了。我们收到的邮件也在提示我们。我们一天一天老去，而且孤独无助。就在一周前，肯尼斯在皇后区被送进收容所，现在已经入土为安了。切萨雷离开我们家两天后,迪克在普林斯顿患上了帕金森综合征。切萨雷离开我们家一周后,罗伊在萨凡纳因病去世。再过几天,汤姆也要加入死者的行列。即使是经久不衰的古代史也在提醒我们,人生短暂,而且无可奈何。还有,当你想到女伯爵一个人待在布赖宁厄,天天用勺子喂她失去生活能力的兔唇丈夫,你不感到难过吗?到了我们这把年纪,听到的消息都是坏消息。我不想亲耳听到亲朋好友被宣判死刑的消息,更不想亲眼看到亲朋好友们排着队走向坟墓的样子。"

在完成这番长篇大论之前,我已经意识到话说得有点儿多了。露丝却鼓励我说,她喜欢和我沟通,愿意让我把心里话全说出来。尽管她这样说,但我觉得不能那样做。我心里很清楚,这并不是她真想要的。她只不过是想让我打消顾虑而已。我站起身来,手搭在腰部疼痛的部位,仿佛我已老态龙钟,脚步蹒跚地朝着浴室挪动。

"你放心,"我停下脚步,一字一句地说道,"我一定会抽出时间,去和你的那帮老朋友聊一聊。我向你保证!不过,不是今天。我去见他们时,会像罗西·布利文那样竭尽全力。我听本说,在厄瓜多尔,有个地方叫比尔卡班巴。生活在那里的人们普遍寿命长,一般都能活到一百三十岁。九十八岁高龄的老人还能不拄拐杖下地干农活。实话说,我既不奢望活这么长时间,也不想像汤姆·帕特森那样因病早早死去。"

"好吧,"露丝像是得到了安慰,建议我道,"你最好不要下楼去书房了。在按摩浴缸里泡一泡,然后上床睡一觉,好好休息休息吧。"

"行了，亲爱的！"

露丝似乎不太喜欢我这样回答她，阴沉着脸去了另外一个洗手间。我听到她在上厕所，然后是冲马桶的声音。过了五分钟，她走进房间，告诉我说，她已经把按摩浴缸放满了热水。我一听，一声未吭，立刻就去泡澡了。如果是在过去发生这种事情，我一定会问问她，为什么不先征求我的意见——我是不是想用按摩浴缸？对于按摩浴缸，我们俩一直观点不同：我觉得，按摩浴缸对我没有什么用处，但她觉得对我很有好处。我们经常为此争论，而且她每次都会说："你给我闭嘴！相信我，我都是为你好！"

我躺在按摩浴缸里，手放到喷水处试试水流。突然，露丝探头进来说，她要出趟门。看到我浑身都是泡泡，她哈哈大笑起来："你看上去很像尼禄①，或者佩特罗尼乌斯②，或者其他某个大人物。"

"光杆司令一个，连个仆人都没有。"

"你自己能行吗？还需要什么东西？我马上就得走了。"

"帮我从抽屉里拿个剃须刀片吧。我想割腕。"

"哦，乔。这种玩笑开不得！"

"你昨天还批评我说，不像以前那样幽默了。现在呢，和你开个玩笑，你又不开心了。"

---

① 尼禄（Nero，37—68），古罗马帝国皇帝，著名的暴君。
② 佩特罗尼乌斯（Petronius，27—66），古罗马帝国诗人和作家，尼禄当政时期的侍臣。

"说这种话不叫幽默,"她看了看表,"天哪,我要迟到了。你自己慢慢洗吧。我得出去买点儿东西,大约一点钟回来。别泡时间太长,二十分钟足够了。"

"知道了,亲爱的。"

露丝冲我扮了一个鬼脸,出门走了。我坐在按摩浴缸里,听着机器发出的嗡嗡声,既是在享乐,也是在受罪。总体来说,是在享乐。水温、水速适中,病痛处得到按摩,感觉还是蛮舒服的。浴室的窗帘向上卷起,阳光透过悬铃木树叶的间隙照射进来。风吹叶动,斑驳的阳光在大理石桌台上来回晃动。

我想起了柏拉图的洞穴之喻;想起了维拉·凯瑟[1]曾经说过的一句话:你不能画太阳,你只能画它在地上投下的影子。我还想起了苏格拉底的一句名言:未经审视的生活是不值得过的。我现在过的生活是经过审视的生活吗?是独立的个体还是相互交织的关系?是客观的现实还是转瞬即逝的幻觉?是多棱镜还是它折射出的彩虹?如果一面墙从不投射自己的影子或折射彩虹,而只倒映他人的影子或彩虹呢?

我摆出一种瑜伽造型,浴缸喷头刚好能够径直冲洗我的大脚趾关节。我抬起胳膊,看到了上面的肌肉。胳膊虽然已经苍老,筋络分明,但足够结实,这让我略感欣慰。与年轻时相比,我现在更加注意锻炼身体了。尽管如此,也不可能再是年轻人的胳膊了:肘部和腕部非常瘦削。胳膊尽头是一只老年男人的

---

[1] 维拉·凯瑟(Willa Cather,1873—1947),美国女作家。

手：关节粗大，青筋暴起。凸起的胸腹显然是一个老年男人的躯干——颜色苍白，毫无弹性可言。

究竟发生了什么？原本年轻、富有活力的肉体为何慢慢变老？我捏了捏手背上的肉，就像墙上的干硬油灰。可能是缺乏弹力蛋白。什么是弹力蛋白？为什么会失去这种元素？是被其他化学元素分解了，还是它自身减缓了更新的速度，还是位于我们体内的哪个生产厂家倒闭了或者工人罢工了？

松弛的皮肤下面虽然还有点儿肌肉，但关节软骨已经受到严重损害。也许是因为长期超出正常范围的摩擦负荷使得软骨组织肌体因磨损而变得单薄、边缘变得粗糙。这不仅让人行动困难，而且疼痛难忍。

人人都会变老，这是自然规律。对于老化的地方和程度，我们自身的所作所为虽然不起决定作用，但也会起到一定的辅助作用。比如，我的右肩膀和胳膊肘毛病就比左边多，因为我在打网球时是右手选手，而且有着强劲的发球和高压球。（那次和艾伊尔·罗丁打比赛，尽管身体状况不太好，还是拼着老命和他打，结果扭伤了脖子。我发誓，即便能够活得和比尔卡班巴人一样长，我也不会再做那种傻事了。）我的右脚趾头比左脚趾头情况还要糟糕，因为我非常清楚地记得，在我十岁那年的一个下午，在明尼阿波利斯的卡尔洪湖边，我一脚踢到了老西弗鲁的屁股，结果，他好像没什么问题，我的脚却疼得不行。人生无常，再加上年轻不懂事，而我恰好天生喜欢用右手和右脚，于是，身体受伤的部位都在右半部。如果我注意左右均衡发展，身体受伤的部位就能够左右两边均匀分配了。

我躺在按摩浴缸里，抚摸着光秃秃的脑袋。我四十岁就秃顶了。这究竟是怎么回事？对此，我不想承担任何责任。据说，秃顶会遗传，而且和性别有关。简单来说就是，如果父亲和母亲有一个脱发，那么儿子脱发的概率就很大；相对来说，女儿就会好一些，如果父亲和母亲都脱发，女儿脱发的概率才会较大。如果有人为此而请求老罗丁爵士，那他会不会将人类的秃顶基因移除呢？这或许和他培养猎犬采用的方式一样。遗憾的是，他没有做过这种实验。他和他儿子都是为了随时获得战利品才饲养猎物的。摆在台球室的秃头相比参议员满是毛发的脑袋可是逊色多了。如果凯伦·布利克森的猜测是真的，我妈妈真的是被老爵士所引诱，而不是跑到美国嫁给芝加哥–密尔沃基–圣保罗火车班列上的那个酗酒的光头，我现在就会拥有像风信子的花朵一般浓密的头发。

唉，就像我们出生在何种家庭一样，人的一生很多事情都充满了偶然性！

按摩浴缸还在工作。我移动了一下身体，把脚重新对准浴缸喷头。给我拍片的那个医生盯着我的脚趾关节看了半天，先是说"拇趾僵硬"，然后又说"关节突出"。脚趾、脚踝、膝盖、屁股、指头、手腕、胳膊肘、肩膀，还有秃头、被侵蚀的胃壁以及麻木的指尖。去他的，我就是老天摆放在人间的一件衰老者样品。

突然，可能是因为水位太低，按摩浴缸停止了工作。我用手使劲拍打了它几下，浴缸又开始工作了，但一分钟不到又停了。好吧，算了，不洗了。

我站起身来，用毛巾擦干身子，向窗外看去。红雀和金冠麻雀正在枝头打架，拼命阻止对方靠近鸟食器。从树枝和灌木丛摇摆的样子看，风应该是从北面吹来的，是凉风。

我穿好衣服，趿拉着拖鞋，走进卧室，找出《大英百科全书》，仔细查看了一下"类风湿性关节炎"这个词条。情况不明的疾病无法根治。只有了解病情，对症下药，才能战胜病魔，早日康复。

原来这是一种疾病，在关节处发生了破坏性的病变。病源不详。据推测，要么是微生物组织直接袭击了关节，要么是其他微生物组织在别的地方（例如嘴巴或肠子）吸收了毒素。受伤或者有伤口似乎是个决定性因素，不过，所有有损于健康的情况或许都是诱因。

急性的，在女性身上比男性更常见，多发于二十岁和四十岁之间。这似乎和我没有什么关系。

慢性的（也就是难以治愈的）或骨关节发炎，一般在四十到六十岁之间发作，大多由创伤、身体不健康、暴露于湿寒环境中（这要怪切萨雷）导致。我现在已经能够识别一些症状。齿槽脓溢或蛀牙频发（这就是我）经常为慢性的，而且一般为多关节性的（这也是我）。疼痛变化无常，不过比较轻微。关节肿胀呈瘤状，并局限在关节处。（这个我不知道，还得仔细看看。）病情转为多关节性时，几个大关节往往会受到感染，它们都没有免疫力。(这个我得记一下,都没有免疫力。)如果是单关节,臀部或膝盖会受到影响。(我不是单关节。我身上所有的伤痛似乎都是命运的安排,就像我没有用膝盖顶向老西弗鲁,而是踢了他一脚。)新的骨头会慢慢长出来,造成关节僵硬,甚至是行动不便。如果这种情况在脊骨发生,就叫"变形性脊柱炎"。(耐心点,这是之后的事情。)后期,运动受限和肌肉的损耗可能让病人完全不能自理。不过,也不会继续恶化,病人疼痛感会慢慢减轻。(上帝还是很仁慈的。)

再看看治疗方法:早期诊断必不可少。急性的,关节须在恰当的时机得到充分休息,可涂抹水杨酸甲酯。(什么是恰当的时机?什么是水杨酸甲酯?)慢性的,则需要不断活动关节。当然,无论是急性的,还是慢性的,都要通过适量运动,并配合按摩、水疗、电疗、热敷、蒸汽浴,防止肌肉萎缩和关节挛缩。在麻醉状态下,可能需要强行破坏粘连的关节。

实话说,有没有麻醉剂,我都没有破坏粘连的关节的冲动。我决心从现在开始听从露丝的建议,服从她的管理。等她回来,看到我的巨大变化,她一定会表扬我的。

我在书橱中找到了红外线治疗灯,把它打开。我坐着看书时,把脚放到坐垫上。它发出的光烤着我的膝盖、脚踝和脚背。事实上,波本威士忌也是一种治疗类风湿性关节炎的好方法。遗憾的是,《大英百科全书》没有提到。我猜原因有三:一、起草这个词条的人不想介绍这么简单的方法,二、这个人不是非常博学。三、《大英百科词典》是英国出版物,而波本产于美国。可能是在拼写"威士忌"这个单词时,漏掉了一个字母①。既然我已经知道治疗方法了,那就照着去做吧。我倒上一大杯波本,特意把它放在治疗灯照射不到的地方。我非常享受这种感觉。就在这时,电话铃响了。

是伊迪丝·帕特森打来的。像往常一样,她是代替汤姆打的。他的舌头做了手术,讲话不方便。她想知道,我家是否有碎草机。

已经病到这种程度了,还想着除草。汤姆就是这样一种人。如果他想做什么事,无论在什么情况下都不会放弃。坦率地讲,我非常佩服汤姆,但我确实帮不上他什么忙。

"很抱歉,"我回答说,"我们没有。两年前,我曾经打算买一台来着。如果汤姆现在就要用,我建议他去租一台。要是他不着急用,那就等我买了之后,请他帮我试用一下。你看这样行吗?"

"不是他要用,"伊迪丝解释说,"我们现在手上就有一台,只是用不着了。春天马上就到了。汤姆觉得喜欢园艺的人,比如你,可能更需要它。这台碎草机非常好用,既能割草,也能修枝。你看,你需要吗?"

她的声音非常温柔悦耳,听起来就像是一位友好的邻居想把手头多余的胡瓜努力给分发出去。不过,我不能确定,他们是想把这台机器作为一件礼物送给我,还是仅仅借给我使用一段时

---

① "威士忌"在英式英语中的拼写为"whisky",在美式英语中则为"whiskey",比英式多了一个字母"e"。

间，然后再要回去？我用平静的声音回答说："我的确很需要，但我不想夺人之爱！"

"我们不用了。"

"那我就不客气了！"我回答说，"我抽时间去拿。对了，如果汤姆哪天想用了，你就打电话给我，我保证装载好，立刻给你们送过去。"

"它不需要装载，它自带小推车。你们现在方便吗？我们可以现在给你们送过去。"

"不麻烦你们了。等露丝开车回来，我们自己去取吧。"

"一点也不麻烦。我们是顺路过去。"

伊迪丝挂了电话。我回到卧室，发现老卡塔正趴在脚垫上。脚垫由于受红外线照射过长，上面散发着阵阵热气。我急忙把老卡塔从脚垫上抱起来，感觉好像把什么东西从火炉里掏出来一样。

"你这可怜的家伙，"我对他说道，"来，这里才是你的家呢。"我把老卡塔放在脚垫旁边的毯子上，然后把脚放在脚垫上。虽然毯子也很暖和，老卡塔却不喜欢。他坐起身来，盯着脚垫，动作就像盘在泥土中的蚯蚓那样迟缓。我能看得出来，他想趴在我的脚背上。于是，我把他抱起来，放在我的大腿上。老卡塔骨瘦如柴，皮毛干燥。我用手轻轻拍打着他瘦弱的身体，心里想着汤姆，满脑子就四个字："剥夺""放弃"。

大约过了二十分钟，我听到车门关闭的声音，赶紧一瘸一拐地走进卧室，穿上鞋子，在毛衣外面套了件皮夹克。外面风很大，几棵桉树被风吹得东倒西歪，小草都被刮倒了。我打开房门一看，原来是伊迪丝和汤姆。他们夫妻俩来给我们送碎草机来了，正忙着松开拖钩上的螺栓，把机器从拖车上卸下。伊迪丝穿着羊驼外套，戴着墨镜，神情自若。汤姆脸色苍白，动作迟缓，生怕会打碎什么东西。他的变化之大，令我震惊。距离我们上次见面，只不过三到四周的时间。他的穿戴很奇怪——身穿一件老式宽松花呢夹克衫，肘部打着皮革补丁，翻领扣眼上别着荣誉勋章，好像马上就要上断头台一样。

"早上好……乔……"汤姆挺直身子，问我道，"你……想把它……放在哪里……"汤姆指着那台红色的碎草机对我说道。由于舌头做了两次手术，他说话很费劲。

"暂时把它放在那里吧。等钟点工明天来了再说。"

伊迪丝一直在盯着汤姆的手看。汤姆的手指又长又细，但虚弱无力。他在努力拧开碎草机挂在小拖车上的拖钩。

"你松手，"我对他说，"让我来！"

他没有松手。过了好大一会儿，他终于把螺栓拧开了。我们一起把小拖车和碎草机靠着车道一边放置好。

"我会小心使用的，"我告诉汤姆说，"我一直想买一台。"

"这……机器……很棒……"汤姆艰难地说道，"就像一张血盆大口。千万……不要……把你的脚放进去，哈。"

我们都笑了起来。汤姆身材瘦高，面容清秀，气质儒雅，一副学者或专家派头。一般来说，瘦削体质的人，不管年纪有多大，身体状况有多糟糕，看起来都比实际年龄要小很多。然而，由于病魔作怪，他的眼睛不再清澈，眼神不再灵动，不再充满渴望。事实上，我俩年龄差不多大，或许他还比我年轻几岁。尽管我也疾病缠身，但和他相比，我更像一个戴着老年人面具、扮演万尼亚叔叔①的十六岁毛头小子。

汤姆站在风中望着我。他真是一位友善而且乐于助人的邻居。在他身后，伊迪丝透过墨镜在看他，而不是看我。他说："听明妮说……前天你们家来了位……贵客。"

"是切萨雷·鲁利。下大雨那天。"

"我听说，他这个人很风趣？"伊迪丝问道，"而且书写得'色'彩斑斓。"

"'色'彩斑斓，你这个词用得好，非常贴切。是啊，我个人觉得他挺风趣的。那天他来得有点突然，不然的话，我一定会邀请你们两位一起过来和他见一面的。"

"我听明妮说了，"她的双眼在墨镜后面快速地转动着，并且再次回到了汤姆身上，"露丝在家吗？"

"你有事脱不开身，她只好自己去带领那些老年人唱歌了。"

"露丝非常棒。那些老年人都很喜欢她。"

"我听她说，那些老年人也都很喜欢你。"

"希望如此。那是我这一生中所做的最开心的事情之一。好啦，不说了。我们还有其他事情要办。我们走吧，亲爱的汤姆？"

---

① 万尼亚叔叔（Uncle Vanya），俄罗斯作家契诃夫创作的同名戏剧的主人公。

"好的。"

"你们进屋坐一坐,暖和暖和,再走吧。"

"我们需要赶时间。改天再来。"

"好吧,随时恭候。希望明天能够在本家见到你们!"

汤姆慢慢把身子挪进车里。伊迪丝打开另一扇门,她把脸转向我,嘴唇一动不动,眼神躲躲闪闪。他们坐在车里向我微笑招手。

"谢谢你们给我送来这台机器,"我冲着他们大声喊道,"我会努力成为造肥之王的。"

他们朝我挥挥手,开车走了。他们这次来,似乎和往常在一起喝杯茶,或打场网球一样,也就是说,那台红色的碎草机似乎没有任何特殊意义,但我并不这样看。我个人认为,这台机器既是礼物,更是责任。

我打开碎草机的油箱看了看,里面油加得满满的。然后,我读了读汤姆贴在机身上的操作细则,感觉一点也不复杂。于是,我拾起拖钩,把小拖车和碎草机挂在一起,然后拖着碎草机,翻过斜坡,来到满是草木的低洼地带。我在这里种植了一些草药、乔木,还有其他植物。

碎草机开始工作了。我往料斗中扔了些树叶和树枝,转眼间变成了碎片或颗粒。如果下点儿雨,经过一段时间,酶素和土壤细菌发挥作用,潮虫和蚯蚓也来帮帮忙,那么这些碎片或颗粒就会成为肥料,成为我们肌体的组成元素,当然也是我们最终都要变成的东西。感谢上天,感谢大地,感谢碎草机!

这件工作既能躲避冷风的侵扰，又能享受阳光的温暖。我推着握把，拿着剪刀，修剪被鹿咬过的零乱的火棘灌木丛，把修剪下来的枝叶扔进碎草机，看着它们飞舞跳跃。我快要迷上这个工作了，再加上发动机发出的声响，根本听不到其他声音。

露丝开车回来了。我已经来不及躲进屋里去，被她逮了个正着。一个患风湿病的老东西，疼得都不能帮露丝去敬老院给那些老年人讲故事，却在院子里拖着碎草机四处乱跑，而且既不戴帽子，也不戴手套。

"你嘴上说关节疼得厉害，"她看上去快要哭了，"人却跑来这里干这个。我对你真的很失望！"

"对我失望？"我辩解说，"人得了病，之所以要诊治，不就是为了能够到处跑跑吗？"

"怎么，关节不疼了，好了？"

"如果觉得疼，我肯定不出来。"

"你的意思是说，如果不觉得疼，就不进屋？"

"好了，我错了。按摩浴缸让我感觉好了很多。"我竭力装出一副病情已经好了许多的样子，"我还试了试红外线疗法。"

"真的吗，我没有建议你做这个呀？"

"是我自己想试一试。我正在尝试红外线治疗，没想到汤姆和伊迪丝给我们送碎草机来了。"

"为什么？"

"他们不用了。送给我们了。"

"你说什么？天哪！"她满脸困惑，"是他们自己送到咱们家的?"

"是的。"

露丝身旁是南天竺灌木丛,红枝绿叶交相辉映,果实鲜红,还有白色锥状花瓣。突然,露丝长长地叹了一口气,一半是不解,一半是感慨。小时候,我在厨房里曾经听到过这种叹息声。那个时候,来自挪威、丹麦、瑞典的女仆们经常凑到一起,一边喝咖啡一边闲聊,时不时还长叹一声,就是这种声音。

"哦,乔,"她两只眼睛盯着我,继续问道,"他们是怎么说的?"

"他们已经用不着了,也许我们会有用。我觉得,我们应该马上试一试,看看是否还能用。如果不能用,我就告诉他们。"

"天哪,好可怜啊!汤姆身体还好吧?"

"不好。脸色蜡黄,走路也不稳当。"

"伊迪丝呢?"

"和原来一样。"

"没有见到他们,真可惜!我要不要给他们打个电话?"

"算了。也许明天你就会见到他们。"

"那好吧。天哪,真该死!我忘记买午餐了。你能帮我把车上的东西搬到房间里去吗?"

"没问题。"

我俯下身子,一只脚踏在矮墙上。伴随一声低吼,我直起腰来,关节顿时发出了一声清脆的咔嗒声。露丝吓坏了,急忙问我道:"我的天,是你的关节发出的声音?"

"是的。"我双手搬着从车上取出的东西，一瘸一拐地向房间走去。

"你受伤了？"

"没有。绝对没有。"

露丝面如土色，显然是吓坏了。她似乎不是听到了我关节发出的声音，而是看到了我的死亡判决书。我很清楚她脑子里在想什么：天啊，亲爱的，如果你也和汤姆一样，我该怎么办？

变老的过程就好比行走在一条长长的、行进缓慢的队伍里。只有当你位于队伍最前排时，你才会从懒散迟钝中惊醒。

当天晚上，我们俩在卧室看电视。和平常一样，露丝躺在床上，我则坐在椅子上，活像坟墓里软垫上的一对金雀花。露丝的注意力不够集中，嘴巴一直在嚷嚷："本请客也不看时候！召集大家明天晚上聚餐，汤姆和伊迪丝能去吗？"

"你根本不用为汤姆和伊迪丝担心。他们知道应该怎么做。"

"希望如此。你猜场面会很大吗？"

"咱们去过本家好多次了。你说说看，他哪次场面小过？"

"求你一件事。"

"什么事？"

"明天去本家聚餐时，务必确保汤姆不会受到冷落。他说话很费力气，可能和他攀谈的人不会太多。如果他被冷落了，那就太糟糕了。无论怎么说，这次聚会的主角应该是他。"

"我会时刻关注他的。"

"让他少说话，你多说点儿。做好自己。"

"什么叫'做好自己'？你说这话什么意思？"

"你应该明白我的意思。你现在很想看电视吗？关掉算了。"

我把电视关了。

"还有伊迪丝，"露丝想了想，继续说道，"逗她多笑笑。"

"也讲当代作家，就像逗你的那些老年朋友笑一样？"

"你自己决定吧。我觉得，你还是挺擅长逗人发笑的。"她眨巴眨巴眼睛，笑着说道。

"我会把她带到食品储藏室的门后，"我回答说，"你会听到淫秽的声音，就像舞台剧《谁害怕弗吉尼亚·伍尔夫》中的咯咯笑声？顺便说一句，这和现代文学中其他关于性的评论一样现实。谁会在驼背时咯咯笑？难道是看在上帝的分上？你可以不笑，但性是蛮有趣的。"

"我会尽力的。"

"你就做一次风趣幽默的老人吧。"此时此刻，她既善良又温柔，完全可以用"秀色可餐"来形容。

"成为一个风趣幽默的老人感觉压力很大。你非常清楚，在本家聚会是什么样子。告诉你那些演奏乐器的朋友，那天晚上来个长笛合奏——很久没有听到乐器演奏啦。如果本说要玩多米诺骨牌，那我们都得陪他玩。要是他说去牧场逗逗羊驼，那我们都得变成羊驼牧民。上一次，为了满足好奇心，我发誓要问问那个俄国公主：她和沙皇尼古拉二世是什么关系？她是罗曼诺夫还是戈利岑？拉斯普京把她抱在腿上非礼了吗？她得血友病了吗？她如何设法让自己和其他皇室家族成员躲过暗杀？你还记得吗？我已经下定决心了。然而，刚刚吃过晚餐，本就要我们和他一起玩打哑谜猜字游戏。整整一个晚上，我都在绞尽脑汁地猜，那个俄罗斯公主正在通过咳嗽、打喷嚏、擤鼻涕等身体语言，暗示弗吉尼亚·伍尔夫撰写的哪本书？"

"如果我没有记错的话，你好像很喜欢弗吉尼亚·伍尔夫。"

"我承认，那个打哑谜猜字游戏很有意思。"

"你猜的是哪本书？"

"《一间自己的房间》。"

"你真聪明。为什么不再用红外线灯烤烤你的关节，顺便再给我读点儿日记听呢？"

"相比看《楼上楼下》①，你更愿意听我读日记？"

"是的。"

"看来你不太认可尼尔森公司②发布的收视率排名？"

"是的。你呢？"

"那好吧。"

我打开红外线灯。一看到它发出的光线照射在椅子上，老卡塔就像热追踪导弹一样，马上从床上蹿下来，蜷卧在椅子上。我把他抱起来，坐在椅子上，然后把他放在我的大腿上，再把日记本放在他的身上。

"这种感觉真好，"露丝说道，"很温馨。你喜欢待在这个房

---

① 《楼上楼下》(*Upstairs Downstairs*)，20世纪70年代英国的一部电视连续剧。
② 尼尔森公司（Nielsen），一家全球领先的市场研究公司，调查电视收视率是其主营业务。

间里吗？我很喜欢，尤其是在听你给我读日记的时候。"

"'温馨'这个词用得好！"我回答说，"'愉快'这个词也可以。"

"他们俩现在在聊什么？"露丝突然把话题岔开了。

"他俩？"

"伊迪丝和汤姆。他们会不会在谈汤姆死后的事情？"

"如果你是伊迪丝，你难道不想谈谈遗嘱之类的事情吗？"

"既然汤姆的病情到了这种地步，伊迪丝肯定不会再欺骗他，说'他一定会好起来'之类的话了。"

"是啊。如果我是汤姆的话，一定会谈谈自己的后事安排。"

"天哪，这太残忍了！"

"亲爱的，起码我们俩现在不用谈这个。"

"是啊。我们很幸运，非常幸运。"

"我一直觉得我很幸运。"

"啊！"她感到很惊讶，"你也这么容易知足啊。"

"只要你不刺激我。"

老卡塔开始在日记本下面乱动。我用手轻轻拍了拍他。等他安静下来，我看了看露丝，想知道她是不是已经准备好听我读日记了。她好像还有话要说。

"你不觉得奇怪吗？"她继续说道，"你有没有这样一种感觉：这是别人的故事，不是我们的。"

"是啊，"我表示同意，"这是一个关于女伯爵的故事，里面没有我们，至少没有我。发生在我身上的每件事都在这个故事之外，都要由旁观者来讲述。我自己从纸上阅读到的我的故事，并不一定真的发生在我的身上。"

"你到底想说什么？"她两只眼睛死死盯着我。像往常一样，如果她要是对某件事感到疑惑，我就告诉她：你必须做好受伤的准备。

"没别的意思。"我回答说，"我只是觉得，我不是自己命运的主人，也不是自己灵魂的主宰。你准备好了吗？我要开始读了。"

2

海港大街十三号,五月二十九日

"喂,"今天早上一起床,露丝便告诉我说,"你的气色不太好。"我知道她话里有话。实际上,她是想说,我们这次城堡之旅时间太短,她还有好多疑问没有解开。坦率地讲,昨天晚上,我们按时离开的决心有点儿动摇。最后,我们还是决定,明天吃过早餐就返乡。

因为奶奶过世,女伯爵没有时间,也没有心情陪伴我和露丝。事实上,她现在是左右为难:一方面,她非常想让我们多住些日子;另一方面,她又担心我们会知道她家的丑事。奶奶去世后,小男爵俨然成了这个家族的小主人。那天,他和玛侬、女伯爵来给我们送行。他们紧紧握着我们的双手,和我们告别,祝我们再见[①]和旅途顺利[②]。遗憾的是,我们没有看到艾伊尔,也没有看到韦布尔小姐。

我刚刚坐进驾驶室,小男爵脸上忽然挂起神秘的微笑,向我展示他拇指和食指之间的一枚一克朗硬币。我冲他点了点头。他举起双臂,啪嗒一声,硬币落在他身后的台阶上,发出叮当的响

---

① 原文为丹麦语:farvel。
② 原文为丹麦语:god rejse。

声。魔术失败。玛侬听到声响,急忙转过头来寻找声响的来源。小男爵根本没有去管他的硬币掉在什么地方了,只是不停地向我眨巴眼睛,和其他冲我们挥手致意的人一起,目送我们乘坐的路虎车驶出了城堡。

经过斯维德鲁普农舍时,我放慢了速度,一只手握着方向盘,另一只手指着农舍给露丝进行讲解。她的感情非常细腻,还没等听我说完,便伤感起来。我不由得加快了速度,向前方驶去。

这个礼拜,我们一直在替女伯爵操心。旧的疑问消除的同时,新的疑问也在不断地涌现。例如,为什么女伯爵在厄尔比城堡待了整整一周?即便安葬奶奶需要召集所有家族成员,也用不了一周时间。她和艾伊尔关系显然不是太好。否则的话,艾伊尔也不会因为她的到来而被撵出去一周。他们和好如初了吗?奶奶的去世会不会让女伯爵获得一笔遗产?即便数目不大,也有助于缓解她目前的财产困境。

我不想深究这些疑问,露丝却非常感兴趣。她不停地做出猜测,我只是在她需要时,无偿提供我掌握的为数不多的信息。比如,韦布尔小姐怀有身孕。我亲眼看到艾伊尔伯爵从斯维德鲁普农舍出来。这处农舍建设得很好,比其他农舍现代化程度高很多。还有,韦布尔小姐竟然和城堡的主人一起陪客人吃午餐。尽管玛侬和女伯爵都不喜欢她,但无可奈何。露丝认为,韦布尔小姐是艾伊尔的情妇。她肚子里的孩子就是艾伊尔的。尽管不合法,但事实上她也是这个家族的一员。因此,不管别人高兴不高兴，只要她愿意，属于这个家族的任何地方她都可以去，任何活动她都可以参加。

女伯爵非常厌恶她哥哥。凯伦·布利克森在夸艾伊尔很有能力的同时，仍然不忘暗示说，艾伊尔的为人处事和他父亲一样疯狂。这也许就是女伯爵不喜欢他的主要原因。当然，这在一定程度上也许可以说明女伯爵对她父亲的态度。我与艾伊尔虽然仅仅相处了一个下午，但是从他对网球的痴迷，到他对考古学的爱好，再到他对农庄的管理，不难看出他是一个多才多艺的人。当然，他生性好斗，就像美国人或德国人，时刻准备与敌人开战。鉴于此，或许他会对反对他的人（包括他妹妹）冷酷无情。

也许，他是一个体贴入微、注重亲情的人。之所以在妹妹来时从城堡中躲出去，完全是为了让她带来的客人住得更自在一些。如果事实果真如此，那么妹妹为什么厌恶他？难道这与韦布尔小姐有关？换言之，艾伊尔坚持让韦布尔小姐住进城堡，才是他惹怒妹妹的主要原因？露丝认为，事实绝对不是这样。韦布尔小姐肚子里的孩子最多八个月大，也有可能才四个月大，但女伯爵对哥哥的厌恶好像由来已久。用女伯爵自己的话说，已经好多年了。当然，还存在一种可能性：韦布尔小姐看上去和女伯爵年龄差不多大，绝对不是一个不谙世事的小姑娘了。如果她和艾伊尔真的有事——谁能确定呢？——尽管现在才怀孕，那也是好几年前就已经开始了。也就是说，女伯爵从那个时候就开始讨厌她哥哥了。

还有一件事看似不太相关，但我认为非常重要：那天吃午餐时，当我提到斯维德鲁普这个名字，除了露丝和小男爵，在座的每个人都像闻到硫化氢一样感到厌恶或恐惧。或许老女伯爵就是因为听到这个名字，才导致心脏病突发而死亡的。露丝一直在宽慰我说，瓜熟蒂落是自然规律。一位年近百岁老人突然发病而死亡，任何人都不必自责。各位读者，你们是如何看待这件事情的：一位老伯爵夫人步履蹒跚，进入餐厅，亲自接见自己的亲孙女儿和她的朋友，以展示风采和威望。不料，亲孙女儿的朋友信口说出的一个名字，让几乎在座的所有人都闻之色变，如同严重的雾霾袭来，顿时漂亮的女士变成了戴着口罩的怪物，清蒸鳗鱼在菜盘里蜿蜒爬行。百岁女主人遭此惊吓，顽疾复发，救治无效，撒手人寰。

那个基因领域的浮士德博士呢？艾伊尔说，他被赶走了。为什么？难道是因为他成功培育出杂交杜鹃花和猎犬新品种吗？

"好吧，"露丝一边吃早餐，一边建议道，"我们可以想想其他办法。他是一位成功男士——非常成功，一定会入选丹麦《名人录》的。你需要再多学点丹麦语。当然，你可以去大学图书馆，找那里的图书管理员帮你查一查。"

露丝这话听起来有点道理。或许大使馆也能帮上忙。不管怎么说，这两个地方我都要去看一看。明天就去。我感觉身体比以前好多了（是因为这几天天气干燥，还是因为和艾伊尔打了场网球赛？），很想到外面走一走。

五月三十日

　　一般来说，到了我这个年纪，就不应该再管闲事了。而且，我一不写书，二不为报社投稿，三没有人雇我做私人侦探，四也没有这个义务。唉，实在是没有理由为了这些别人家的家务琐事而劳心费神。也许是好奇心在作怪吧。

　　我首先来到一家大学图书馆，负责管理人文资料的工作人员是个年轻女孩。她办事麻利高效，而且富于想象力。她问明了我的来意，便带我来到阅览室的一张桌子旁坐下。然后，她找来许多材料，摞在一起足有一本书那么高。类似美国《名人录》，《丹麦史》一书收集了很多丹麦的城堡及农庄的图片，也有贵族名单，和《伯克贵族系谱》[①]很相似。我花费了一个小时，一边翻阅资料、查阅字典，一边在笔记本上做记录。

　　我查阅了贵族名单发现，兰德格利弗·奥格·卡尔·罗丁（1874—1938）是格雷韦·弗雷德里克·埃里克·罗丁和格雷温德·夏洛特·赫丁格的儿子。格雷温德·尼什·赫丁格是其外祖父。兰德格利弗·奥格·卡尔·罗丁娶了他的表妹安娜·马里·克拉鲁普。安娜的父亲是巴龙·阿克塞尔·克拉鲁普。他们有两个孩子：艾伊尔·约翰（1912—　），汉娜·阿斯特丽兹（1914—　）。值得一提的是，从十二世纪开始，罗丁家族就一直住在洛兰岛的厄尔比城堡。

　　查阅城堡以及庄园图片，我发现，关于厄尔比城堡的内容有

[①]《伯克贵族系谱》(Burke's Perrage)，目前唯一仍在出版并能提供全部贵族系谱的图书。

六页之多：城堡本身，阶梯式山墙，爬满常春藤的锈迹斑斑的大门，舞厅，大厅，餐厅，会客厅，英式公园，最后是一张孔雀图片。这里可谓全丹麦两个最美的地方之一。另一个是洛兰岛的野生动物园。关于野生动物园有两张鹿的特写图片，一张是长着巨大犄角的驯鹿，另一张则是一头小花鹿，趴在蕨类植物丛中。还有两张照片拍摄的是兰德格利弗·奥格·罗丁培育的植物园。这位罗丁先生以其基因学研究闻名遐迩。在二十世纪早期，城堡、公园、花园是人们社交聚会的主要场所，也是著书立说的重要内容。自从一九三八年兰德格利弗·罗丁去世后，该城堡就不再对公众开放了。目前，城堡的主人是他的儿子艾伊尔·罗丁。

  了解了这些史实，我心里在想：艾伊尔说得很对，兰德格利弗·罗丁的确非常优秀。他是孟德尔理论的继承者和完善者，在杂交培植和良种繁育两个方面都做出了巨大贡献。他很早就开始研究果蝇、核糖核酸、脱氧核糖核酸等，是分子生物学的先驱。像克努特国王[①]、哈姆雷特、索伦·克尔凯郭尔、汉斯·克里斯蒂安·安徒生、尼尔斯·玻尔一样，他也是丹麦人的骄傲。我个人认为，但凡知道巴斯德、玛丽·居里的人，也应该知道兰德格利弗·罗丁。令我感到不解的是，他的女儿却不为自己拥有这样一位父亲而感到自豪。女伯爵从来没有对我提起过他。

  二十世纪二十年代，厄尔比城堡是一个开展杂交培植和良种繁育的大型试验场。在女伯爵孩童时期的记忆中，父亲不仅仅是

[①] 克努特国王（King Canute，995—1035），丹麦国王，在位期间，丹麦国力最为强盛。

一个贵族，而且是一位著名的科学家。即便拥有自己的城堡，喜欢科学研究的父亲不是整天待在城堡里吃喝玩乐，无所事事，而是痴迷于狩猎和动物驯养、培育。正因此，他经常出没于山野丛林中。

值得注意的是，他是被逼死的。为什么？在我能够查阅到的资料中，我没有找到任何线索。

我请求那位女工作人员帮我找来了从一九三八年初一直到九月二十三日（即罗丁伯爵去世那天）的《贝林日报》①。我从罗丁伯爵去世的那一天开始向前一页一页认真翻阅。讣告上说，罗丁伯爵是开枪自杀的，地点是他位于埃勒巴肯的庄园，靠近赫尔辛格，但没有讲他自杀的原因。尸体是一位农民发现的。讣告上还有他作为科学家的简介、葬礼简介——是一场私人葬礼。他被安葬在埃勒巴肯，而不是在厄尔比城堡的家族墓地（对此也没有解释）。这大大出乎我的意料。讣告上说，目前，罗丁家族仍然健在的人只有两位：一位是格雷韦·艾伊尔·约翰·罗丁，一位是格雷温德·汉娜·阿斯特丽兹·弗雷德-克拉鲁普。阿斯特丽兹的母亲好像在那时就已经过世了。

报纸已经泛黄，没有索引，再加上我的丹麦语不太好，查阅速度很慢。除非罗丁这个名字在标题里出现，否则，我很难快速找到有价值的信息。我离开图书馆后，便乘坐出租车来到了位于奥斯特博大街的美国大使馆。

---

① 《贝林日报》(Berlingske Tidende)，丹麦历史最悠久的全国性日报。

大使馆负责公共事务的伯奇菲尔德先生接待了我。他是个丹麦通,对于丹麦历史上或现在发生的大事均了如指掌。然而,遇到他,我却感到非常后悔。早知如此,离开图书馆后,我就直接乘坐出租车回家看书了。

"你说的是罗丁?"他回答说,"哦,我当然知道,生物学家嘛。据说,他睡了自己的女儿。"

起初,我以为他在和我开玩笑。"不,我真的不是在和你开玩笑。"他一脸严肃。尽管如此,我还是希望他在和我开玩笑。刚刚在图书馆阅览室读过的那则讣告已经让我惊讶不已——这个家族目前只有两位健在者:格雷韦·艾伊尔·约翰和格雷温德·汉娜·阿斯特丽兹。天啊,这个家族可不是臭名昭著的朱克斯家族①或者卡利卡克家族②。兰德格利弗·罗丁是丹麦历史上最伟大的一名科学家。这一点毫无疑问!

这个传言让丑闻变得更加耸人听闻。显然,这是事实。伯奇菲尔德回忆说,是罗丁伯爵的仆人捅出来的,罗丁伯爵本人对此也没否认。他肯定是疯了。然而,除了对自己的女儿有不轨之心,他并没有其他精神不正常的表现。据说,有社会上层大人物出面和他谈过,建议他把女儿送走。他确实照做了。然而,仅仅过了六个月,最多一年,他又把女儿偷偷接回来了。

---

① 朱克斯家族(Jukes),美国社会学家达德格尔曾发表《朱克斯家族》,以备受美国立法系统关注的朱克斯家族为例,探讨犯罪与遗传的关系。该家族曾有多名成员被投入同一所监狱。
② 卡利卡克家族(Kallikak),1912 年,戈达德出版调查报告《卡尔利克家族:一项关于低能遗传性的研究》中,将卡氏与一个正常女子合法婚姻所生育的后代和卡氏与一个酒吧女不正当关系所生育的后代进行比较研究。

"这充分说明他是真的喜欢她。"伯奇菲尔德先生咧开嘴巴，大笑起来。

"这事最后是怎么收场的？"我问他道。

伯奇菲尔德先生告诉我说，他也不是很确定。目前有很多说法，应该都是加工过的。不过，事情败露前，罗丁伯爵便把城堡关闭了，断绝了和外界的所有联系，包括之前和他有过往来的科学家。事情败露后，罗丁伯爵便一个人跑到埃勒巴肯农庄，在一个树林里开枪自杀了。他的话在一定程度上也证实了我从讣告上获得的信息。他还告诉我说，他和好多人聊过这件事。他们都这样说。

"他之所以选择开枪自杀，或许就是因为这个传言是假的，"我说，"像他这样的大人物，面对这种负面传言，很可能会选择自杀这种方式进行抗争的。"

"也许吧，"伯奇菲尔德先生回答说，"我也没有亲自做过调查——只是道听途说而已。不过，有个现象引起了我的注意——丹麦人从来不把罗丁视为他们的骄傲。而且，罗丁家的城堡至今尚未对公众开放。"

"这件事不难理解，"我回答说，"如果你的父亲就是那个因为承受不了谣言带来的巨大压力而自杀的男人，你会对公众开放你家的城堡吗？"

我突然意识到，我对罗丁伯爵一家过于袒护了，并且已经激起了伯奇菲尔德先生的好奇心。于是，我便急忙转移话题，说很高兴认识他，如果有疑问还会来麻烦他，便和他握手道别了。

昨天，我们收到了女伯爵寄来的明信片。她说很快就会回来。那天午餐期间，究竟发生了什么事？或许她会向我们做出解释。顺便提一下，是不是因为发生在一九三八年的那桩丑闻让她中断了学业，从此再也没有机会提高英语水平？她父亲从来没有让她跳进靠近英国的那片海吗？他把她留在家中，是否还有别的什么原因？她是不是因为发生在一九三八年的那个丑闻才被迫嫁给兔唇堂兄的？

还有，女伯爵会把韦布尔小姐的故事讲给我们听吗？我的脑海里常常浮现出这样一幅画面：她身着粗花呢衣服，临窗而坐，就像传说中的罗蕾莱女妖。她虽然出身高贵，却声称自己从来不靠头脑生活，只靠双手生活，还说自己比大部分人所想象的要幸福得多。是我误解了她的真实意思？还是她自己无意中暴露了自己的隐私？

即便伯奇菲尔德先生说的是真相，我也不愿意相信。难道我应该这样直接质问她：你是否和你父亲发生过性关系？如果是的话，你父亲当时是喝多了酒，还是精神失常了？仅仅发生过一次，还是像伯奇菲尔德先生所暗示的那样，已经持续好多年了？你之所以讨厌艾伊尔，是因为他确实毛病很多，还是因为他知道这件事？玛侬和老女伯爵肯定也知道这件事，你为什么不讨厌她们？在你丈夫离开你之后，在你艰难度日之时，他们有没有帮过你？

你说，你的丈夫是个卖国贼，这是真的吗？他之所以抛弃你，是因为他有了外遇，还是因为他无法接受你家发生的丑闻给他带来的巨大压力？在去歌剧院的那天晚上，一双双注视你的眼睛充满了憎恨。这都是因为你丈夫是个卖国贼，还是另有原因？我是否应该相信你？

我对露丝不止一次这样说过：女伯爵心地善良、逆来顺受，虽然独自一人生活，但依然乐观。我也不止一次这样想过：资助女伯爵移民美国，并把柯蒂斯的房间好好收拾收拾，让她搬进去住；甚至还想过和她一起去约克敦①过周末。当然，我也希望借此来弥补我对柯蒂斯的亏欠，治愈我失去柯蒂斯的痛苦。

露丝躺在床上，问我道："你真的想……"
"你说什么？"我其实知道她想说什么。
"没说什么。你继续往下读吧。"
"要不要我给你读段瑟伯②写的东西听？"
"不要。接着读日记。"
"我当时很难过。"
"知道真相的人都会像你一样。"
"我比他们难过多了。你准备好了吗？"
"好了。"

乱伦。这个词非常刺耳。听到它，我的反应和清教徒贝特尔松太太应该没有什么差别。我心中暗暗问自己，这是一种罪行、

---

① 约克敦（Yorktown），美国弗吉尼亚州东南部小镇。
② 瑟伯（James Thurber, 1894—1961），美国作家、漫画家和剧作家。

一种疾病,还是一种生物学禁忌?它和人们都有可能犯的两性错误有何不同?也许,它也是爱情的一种表现形式。女伯爵当时情窦初开。在她认识的所有男性中,父亲应该是最优秀的。而且,他们不是朱克斯家族或卡利卡克家族的成员。难道他们生养的孩子一定会存在严重缺陷?或许他们根本就没打算要孩子。她是一个美丽大方、热情奔放的好女人,父亲是一个积极进取、事业有成的好男人。他们一个貌美如花,一个聪明绝顶,为什么不可以相爱呢?有没有一种智慧可以杜绝这种事情发生?

我不停地向上帝祈求,希望这不是真的,只是民间传闻。

我们来到伊卢姆·波利古斯,露丝打算添置几件家具。她一边仔细端详汉斯·瓦格纳[1]的中国椅和芬恩·尤尔[2]的椅子,一边对我说道:"尽快把这件事忘掉吧。"

下午,天上下起了毛毛细雨。铺满鹅卵石的地面已经湿透,闪着白光,映射着路过的行人、行驶的车辆。科尼佩尔大桥下,交通繁忙。喷气式快艇从斯卡恩返航了,停泊在运河尽头。一条贵宾犬在甲板上跑来跑去,旁边竖立着一个公示牌,上面写着小心狗咬。我们已经在这里停留了四周了,该离开了。明天就收拾行李,去自己想去的地方。

我站在窗前,看着雨中的码头。就在这时,一辆蓝色大众牌小汽车停在了码头。一位男士下了车,披上雨衣,快速跑到另一

---

[1] 汉斯·瓦格纳(Hans Wegner, 1914—2007),丹麦设计师,曾受到中国圈椅的启发,设计出"中国椅"。
[2] 芬恩·尤尔(Finn Juhl, 1912—1989),丹麦著名设计师。

边去开车门。一把伞从车子里面伸了出来，伞下是位女士。那位男士刚刚转过身来，我便一眼认出了他：那位卖国贼。我后退了几步，转身跑进了卧室。我不想见她——女伯爵，更不想见她的丈夫。

我不喜欢这种哥特式的浪漫，只希望尽快离开这里。那天中午，仅仅因为我无意中提到了一个名字，就让大家都没有吃好午餐。我问女伯爵究竟是什么原因，她只是敷衍我说："一言难尽，令人难以置信。"我相信她说的是实话。我十分感谢她转移话题，就像出版社把一本晦涩难懂、不宜公开的手稿退还给我。我们前脚刚走，她的前夫后脚就会搬进来。一个是乱伦者、一个是卖国贼，两人谁也别嫌弃谁。想到这里，我心情更加烦闷，整整一天都不舒服。

六月一日

为了避免因为忘记故事的一些细枝末节而不得不编造，我必须赶紧把这一切全都记录下来。

下午五点钟左右，我听到有人敲门。开门一看，原来是女伯爵来了。这完全在我意料之中，她是个言而有信的人。寒暄过后，我们一起喝了一杯，吃的是放有葛缕子籽的克里斯蒂安九世奶酪，说的都是些客套话，包括对她奶奶去世表示哀悼，礼貌性质的话语比较多。最后，她把酒杯放在桌子上，挺直腰身，双手叠放在大腿上。她面对我们，双唇紧闭，扫了我一眼。很明显，她在想，为什么我的表情这么僵硬，看起来局促不安？从她的气色来看，我也能够猜得出，她这一周应该过得很糟糕。不过，她的眼神依然澄澈真诚。说实话，我一和她有眼神交流，就在想她怎么会做出那种事？

"现在，"她开口说道，"我说过，要向你们解释事情的原委。"

"完全没有必要，"露丝回答说，"真的。我们是外人，只是在错误的时间出现在了错误的地点，非常对不起。但愿事情不会因为我们而变得更加棘手。"

事实上，一周来，露丝一直对此非常好奇。她的回答完全出乎我的意料。女伯爵好像没有听到。她把手放在大腿上，拥有和她年龄相符的神态。这也合情合理，时间没有理由不在她身上留下印记。

"对不起。奶奶已经离开了这个世界。除了死亡，她什么都不怕。你、我都有可能会自杀，但她绝对不会。"

她瞅着我，眼神清澈纯真。但我不敢正视她。

"你们竟然来到这里，而且遇到了我，"她继续说道，"凯伦知道——她听说你妈妈出生于布赖宁厄时的反应，你还记得吗？她是个真正的女巫。我能让马儿听话，也能治愈疣子，但她能知晓过去，预测未来。"她摊开双手，显得困惑不已，"我该从何说起呢？"

露丝看了看我。我并没有把我在大使馆打听到的消息告诉她。露丝看我不想说什么，犹豫了一下，便开口说道："你……我想，这都是从乔提到把她妈妈养大的那个人开始的。"

"是啊。"女伯爵低下头,看着放在膝盖上的双手,沉默了一两秒钟,"好吧,看来需要从我出生前开始谈起了。我父亲是一位非常杰出的科学家。我从来没有对你们提起过他。你们之前听说过他吗?奥格·罗丁,有没有?"看到我和露丝都在摇头,她苦笑着说,"我本以为……这也不奇怪。他是一位伟大的科学家。他是犯了一个非常严重的错误,但并没有像人们所说的那样粗鄙不堪。这件事,在他自己看来,似乎非常合理。他这个人向来我行我素……怎么说来着?不讨人喜欢?"

"严肃认真?"露丝提示道。

"说得对,严肃认真。寻找生命的秘密是他的不懈追求。厄尔比城堡和整个家族都是他的工具。他根本没有像凯伦所说的那样,去纠缠诱惑农民家的女儿。在我看来,他非常爱我的母亲,我的母亲也非常爱他。"

"你也从来没有提起过你的母亲。"露丝插嘴道。

"她去世了,"女伯爵回答说,"是自杀的。我父亲也是自杀。原因一样,都是因为世俗的人们所说的那个错误。不过……我也不太清楚……他根本不承认那是个错误,是大家不理解他。他认为,只有通过那种方式才能发现他一直探寻的秘密。这就是凯伦称他为基因领域里的浮士德博士的缘故。"

"他们去世时,你多大?"

"记不太清了。大概是二十三岁,"女伯爵回答说,"说二十四岁也行。我已经结婚两年了。"

我心里一直在琢磨:在事情暴露之前,他肯定会把女儿嫁出去。就像大使馆里的那位伯奇菲尔德先生所说的那样：父亲把女儿送走，然后又偷偷把女儿接回来，借婚姻之名掩盖乱伦之实。她和父亲之间的性关系肯定一直在维持。

"你父母都……"露丝非常同情女伯爵，"太可怜了！太不幸了！"

虽然我发过誓，要冷静应对，但此时此刻，我决定不再继续保持沉默："艾伊尔说，是她们把他赶走的。"

她立刻转过头来，两只眼睛盯着我："艾伊尔？你见过艾伊尔？"

"我和他待了一个下午。我们先是打了场网球，然后他带我四处逛了逛。"

"在厄尔比城堡？"

"是的。"

"他从来没有和我说起过这件事，"她两只眼睛死死盯着我，一眨不眨，"看来，你已经知道……"

"不，"我打断她说道，"我只知道艾伊尔非常崇拜你们的父亲。他为他感到骄傲。"我之所以这样说，是因为她的父母都是因为这件事而自杀的。她虽然表面镇静坦然，不动声色，但是内心肯定很羞愧痛苦。

我希望女伯爵能够明白我的良苦用心。然而，从她的表情中，我看到的只是憎恨。"他总爱干费力不讨好的事情！"她边说边挺直了腰身。这个姿势很有可能是出自家族遗传，也有可能是出自家庭教育。我从她的奶奶、玛侬和小男爵身上都看到过这个动作。具体来说，当他们遇到困难，感到疑惑，甚至被人发现说谎时，都会挺直腰身。

女伯爵眼睛开始看向别处，我们之间的对峙暂告一个段落。过了一会儿，她非常认真地说道："你们是我的好朋友。我应该让你们知道事情的真相。坦率地讲，我本来不想让任何人知道。嗯，这事需要从很多年前说起。或许从二十世纪初就已经开始了。我父亲对遗传学非常感兴趣。遗传学涉及很多物种，但他痴迷于难度最大的人类遗传学研究。他根据族谱对我们的家族做了详细调研，包括个体样貌，例如身高、体重、眼睛、发色、生育能力、精神是否正常、近亲通婚情况，等等。不育症引起了他的极大关注。因为在近亲繁殖的家族，例如我们家族，不育症变得越来越普遍。我不能生育，我的堂妹——名字也叫玛侬——不能生育，凯伦也不能。总之，我们家族中有很多人不能生育。"

"你哥哥也不能？"露丝插嘴道。

"他能，"女伯爵眼中闪过一道诡异的光芒，"我哥哥是个例外。过会儿我们再说他。据我所知，虽然一夫多妻婚姻不被现代社会所认同，但这种行为依然很常见。比如，摩门教的所作所为和我父亲所做的实验情况差不多。如果说有区别就是，我父亲的实验对象是自己的家庭、自己的后代。在我父亲看来，人类的一夫多妻就像动物的群居繁殖一样，比如，一头公牛对多头母牛。当然，和基因相关的事情也让他着迷。其中，他最为关注的就是近亲结婚问题，例如，表兄妹、堂兄妹的通婚。长期以来，我父亲一直致力于研究近亲结婚和一夫多妻与不育症的关系问题。他很想知道，近亲结婚和一夫多妻与不育症是否有关系。如果有，究竟是什么关系？关系多大？"

她嗓音低沉，两眼无光，整个人无精打采。此时此刻，几乎没有人会相信她在撒谎，在竭力掩藏事实的真相。

"他也非常关注不同血统交配的问题。"女伯爵继续说道，"我们家族的男人经常让农民家的女孩儿怀孕——这真的像初夜权。通过这种方式，罗丁家族的血液在洛兰岛上不同姓氏的家庭中流淌。我父亲对这些家庭都有记录，努力发现他们身上呈现出的特征，无论是显性的或隐性的。他好像非常想知道不同血统交配会对人类——或者说我们家族——产生什么影响？发生在人类身上的一切会不会同样发生在动物身上？我认为，他这样做，主要想解决我们家族越来越严重的不育问题，同时验证一下孟德尔的人类学理论。他不想眼睁睁地看着自己的家族断子绝孙，于是求助于其他家族。换言之，与其他家族交配。当然，这只是我个人的猜测。究竟父亲为什么这样做，我从来没有问过他。

"他拿自己和自己的家人做实验，"她很伤感，看了看露丝，然后又看了看我，希望得到我的理解，"这样做，一来比较隐秘，可控性较强；二来数据更加容易获取。他选择了斯维德鲁普农舍的一位农家女孩——黑尔佳。她们家族和我们家族往来比较密切。比如，她们家族的很多男性都在我们家城堡做猎场看守人或农舍主管，很多女性在我们家城堡做女仆。最少有两次，他们家族的女孩儿怀上了我们罗丁家族的孩子。她们虽然是农民，但美丽健壮，生育能力很强。我不知道父亲究竟用了什么方法让黑尔佳·斯维德鲁普相信：她这样做，是在为科学献身。"

"我妈妈的朋友？"① 我问道。

她勉强笑了笑："是的。"

"关于我母亲移民美国的原因，你认为凯伦·布利克森的推测对不对？"

"我个人认为，她很有可能觉察到了什么。为了确保实验继续进行，我父亲决定送她出国。当然，移民美国费用不菲。一个年仅十六岁的农村小姑娘怎能付得起这么多钱？一定是我父亲为她提供了所需费用。而且，没过多久，黑尔佳的父母也带着其他几个孩子移民了。这一切全都发生在我出生之前。"

各种猜测同时涌入我的脑海。当然，并非都令人感到悲观。"他们有孩子吗？韦布尔小姐是谁？"我问道。

"我同父异母的妹妹，"女伯爵回答说，"我父亲和黑尔佳·斯维德鲁普的女儿。"

听到这句话，我感觉就像自己朝老虎机里投入了一枚硬币，随着机器发出"嗒、嗒、嗒"的声响，等待着无可挽回的最终结果。我坐在那里，感觉自己积郁的感情，既有清教徒式的恶心，又有受过伤害的期待，全都随着机器转出的头彩，一同释放了。

"你同父异母的妹妹？"露丝半信半疑。

"黑尔佳现在在哪儿？"我继续问道。

"去世了。在我很小的时候，她就去世了。玛格丽特·韦布

---

① 原文为丹麦语：Min moders veninder?

尔和我同一年出生，中间仅仅相隔几个月。"

"她是在城堡里长大的？你当时知道她是你的妹妹吗？"

"不知道。她长得胖乎乎的。我经常在城堡里看见她。她和她妈妈享受着某种特权——说是仆人，但地位比其他仆人高得多，感觉就像是我们家的一个穷亲戚。不过，我们不在一起玩耍。父亲不允许。"

这就是所谓的"民主"和"科学"吗？

"我直到后来才知道这件事，"女伯爵说，"是我妈妈亲口告诉我的——就在她服药自杀的那一周。她想让我知道。她说，如果我没有孩子，艾伊尔也没有，厄尔比城堡就会被她们继承。这叫什么来着——对，养虎为患。实话说，我母亲有点多虑了。现在，遗产税非常高。等缴纳完遗产税，所继承的财产就很有限了。相比而言，她们对科学的贡献要大得多。"

女伯爵朝地上吐了一口痰（这显然和她的身份不太相称），继续说道："父亲共有三个儿子，都比玛格丽特·韦布尔年长。他们在城堡里生活的时间都不是很长，基本都是在帮助父亲完成相关实验任务，接受完基础教育，就被父亲送到外地做学徒工了。不过，他们从此再也回不来了。父亲不允许。"

"如果这件事被他们知道了，他们会不高兴的。"

"我也这么认为。幸运的是，他们并不知情。"

"为什么韦布尔小姐没被送走？"

"重点来了！这件事很奇怪。我个人认为，她一定是父亲实验中的一个重要角色。我父亲一直在供她读书，并且还送她去法国学习过一段时间。"

　　然后，再回到国内？难道这也是听从了某位社会高层人物的建议？"我不懂他的基因实验，"我问她道，"如果他想借助几代人进行研究，为什么不把儿子留在身边，并控制他们的婚姻呢？"

　　"有玛格丽特·韦布尔就够了。"

　　"你说什么？"露丝问道。

　　"我一直想知道，"我对女伯爵说道，"那次路过斯维德鲁普农舍，我见到了一个年轻姑娘，很漂亮，长得有点儿像韦布尔小姐。她是谁？"

　　"玛格丽特·韦布尔的大女儿，"——她的眼睛里闪过一丝愤怒——"我的大侄女。除了这一个，韦布尔还有三个孩子，两个儿子和一个女儿。那个小女儿年龄比两个儿子都小，今年大概才九岁，至多十岁。"

　　"孩子的爸爸是谁？"

　　"两个男孩是我父亲的。"

　　"你说什么？"露丝大声叫道，"我的天哪！"

　　"你父亲和他的私生女又生了两个儿子？"我问道。

　　"对的。"她轻声回答说，"这都是为了继续他的……实验。"

　　"他们现在人在哪里？"

　　"欧登塞，在家具厂做学徒工。"

　　"你和他们有联系吗？"

　　"没有。"

"艾伊尔呢？"

"我不知道。他俩也许有吧。"

女伯爵的腰身没有原来那么挺拔了，表情非常痛苦。看到她这个样子，我有些于心不忍："我们换个话题吧？"

"不。我想让你们知道所发生的一切。"

"那……那好吧。两个男孩是你父亲的。两个女孩呢？"

"我哥哥艾伊尔的。准确地说，是韦布尔和艾伊尔生的。"

我轻轻叹了口气，露丝则非常吃惊，呆呆地看着女伯爵。

"这些事情，你们一定觉得难以置信吧，"女伯爵继续说道，"实话说，我也不愿相信。你已经看到了，艾伊尔非常崇拜我的父亲。他认为，我父亲做的所有事情都是正确的。我不知道，是不在丑闻败露之际，他才下定决心继续那个实验以支持父亲，也就是在下一代，甚至下两代人身上验证父亲已经得到的实验结果？在某种程度上，这听起来似乎是符合逻辑的？又或者，甚至在丑闻还没有曝光之前……这听起来有些令人难以置信，他的儿子，他的女儿……他是否已经鼓励艾伊尔这么做了？"

"说实话，我真的不知道该如何回答你。我从来没有想过乱伦这个问题。有没有这种可能性——艾伊尔真的喜欢上了韦布尔小姐？"

"这我不清楚。真的。"

"可怜的玛侬！"露丝插嘴说，"这一切，她都知道吗？"

"当然。但一开始，全家只有我母亲一个人知道。父亲出事后，艾伊尔决定子承父业，并且要求所有家庭成员必须接受，必须合作。不过，我很好奇，他和韦布尔小姐发生关系时，竟然没让玛侬专门为他们准备一套房子。"

"韦布尔小姐马上又要生了。我猜，这个孩子应该是艾伊尔的吧？"

"是的。"

"所以，她直到现在还住在城堡里。"

"嗯，你说得对。在这之前，我真的没有想到这一点。否则的话，我是绝对不会带你们来我们家城堡的。"

"我还有一个问题。我第一次见到艾伊尔时，他当时正从斯维德鲁普农舍向外走。既然韦布尔小姐不住在那里，那他去那里干吗？去看看那块地产，还是有其他事情？"

女伯爵向来遇乱不惊。然而，此时此刻，她的嘴角开始抽搐，声音大得近乎咆哮："你是真的不知道，还是在明知故问？你见到的那个姑娘是我的亲哥哥和我同父异母的妹妹的孩子，现在已到生育年龄了。对于同种交配实验来说，拥有一半血缘关系的兄妹是最好的组合。当这种组合生下的女儿和她的父亲进行交配又会发生什么呢？难道我们不应该有所期待吗？现在，这种组合已经有了两个女儿，其中一个已经到了生育年龄，另一个今年已经九岁，再过七年，也会到达生育年龄。如果这两个女儿之中有一个又生了女儿，父亲的实验就可以继续向下进行。而且，当这一切就绪，艾伊尔还不到六十岁。到那时，会有很多科学成果诞生。如果艾伊尔没有合法继承人出生，完全可以从这些科学成果中选择继承人。"

女伯爵把心中的苦水全都倒了出来。我们三个人坐在椅子上，围成一个三角形，相互之间大概距离两米。忽然，露丝从椅子上跳起来，抱着女伯爵大声哭喊道："阿斯特丽兹，你的命好苦啊！"

我实在是读不下去了，心情非常沉重。

露丝摇晃着脑袋说道："这是我听过的最悲伤的故事！阿斯特丽兹真的好可怜！她现在是一无所有，连住的房子都是哥哥接济的。你来说说看，那个实验是否还在进行？她和玛依见面时，是否也会谈到这件事情？"

我耸耸肩膀，合上笔记本。唉，人的一生面临多种选择。虽然让我们感到迷茫，但都是冥冥之中注定的。机会来临时，就像一个昏睡的人突然睁开眼睛；机会消逝时，就像一个昏睡的人一直闭着眼睛，从不睁开——这一切似乎就发生在短短的一瞬间。

"这个可怜的女人。"露丝伸手打开电热毯的开关，看上去动作娴熟而且小心谨慎。老卡塔还在我的腿上趴着。我关掉红外线照射灯。"天不早了，"露丝建议道，"尽管如此，咱们还是坚持把日记读完吧。还剩下多少？"

"没了。读完了。"

她猛地坐了起来，大声嚷嚷道："你说什么？没有了？不能这样就结束了吧？"

"结束了。"

"可是……"

我打开日记本，翻到最后一页，举起来让她看："不信你看，航班信息，电话号码，还有几个丹麦词汇——'那个''白色''翻转'①。咦，什么意思？白领阶层？应该是一家商店的名字。"

露丝直着身子坐在床上，脸上一副不甘心的神情："这个结局可能就是所谓的反高潮吧，真令人扫兴！你再想想，是不是还有一本？"

"总共就这三本。这一本的后半部都还空着呢。这之后没多久，咱们就回来了。"

"不对。我觉得不对。"露丝坚持道，"你仔细看一看，日记的最后一篇是哪一天写得来着？六月？六月一号？我们又待了将近一个月。我记得很清楚，咱俩是距离国庆节②还有一两天时间才回来的。我们还做了很多事呢，比如，带她去罗斯基勒③女修道院看望朋友、看克伦堡里表演的《哈姆雷特》，我们还在埃勒巴肯待了一周。在这期间发生了很多事情。我们一直和阿斯特丽兹待在一起。"

"也许是在知道了她的秘密后，我就没有再写。"

"你错失了我最想知道的那一部分。"

我向她晃了晃日记本，意思是说：就记了这么多。你说什么也没用了。

---

① 原文为丹麦语和英语的混合：Den Hvide Flip。
② 国庆日（National Day），指的是美国国庆日，即 7 月 4 日。
③ 罗斯基勒（Roskilde），丹麦西兰岛东部港口。

她看着我,沉默了好长时间,说道:"我明白,你是不会主动向我坦白的。"

"坦白什么?"

"你自己清楚。"

"我没有什么可坦白的。"

"真的没有?"

"你说呢?"

"乔,我们在一起这么久了。你没有必要守口如瓶,我也不会大吵大闹。我一直觉得,她把她父亲的丑事儿告诉我们,是出于友好和信任。她这样做合情合理。可是,在这之后,我发现你对她越来越感兴趣……你并不擅长掩盖真相。听着,我再重复一遍:你对她越来越感兴趣。"

"是啊,我是对她很感兴趣。你也一样啊!"

"但方式不一样。最后几周,我们一直待在一起。你还记得我们去埃勒巴肯的那个晚上吗?我们去看篝火,直到很晚才回家休息。凌晨三点钟,我醒了,发现你不在。我跑去她的房间看了看,她也不在。"

"我睡不着,出去散步了。"

"和她一起去的?"

"不,我自己一个人,是在路上碰到她的。"

露丝看着我,目光就像一支支射向我的利箭。显而易见,她根本不相信我说的话,在等着我向她坦白。

"她说,她也睡不着,"我对露丝解释说,"我们沿着树林边的小路一直向前走，到达一片湖边，然后划船去了一个小岛。她的父亲就埋葬在那里。她带我看了看她父亲的坟墓。后来我们就回来了。"

"就这些？"

那件发生我在身上的事情在当年几乎是不可思议的。不像现在，一九七四年，一个人们的性行为比较开放的年代。群交、换妻、找妓女寻欢作乐，如同抢劫和谋杀一样司空见惯。在书店里，你可以买到各种版本的性行为指南；在小说中，你可以看到生动具体的性行为描写；人们不再为结婚证所束缚。婚礼誓言对于人们的约束力就像《汉谟拉比法典》中的许多条款，已经失去效力。现在，人们如果还会反感罗丁伯爵在人类基因方面的实验，仅仅是因为在人们普遍控制近亲通婚的人口时，他却在背道而驰。再说，我已经快七十岁了，头发已经掉光，患有风湿病，对异性的情欲指数已经大大降低。坦率地说，我这一生只做过一次愧疚之事，就是二十年前受到的那次诱惑。即便露丝嘴上说已经原谅了我，我想，作为一个女人，她的内心深处肯定会留有阴影。我该怎么做才能弥补这一过失呢？

我站起身，走到卧室门口。由于起身太突然，熟睡的老卡塔来不及反应，从我腿上滚落到了地板上。出于悔恨，我身心疲惫，浑身颤抖，两眼模糊，嗓音沙哑，用尽浑身力气终于喊出了几个字："不！这不是全部。我吻了她，只吻了一次。如果这就是你一直想听到的坦白，现在，我坦白了。"

我从客厅衣架上随手拿了一件外套，推开房门，冷气扑面而来。夜寂静，月朦胧。我沿着房屋后面的一条小路来回走了几趟，冻得牙齿直打战。眼泪忽然涌了出来。马可·奥勒留·奥尔斯顿，你这只旁观鸟！我一直觉得能够得到祖父条款①的保护，却在这场比赛中被打落了羽毛。那个夜晚——二十多年前的那个仲夏之夜——涌现在了我的脑海。

---

① 祖父条款（grandfather clause），美国语境下的一种规定形式，类似于中文语境里的"老人老办法，新人新办法"，可以保证特定的阶级、群体继续享有新规定出台之前的权益，或者豁免他们在新规定出台前的行为，不须按照新规定接受惩罚。

3

　　黎明时分，天色微亮，万物静谧，充满梦幻。房间里黑黢黢的，而且因为长期无人居住有些发霉的味道，我悄悄出了房间，轻轻带上房门。屋外似乎比屋内更明亮。我沿着车道往前走。车道两旁房屋的墙壁刷得粉白。走了一会儿，只见前面有个十字路口，房屋、树木等在夜色中若隐若现。再往前看，就什么也看不清楚了。如此美妙的夜晚，非常适合进入迷幻和巫术，仅仅这样欣赏有点可惜。

　　车道拐弯的地方有片树林，模糊不清，只是一个大致的轮廓。我盯着它们仔细看了半天，终于看清楚了：稍微近一点的是大柏树，它们和路远处的山毛榉连成了一片。地平线上方，星星散布在灰白的天空中。一轮弯月像只苍白的水母，全然静止不动。空气中弥漫着青草的芳香。

　　我走得很轻，围着农舍转了一圈，最后来到草坪上。午夜时分，我们就是在这个地方观看庆典仪式的。海滩上跃升的焰火迸发又消逝，在眼中留下一团红色。对岸的瑞典，赫尔辛堡的南北两面仿佛是几团暗暗燃烧的煤炭。没有一点声音，没有一只醒着的鸟在鸣叫，灌木丛中没有一点惊扰，空气没有发出一丝叹息的声音。午夜时分那场异教徒们的仪式，可能再也见不到了。成百上千的丹麦人和瑞典人痛饮着啤酒、夏夜和爱情，把女巫的塑像扔进火焰，把那些恶灵送回哈茨山脉①。一场成功的驱魔。我们坐在草地上的毯子上，女伯爵让我们悄声聆听。她说，能在空气中听见匆匆逃离的声音。

"你不害怕？"我问她道，"你也是一个女巫。"

"我害怕，"她回答说，"但不害怕被火烧死。严格意义上讲，我算不上一名女巫。他们不会因为我能治愈疣子而杀死我。"

在黑暗中，我看不清楚她的表情。不过，她说话的声音带有一丝哀怨，令我有点儿心疼。

两个小时过去了。我站在潮湿的草丛中，睡意全无，焦躁不安，心中的苦闷难以名状。现在已是黎明时分，整个世界，还有现实中的我，在盛夏时分，在新的一天开始之前屏息以待。我呼吸急促，浑身颤抖，不是因为不胜寒意，而是因为离情别绪。再过一周，我们就要启程回国了，但我一点儿不想离开。露丝则正好相反。她一直在催促我，说我们没有任何理由继续待在这里了。我的大脑一片混乱。一想到马上就要离开这里，我心里就感到难过。我需要释放一下悲伤的情绪，于是，围着农舍又走了一圈，然后穿过草坪，来到城堡的大门前面。城堡大门掩映在柏树丛中。我停下脚步，回头看了看草坪对面的那座农舍——中世纪风格，美丽大方，富有历史底蕴。

就在这时，我听到城堡的大门开了，但立即又闭上了。我回

---

① 哈茨山脉（Harz），位于德国北部，传说中是女巫和鬼魂的聚居地。

头一看，发现女伯爵就站在门前。

说实话，距离有点儿远，我看不太清楚，只能看见一个轮廓而已。我是通过她的举手投足断定一定是她的。我站在柏树下，两只眼睛望着她。突然，她低下头，似乎在倾听着什么。我感觉远在四十米之外，她也能够听到我的心跳。然后，她抬头看了看天，穿过草丛，朝我这个方向走来。

为了避免她在黑暗中撞到我，吓她一大跳，我快步走到开阔地带，大声问候她道："早上好。"①

"天哪，你是谁？"她立即停下脚步，站在那里一动不动。

我内心隐藏的那个少年就如同我身处的这片黄昏一样飘忽不定。我急忙压低声音回答说："我是一名女巫。我迷路了。请问去哈茨山脉的路怎么走？"②

"奥尔斯顿先生，是你吗？"

"你说，还会有谁？"我回答说。话刚出口便后悔了。她头戴头巾，围着披肩，身穿毛衣，看上去像是民间故事插图中围着披肩的人形生物，只会出现在太阳以东，月亮以西。

"你吓了我一大跳。"她笑着说道。

"对不起。"

她来到了我的面前。我能闻到她毛衣上的霉味。估计是这几天一直没有晾晒的缘故。

"你也睡不着？"她沉默了一会儿，问我道。

---

① 原文为丹麦语：god morgen。
② 原文为丹麦语：Jeg er en hekse. Jeg har mistet min vej. Kan De siger mig vejen til Harz?

"是啊。"

"万物都是过客。"

"我们也一样。"

"是的。我们也一样。你现在打算去哪儿?"

"我也不知道。随便走走。"

"露丝睡了?"

"是的。她不像我,从来没有睡不着的时候。"

沉默了一会儿。她仰起脸庞看着我。整张脸暗淡无光,只有一双眼睛在闪烁。

"绕着这个湖,有条小路,"她说,"我想去那边走走。"

"可以陪你一起去吗?"

"我很乐意,如果……"

我知道她对露丝有顾虑。我也是。

女伯爵拿着手电筒在前面搜寻,直到找到山毛榉丛中的一条小路。田野中堆着很多秸秆,正在等待晾晒。"你能看得清路吗?"她问我道,"需要让手电筒这样一直亮着吗?"

"看得清。关了吧。"

月光如水,夜色柔美。我们从草堆和丛林间穿过。在月光的映照下,它们影子拉得很长,而且似乎也在发光,好像一双双眼睛注视着我们。"真像树模啊!"我轻声说道,然后给她解释说,树模和洞穴巨人、小矮人、雾、黑暗等不可名状的东西一样,都是斯堪的纳维亚半岛民间传说的一部分。女伯爵边听边走。她似乎有些心不在焉,而且刻意和我保持一定距离。

她稍稍绊了一下，我扶住了她胳膊肘上边。

轻轻一触。她的胳膊既坚强又柔软。我抓住它，没有再松开。此时此刻，她头发散开，不像平时那么高傲，更好接近了。她的贵族头衔、社会地位、家族历史——我都忘记了。我只记得脱掉花呢制服嬉闹，笑容灿烂的她，就像海水中的女武神。我俩都没有说话，在黑暗中沿着林中小路一起摸索前进，就像是在跳舞，一种我年轻时跳的正统舞蹈，已经被现在的年轻人摒弃。这时的默默无语和刚才的沉默不语完全不同，好比臭氧和氧气，性质完全不同。

又走了一段路程，她开口说道："有一天，你掉转车头，经过山毛榉林，送我们去见凯伦·布利克森。你还记得吗？"

"记得。"

"我就是那天开始认识你的。"

我拉着她的胳膊，感觉她的血液在沸腾。

这条林间小路与一条货运通道相连。"这一切原来都是我父亲的，父亲把它送给了我。"她告诉我说，"后来，因为我丈夫埃里克出了事，我名下的所有财产都被没收了。"

"你跟我们说过。真是太不幸了！"

我们走着走着，发现前方变亮了许多，空气中弥漫着浓浓的青苔味道，仿佛来到了一片空地。女伯爵停下脚步，把我向后拉，打开手电筒照了照，发现是一个小湖泊。天哪，我差点儿迈进湖水里。她把手电筒关死。黑暗中，水面泛着白光，但不足以明察哪是湖水，哪是陆地。我差点儿一步迈到湖里去。我们俩站在湖边，仔细聆听了一小会儿，没有听到任何声音。

"这好比死亡，"女伯爵说道，"或者叫离别，毫无再次团聚希望的离别。你知道歌德写的《浪游者的夜歌》吗？我个人觉得，人人都应该记住它。"

"你背给我听听吧？"

"很有可能记不全了。"她有点儿犹豫。在黑暗中，我看不清楚她的脸，只能模模糊糊看到闪烁的双眼。"好吧，我试试看。倘若不能全部背出来，你不准嘲笑我。"

"我保证不笑。"

"现在，请听。"① 她清了清嗓子。

"你念吧。"

"当然，"她说道，"当然。若非为了你，我是不会念的。整首诗好像是一个人在窃窃低语。"

她开始窃窃低语了。

群峰一片
沉寂，
树梢微风
敛迹。
林中栖鸟
缄默，

---

① 原文为丹麦语：Hør Du, nu?

>稍待你也
>安息。①

我感到她浑身在颤抖。"我不喜欢仲夏夜,"她轻声说道,"对于大多数人来说,它是一个欢乐的时刻,但对于我来说,则是个悲伤的时刻。我觉得我已经死去,只是还没有离开肉身而已,当然也不想离开。今天晚上感觉最差。你知道我为什么睡不着吗?"

"为什么?"我还在拉着她的胳膊。

"因为你们就要离开了。这么多年来,我只有你们两位好朋友。"

"听你这么说,我很高兴,也很荣幸!"

"我怎能舍得你们离开呢?我早已经死去,但在认识你们之后,我又有了重新活过来的感觉。你们必须离开,我虽然能理解,但是很伤心。"

"我们必须离开?"我问她道,"为什么?"

"你们都有应尽的责任,"她回答说,"而且有工作要做。"

"什么义务?什么工作?我都可以放弃。"

"你不是那种不负责任的人。"她好像很了解我似的。她边说边用左手掰开我紧紧抓住她胳膊的那只手,然后朝着岸边那条长满杂草的小路走去。肯定是我抓得太用力,弄疼她了。我们沿着这条小路继续向前走。双脚踩在杂草上,发出咯吱咯吱的声音。

---

① 原文为德语,此处所引者为钱春绮译本。

这时，光线更充足，天空更开阔，一切都不再模糊。远方的地平线和几排湖蘸草交织在一起。小路尽头有个小码头，直通入河。一轮明月倒映水中，一条小船漂浮水面。女伯爵的眼睛如同月光般皎洁柔和。这是我今晚第一次看清楚她的双眸。

她找到系缆墩，弯下腰身，解开系缆索，然后抬起头，看着我说道："你会划船吗？不会也没关系，我来划。"

"我会。去哪里？"

"我想去拜访一个人。你愿意陪我一起去吗？"

"当然可以。不过，这么晚了，你想去拜访谁？"

女伯爵没有回答。船身很重，似乎里面有很多水。我用力把它拉到岸边，翻转船身，倒掉里面的积水，再把它推上水面，然后伸手去拉她的胳膊，希望找回之前轻轻一触的感觉，但她显得冷淡，好像是在接受马夫提供的服务。

我们上了船。她站在船尾，用手电筒四处照了照，告诉我应该向哪个方向前进，应该参照哪些地标。我认真摆弄着船桨，动作非常笨拙。这副船桨好像是用小树枝削成的。船舱不时地灌进一些水，小船年久失修，桨从左边凹槽里面滑了出来。我小心翼翼地握着它们，奋力向前划。船只倾斜着，朝着目的地慢慢前进。

"快到了，"女伯爵说道，"慢一点儿，这里看不太清楚。"她用手电筒照了照，指挥我道，"右边桨加点儿力！好，用力！"

船终于靠岸了。在我放好船桨、起身上岸之前，她已悄悄从我身边经过，跳上了岸。她用力拉住系缆索，船又向岸边靠近了半米。我也跳上了岸。岸边是一大片林地，荆棘丛生，藤蔓植物密布。

女伯爵用手电筒四处仔细照了照。"跟我来！"她牵住我的手。我们再次接触。她的手很软、很凉。走到林地中央，她停下脚步，蹲下身子，拨开一块方形石碑上面的杂草，就像女孩子把头发从脸上撩开那样。我看见石碑上刻着这些文字：兰德格利弗·奥格·罗丁，1874—1938。

"这是他下葬的地方，"女伯爵告诉我说，"也是他开枪自杀的地方。"

"在你妈妈去世之前还是之后？"

"之后。"

"他真的精神有问题吗？"

"在我看来，至少在开枪自杀时，他的头脑应该是清楚的。"

"你真的太不容易了！"

"唉！"她长叹了一口气，似乎我说这句话深深触动了她。我紧紧握住她的手。她试图要挣脱开，但我紧握不放。她使劲儿挣扎了几下，便安静了下来。

"今后你有什么打算？"我问她道，"你打算如何谋生？继续靠出租那个公寓房？"

"你们走后，我真的不想把房子再租给别人。不过，我别无选择。我靠做设计赚的钱实在是太少了。"

我曾经在厄尔比城堡看到她和她的卖国贼丈夫站在门口交谈，当时就想问她这个问题。今天，终于有机会了。

"你会原谅你丈夫吗？"

"我不知道。"

"你不知道？这句话虽然我不应该说，但我总觉得你不应该再接受他。"

"我并不这么想。是的，我会原谅他。你知道，他也是个可怜人。"

"他罪有应得。"

"罪有应得并不代表他不可怜啊。"

"我建议你好好想想，他是怎么对待你的！"

"我说过，你是一个负责任的人，"她把脸转过来，两只眼睛盯着我道，"怎么，你要我逃避责任？"

"但是，你不亏欠他！不亏欠任何人！你只亏欠你自己！你的丈夫、你的家人都亏欠你。这么多年来，他们有谁帮过你？"

我用大拇指在她柔滑的手指关节处来回摩挲，好像对于她的肌肤享有所有权，似乎也在感知着痴迷于家庭责任、服从家族利益的她与我的距离有多远。她的手指冰冷，似乎在表示她的抵抗，或者不情愿。我闻到了她毛衣发霉的气味。想到她竟然还在穿这种破破烂烂、早该丢弃的衣服，我感到一阵悲愤。

我不能眼睁睁看着她再次回到那个发霉的牢笼，不能眼睁睁看着貌似冷漠但充满同情心的她生活得如此艰辛！我松开她的手，捧起她的脸。她脸色苍白，眼神黯淡无光。

"听着！"我对她说，"仔细听着！你不能再受苦了。你的债早已还清，就算再增加十倍也已还清了。你不能继续待在这里靠酸奶和奶酪度日。你不能再和其他人分享你仅有的那点东西，也不要再收房客了。你不能自己扛着一切困难，这会毁了你的。你才华横溢，不应该待在这里发霉。"

她一动不动，毫无反应。我帮她转了转身体，以便月光——由于雾气的影响显得有点儿模糊——能够照到她的脸庞和眼睛。

"你以为我没有这样想过吗？"过了好一会儿，她才回答说，"可这对我来说，甚至比你母亲那个时候还要难。现在，我虽然没有钱，但也不像穷人那么自由。"

"我们给你出路费，帮你申请工作签证。你可以和我们住在一起。"

她把身体贴近我，距离越来越近。

"'我们'？"她问我道，"你和露丝商量过吗？"

"不用和她商量。她和我一样，不愿意眼睁睁看着你困在这里。"

"她不讨厌我，这我知道，"女伯爵回答说，"我也不讨厌她。她是我的好朋友，为人大方，善解人意。但她是你的妻子。她让你离开这里，离开我，没有错。"

"阿斯特丽兹……"

"天啊，你终于喊我的名字了！我以为你永远不会呢！"

"阿斯特丽兹，阿斯特丽兹，阿斯特丽兹，"我又接连喊了三遍，"只要你喜欢，我可以每天喊一万遍。在忏悔时、祈祷时，无论什么场合，只要你喜欢，我都愿意喊。但是，你不能继续待在这里了。我不能丢下你不管！"

"哦，我亲爱的约瑟夫！"她仰起脸。我吻了她。她双手搂住我的脖子，我俩拥抱在一起。过了一会儿，她推开我，转过身去。

我没有把她拉回来，甚至没有勇气再看她一眼。我的眼睛湿润了。我眨眨眼睛，咬紧牙关，望着水波荡漾的湖面、灯芯草、黑莓藤蔓以及远处的各种草木。即便有人碰巧看到我俩在这块曾经有人自杀的林间空地上热烈而又绝望地拥抱，也一定会悄悄走开的。

我没有再看她，担心我无法控制住自己。我回到岸边，跳到船上，还是忍不住回头看了她一眼。她站在原地没有动。也许在我背对着她的分分秒秒，她都在看着我。在熹微的晨光里，她看上去更像一个孤苦伶仃的女乞丐。

"我们回去吧。"我说道。

"好的。"

我没有再说什么，弯下身子，使船身尽量靠近岸边，方便她上船。我再次转身看她时，她刚好向她父亲的墓碑行完礼，身子还没有完全直起来。

女伯爵走到水边，我扶她上船，划船送她上岸。一路上我们俩谁都没说一句话。灯芯草的阴影此时已经由黑转灰，在清晨惨淡的能见度中，我们看着对方。我们再没有轻轻一触。

"你先回去吧。"她轻声说道。

我穿过满是晨露的草坪，来到门口。她站在树下，远远地看着我。我轻轻推开房门进屋。就在关门的一刹那，我看到她突然双手抱头，猛地垂下腰。那个动作如此剧烈，仿佛她一瞬间想要弃绝自己的一切，又像是在呕吐。

看她再次直起腰身，我轻轻关上了房门。

4

从我家步行上山，需要走过一千多米长的羊肠小道和六十米长的车道。晚上睡觉之前，我和露丝经常沿着这条一千多米长的小道走来走去。到了冬天，小道常常满是泥泞，走在上面左右摇摆，感觉就像走在轮船甲板上一样。山顶非常平坦，抬头可望见星辰。站在山顶向下观望，灯火零零星星，树影忧郁深沉；抬头仰望天空，月色朦朦胧胧，星光稀稀疏疏。能够在这个地方度过余生，我非常满足。

过了两个山坳，我的泪水已经干了。我不想回家。我真的不知道该对露丝说些什么、做些什么。我对未来的生活充满了恐惧。我想一个人静一静，仔细想一想二十年前我之所以主动放弃，或者说被动放弃与女伯爵偷情的原因。它就像一个囊肿一样，这么多年来一直困扰着我。最好的药方当然就是对露丝说出事情的真相。

究竟是什么原因？我努力在记忆中搜寻着生活中的几座高峰，突然发现它们都只是小土堆而已。实话说，我满怀希望踏上成年之路，但一路走来，我深感绝望。早逝的母亲，夭亡的儿子，糟糕的职业，乏味的婚姻……其中，儿子夭亡对他个人来说肯定是场悲剧，对他的父母来说更是难以接受。我根本不喜欢我的职业,完全是误入歧途。至今仍然在做,完全是为了混口饭吃,没有丝毫乐趣可言。露丝是个好女孩,但好女孩一定是个好妻子吗?

我就像巴比特①,一生中没有做过一件自己满意的事;就像布莱克②嘲笑的那种人,拼命压抑自己内心的激情。我虽然不是上流人士,但具有上流人士的通病,是一个敢于拿起刀子,却不敢使用刀子的懦夫。

众所周知,现在的时尚生活是抽搐,即获得性高潮的一瞬间。我不喜欢追求时尚。在我看来,承诺和责任要比性冲动和性享受更加重要。既然如此,为何二十年后,我还在为此苦痛呢?

关于我当时的思想斗争,我在这里不想——细说。月光下,我沿着车道一瘸一拐地向前行走。一路上,我边走边想,就像一名因为教授有事请假,只好硬着头皮来给学生上哲学课的助教。说实话,思考并没有让我豁然开朗,散步却让我的感觉好了很多,尽管我走得脚后跟生疼,屁股也痛得就像是刚刚从三米的高墙上摔下来似的。

六十米长的车道两旁,长着两棵高大的橡树。一棵在车道拐弯处,一棵在车道通向停车场的地方。这两棵大橡树中间是片草场。去年秋天,我在这里播撒了一些水仙花种子,还栽种了很多水仙花苗,最后成活了两百株。我每次从山上下来,都会跑过来

---

① 巴比特(Babbitt),美国小说家辛克莱·刘易斯1922年发表的长篇小说《巴比特》的主人公,一个追求物质利益、自满、守旧的商人形象。
② 布莱克(William Blake,1757—1827),英国浪漫主义诗人、版画家,代表作《纯真之歌》反对教会的禁欲观点,肯定生活和人生的美好。

看看它们。今天晚上，在昏暗的月光下，它们个个都耷拉着小脑袋，鹅黄色花蕾泛着白光，看上去就像一只只疲惫的萤火虫。

我沿着车道不停地走，来来回回好几趟。走第一趟时，我发现影子在我的身后；再走一趟，影子还在我的身后。我的脚疼得厉害，走路一瘸一拐。我头发上好像有了露水，和月光一样悄无声息。应该是在快要走完第十四趟时，我听到了脚步声。声音来自我家房子方向的沥青路。是露丝来了！

距离我大概还有二十米，她停下了脚步。我迎上前去，做出一副若无其事的样子，像平常一样和她打招呼道："嗨，亲爱的！"

我们在橡树的阴影边缘面对面站着。她轻声责怪我道："你会感冒的。"

"我穿了一件毛衣，外面还套了一件夹克衫。"

"你没有戴帽子。"

"我的脑袋不怕冻，而且它没有得关节炎。"

这时，一架来自夏威夷的喷气式飞机闪着灯光，呼啸飞过伍德赛德山脊梁的上空。田间小路上，一辆跑车发动机发出"隆隆"响声，快速驶入山谷。

"我以为……你出来时，也不告诉我你要去哪里。"露丝低声埋怨道。

"我只是出来散散步。一起走走？"

她挽着我的胳膊。我心中涌出一丝感激之情。我们走到家门口，但并没有进入，而是转身向回走。这时，猎户座群星也从薄薄的云层里跑出来了。月光下，水仙花金光闪闪。猎户座玩耍了一会儿，又跑进大橡树的阴影里去了。

"对不起。"露丝轻声说道。

"该说对不起的人是我。"

"这事因我而起。也不知道为什么，我特别想听你亲口说出真相。"

"你这个人就喜欢刨根问底。"

"也许吧，"我们向前走了二十来步，"天哪，事情已经过去了这么多年，我还是不能忘掉，可能是虚荣心在作怪吧。"她嗓门突然提高了许多，"就在旅行快要结束的时候，我眼睁睁看着它发生了。我知道，我不如她。"

"你是最后的赢家。"

"她很漂亮。如果你对她一点儿兴趣也没有，那只能说明你有问题，"露丝笑了笑，笑声中带有轻微的喘息声，"但是，眼睁睁地看着你爱上她，我确实受不了。"

我们又向前走了二十来步。"你丢下她，和我一起回来，我很惊讶。"

"没什么可惊讶的。"

我们来到山顶。猎户座也跟来了。"是的，"她继续说道，"我应该知道，你是一个非常负责任的男人。"

她的这句话让我感觉很不舒服："我和你一起回来，并非出于责任。我只是做了个选择而已。而且，做出这个选择也不像你想的那么困难。"

又是一阵沉默,只有我们的脚步声。忽然,乡间小路上传来了圣伯纳犬的吼叫声,或许它遇到了一头狮子。然后,一阵音量高低不等的吠声合唱在山间响起。

"那你为什么,在那里……刚才?"

我也曾经问过自己同样的问题。我给出了同样的回答:"我承认,我喜欢她。我很想为她做点事,不想丢下她不管。我这一辈子都想有她的陪伴。如果没有你,我一定会向她求婚的,而且,她也很可能会嫁给我。但是,因为你的存在,这一切都是假设,根本不存在。所以,我必须跟你回来。现在,我已经把这段经历完全抛到了九霄云外。大概两三年来,我甚至从来没有想过她,一次也没有。倘若她不寄来明信片,我也不会想起那些日记。这话听起来似乎太绝情,我应该对她说抱歉。如果我不顾一切,选择和她在一起,把你抛弃,那么,我余生都会活在对你的歉意之中。我无法把你彻底忘记,无法彻底忘记咱俩一起度过的日日夜夜!"

露丝抱紧了我的胳膊。我把她搂在怀里。

"咱们回来后,有很长一段时间,我都在责备自己,"她喃喃低语道,"我应该更加自信一点儿。如果你真的要离开我,我也不能死死抓住你不放。我不能只为自己着想。话虽这样说,我就是做不到。我不想做你的前妻。无论如何,你必须和我一起离开丹麦。"

"你在我心中的地位谁也无法撼动。"

"我真幸运。"

"我们都很幸运，但她太不幸了。看来上天也有不公平的时候。"

我轻轻吻了一下她的嘴唇。在月光下，在橡树间，在水仙花们的注视下，她紧紧搂住我的脖子，像少女般热烈亲吻我。"噢，乔，"她恳求我道，"开心一点儿，不要垂头丧气。想想汤姆和伊迪丝，我们真的很幸运！"

"那是迟早的事儿。"

"我不许你这么说。"

山下，从圣伯纳犬开始咆哮起，就一直在疯狂吠叫的那条狗现在总算安静下来了。深夜狗吠。[①] 预兆不祥。[②] 虽然露丝穿了一件厚毛衣，我感觉她依然在浑身发抖。

"你冷吗？我们回家吧？"

"我想陪你再走一会儿。"

"我走了至少八公里了。"

"走了这么多？你吓到我了。"

"我也吓到自己了。"

"好在咱们已经把一切说透，把心中的这个结解开了。"

"是啊。我就像洗完桑拿，全身裹在浴巾里一样，浑身舒服。"

露丝踮起脚尖，抚摸着我已经掉光头发的脑袋："乔，你的头好凉。看来我们真的应该回去了。回去吧，我给你倒杯酒，你

---

① 原文为丹麦语：En hund hyler I natten。见乔·奥尔斯顿在1954年4月10日或11日的日记。
② 原文为拉丁语：Absit omen。

喝了暖暖身子。你想来杯热的棕榈酒？还是白兰地？"

看来，向妻子坦白还是有好处的，至少能够得到妻子的关爱。

我们俩朝家走去，穿过黝黑的杜松，它正在向上攀缘，守在小路两侧；走过白桦树下，它们的主干既白又长，在微微发亮的天空下，第一批嫩叶看起来像是枝梢的花边，入口潮湿，散发着瑞香花的甜味。两个老人像它们一样，贪婪地呼吸着新鲜的空气。

在我看来，人生就像比德[①]所说的那只鸟，从黑暗之中飞入灯火明亮的大厅，然后又飞回黑暗之中。露丝说得很对。人生最重要的——最有意义的——事情就是，找到能够与你做伴的那只鸟，一起觅食吃喝，一起玩耍嬉闹，一起走向衰老。无论是白天还是黑夜，都形影不离。无论是得意还是失意，都陪伴左右。

"我在想，我们房子的另一边会是什么样子？"露丝说道，"那天我们参加晚会回来，你还有印象吗？和今晚一样，有月光，有薄雾。咱俩在房子后面的那块空地上，看到了山谷中横跨的月虹。"

"是啊，有印象。"

"就像今晚一样，月亮也挂在同样的位置。你说，现在外面还会不会有月虹？"

---

① 比德（Venerable Bede，约 673—735），英国历史学家，有"英国史学之父"之称。

"月虹不多见。我这辈子就见过那一回。"

"咱们去看看吧。"

"肯定没有。"

"你怎么那么确定?眼见为实。咱们去看看就知道了。"

我俩肩并肩,手牵手去看月虹。这一次,我们没有看到。

译后记

美国著名作家华莱士·斯特格纳（Wallace Stegner，1909—1993）是一位多产的美国西部作家，其作品以技巧高超、语言精湛、地区色彩浓郁、世态人情深重著称。一九七一年，他发表小说《安息角》(Angle of Repose)。一九七二年，这部小说为他赢得普利策小说奖。一九七六年，他发表小说《旁观鸟》(The Spectator Bird)。一九七七年，这部小说为他赢得美国国家图书奖。

二〇一六年十月份的一个下午，九久读书人的编辑告诉我说，出版社有意将斯特格纳的小说《旁观鸟》翻译出版，问我有无兴趣做成这件事。一方面出于对斯特格纳作品的喜爱，一方面因为指导翻译硕士专业（MTI）研究生完成毕业论文（翻译实践报告），需要真实的翻译项目，我答应得很爽快。

签订翻译合同后，我把翻译任务分配给我当时在山东大学（威海）指导的两名MTI硕士生郭颖、李莉，组织她们进行《旁观鸟》初稿翻译。《旁观鸟》由五章组成，郭颖译第一至三章，李莉译第四至五章。翻译原则为出版社提出的翻译要求，即忠实原著，文笔流畅，符合汉语表述习惯。具体翻译过程如下：

第一，组织郭颖、李莉通读原文、讨论原文、理解原文，统一人名和地名的译文，完成译文第一稿。要求：逐词逐句翻译，把不确定如何翻译的部分用红色标出来，把翻译过程中遇到的翻译问题记录下来。

第二，指导郭颖、李莉讨论翻译过程中遇到的翻译问题，并完成红色部分翻译，得到第二稿。

第三，组织郭颖、李莉基于译文第二稿，相互修改对方译文，完成第三稿。要求：对照原文，逐字逐句研读对方第二稿，对所修改部分加粗，对于感觉有问题但不知如何修改的部分，用红色标出。

第四，组织、指导郭颖、李莉讨论她们提出的修改意见，并完成红色部分的翻译工作，得到第四稿。

第五，我本人对第四稿进行修改，重点在于译文文笔流畅、风格和口吻的一致，完成第五稿，即最后定稿。

在完成本翻译项目的过程中，我们遇到了两大难题。

一、理解之难。 首先，《旁观鸟》虽篇幅不长，但故事时间跨度很大，叙述层次繁多。具体来说，它在由老年乔·奥尔斯顿的生活和心境构成的大框架内，穿插讲述他二十年前的一段惆怅、浪漫、颇具异国情调的经历。有趣的是，他晚间读的日记不但与白天所发生的事情相呼应，而且围绕日记内容，读者还能了解到当事人二十年后的评论和态度。这样一方面显然要比一般按时间顺序展现的第三人称讲述深刻和厚重得多[1]，另一方面，读者理解

---

[1] 刘意青. 华莱士·斯泰格勒与《旁观的鸟》[J]. 外国文学, 1997: 84.

起来显然也要比理解一般按时间顺序展现的第三人称讲述难得多。

第二，作者文化知识功底深厚，不论是书名寓意，人物对话，还是联想和反思，都充满了欧美文学、历史和哲学上的人名、书名、引文和典故。就拿其书名来说，作者借助小说主人公乔·奥尔斯顿之口，在小说的结尾处特别说明了其寓意。乔·奥尔斯顿是这样讲的：

> 在我看来，人生就像比德所说的那只鸟，从黑暗之中飞入灯火明亮的大厅，然后又飞回黑暗之中。露丝说得很对。人生最重要的——最有意义的——事情就是，找到能够与你做伴的那只鸟，一起觅食吃喝，一起玩耍嬉闹，一起走向衰老。无论是白天还是黑夜，都形影不离。无论是得意还是失意，都陪伴左右。

这显然增加了译者理解原文文意的难度。

第三，小说叙述者时而为第一人称"我"，时而为"乔"，时而为"乔·奥尔斯顿"，时而为"约瑟夫·奥尔斯顿"，令读者一时摸不着头脑。

二、表达之难。在翻译过程中，由于各种"距离"（比如，文字之间的距离等）和各种"差异"（比如，语境差异、读者差异等）的存在，译者需要在确保译文语义"不倍本文"[①]的同时，

[①] "倍"通"背"，意为"违背"。语出严复《天演论·译例言》。

对原文语言表述做出必要的偏离，即选择适切的译文语言表述形式，而且原文是小说文本，译语文本读起来应像小说文本。比如，上文所引作者借助小说主人公乔·奥尔斯顿之口所述内容原文为：

> The truest vision of life I know is that bird in the Venerable Bede that flutters from the dark into a lighted hall, and after a while flutters out again into the dark. But Ruth is right. It is something—it can be everything—to have found a fellow bird with whom you can sit among the rafters while the drinking and boasting and reciting and fighting go on below; a fellow bird whom you can look after and find bugs and seeds for; one who will patch your bruises and straighten your ruffled feathers and mourn over your hurts when you accidentally fly into something you can't handle.

如果按照字面翻译，则译为：

> 我所知道的生活中最真实的意象就是尊敬的比德所说的那只鸟。它从黑暗中飞入灯火明亮的大厅，然后再飞回黑暗中。但露丝是正确的。找到能够与你做伴的那只鸟很重要——是重中之重。你们可以坐在椽板中，或在椽板下一起畅饮、吹嘘、朗诵和嬉闹，你可以照顾它，为它觅食，

而它会在你陷入困境无法自救时为你疗伤，梳理你凌乱的羽毛，为你的痛苦而哀鸣。

毫无疑问，该译文语义"不倍本文"，但汉语读者读起来（尤其是最后一整句）感觉根本不像是出自一位著名作家。众所周知，整体而言，就文章的语言表述形式而言，汉民族尚古、唯美，英语民族平淡、质朴[①]。请看下例[②]：

Numerous shoals scattered over the 200kms course give rise to many eddies, pounding on the mid-stream rocks, and the river roars thunderously.

译文一：无数浅滩散布在两百公里长的航道上，产生了许多旋涡，击打着河流正中的岩石。河水发出雷鸣般的咆哮声。

译文二：两百公里长的航道上，险滩遍布，江流汹涌，回旋激荡，水击礁石，浪花飞溅，声如雷鸣。

该例描述的是"两百公里长的航道上"这一场景，"河道上"有"浅滩、旋涡、岩石、咆哮的河水"，声势雄壮、气象万千。译文一对原文亦步亦趋，以至于语句不通，令人费解（比如，"浅滩"怎能够"击打河流正中的岩石"？）。汉语读者读之，显然不会产生声势雄壮、气象万千之感。对比而言，译文二不仅语义

[①] 张静. 新编现代汉语（下）[M]. 上海：上海外语教育出版社, 1980: 284.
[②] 此例是本译者在文学翻译课堂上使用的一个例句，并非出自本小说。

"不倍本文",而且语言表述地道、生动,艺术感染力强。汉语读者读之,犹如身临其境,审美愉悦油然而生。

鉴于此,就小说英汉翻译而言,我个人认为:一,译文语义须忠实于原著内容;二,译文表达必须自然、流畅,符合汉民族小说写作行文习惯,汉语读者读起来感觉是在阅读小说文本。令人欣慰的是,得益于参与这次真实的翻译实践项目,郭颖、李莉两位同学一致表示,这是她们第一次真正意义上尝试将所学理论与实践相结合,收获很大。实话说,看着她们取得的进步,再想到她们的毕业论文(翻译实践报告)有了坚实基础,作为一名翻译教师,我感到由衷地高兴。

最后,请允许我借此机会,代表郭颖、李莉表示我们由衷的谢意!首先,衷心感谢九久读书人和人民文学出版社的领导、编辑及相关工作人员,感谢他们的默默付出!衷心感谢作为读者的您,如蒙批评指正,我和郭颖、李莉两位同学将备感荣幸!真诚希望该译本能够对广大读者有所裨益!

山东大学(威海)薄振杰

二〇二〇年十二月